Eu amo Dick

Chris Kraus

Eu amo Dick

tradução
Taís Cardoso
Daniel Galera

todavia

Prefácio
O que dizer de Chris?
Eileen Myles 7

Parte 1
Cenas de um casamento
Cenas de um casamento 13

Parte 2
Toda carta é uma carta de amor
Toda carta é uma carta de amor 121
Route 126 141
A exegese 170
Arte *kike* 189
Sylvère e Chris escrevem em seus diários 209
Monstruosidades 213
Faça a conta 224
Dick responde 266

Agradecimentos 270

Posfácio
Ficções teóricas
Joan Hawkins 271

Prefácio
O que dizer de Chris?

Eileen Myles

Depois de terminar a faculdade, numa época de paixão por filmes estrangeiros, fui assistir a *Adèle H*. Num encontro, acho. Ficamos chapados antes do filme e me lembro de ser invadida por um sentimento depressivo e meio apavorante enquanto via a fêmea romântica de Truffaut perder as estribeiras por causa de um homem, ser rejeitada — e tudo isso levando ao fim da sua vida — da sua sanidade, de tudo.

Eu era como qualquer garota de 25 anos, mas assistindo ao filme senti que ela *era* eu, embora o cara sentado a meu lado, Bill, fosse uma espécie de amigo e não evocasse sentimentos como aqueles. Apenas soube, sem alarde, que eu estava arruinada. Se concordasse em ser fêmea. Havia evidências de sobra na tela e nos livros. Li Doris Lessing na aula de literatura e aquilo também me deprimiu pra cacete. Eu simplesmente odiava ler livros de mulheres ou sobre mulheres, porque sempre dava na mesma. A perda do self, uma abnegação infinita; mesmo quando a fêmea estava tentando ser artista, ela acabava grávida, desesperada, esperando algum homem. Um carinha marxista, talvez. Quando é que isso ia terminar? Espantosamente acabou, aqui mesmo neste livro.

Eu amo Dick é um estudo extraordinário da abjeção feminina, e me lembra, à sua maneira, Carl Dreyer nos exortando a usar o "artifício para despir o artifício de artifício", pois ocorre que, para Chris, marchar desafiadora rumo à autodegradação e à autopromoção, não ficar ali estranhamente abatida, suspirando ou esperneando aos berros, mas se jogar sem hesitação, foi exatamente o bilhete de entrada que solidificou e trouxe dignidade ao páthos da viagem romântica da sua vida.

No caso de Chris, a abjeção (não aquela roubada do diário da garota há muito tempo morta por algum dos amigos do seu pai famoso...) é a estrada de saída do fracasso. Em direção a algo brilhante e elevado, como a presença. Que é o paraíso para uma performer — aquilo que essa autora realmente é. A estratégia de Chris é a um só tempo marcial e sublime. Ela está na beira do precipício da sua vida. É mais ou menos aquilo que Jack Kerouac alertou Neal Cassady a não transpor "a troco de nada". O que, no caso daqueles caras (anos 50, alcoólatras), eram os trinta. Para Chris, são os 39. Uma data de validade feminina. E por quê? O poderoso relato de Chris me faz pensar se todas aquelas histórias bíblicas que alertam as mulheres a não olhar para trás existem apenas porque elas poderiam enxergar algo. Suas vidas, por exemplo.

Chris (fico digitando Christ. Seria Chris nossa garota na cruz?) faz papel de Adèle H. *ao mesmo tempo* que força o belo soldado/acadêmico "Dick" a ouvir a história Dela, e, como por milagre, em vez de acabarmos numa plateia de cinema vendo a narrativa terminar com a derrocada de Chris, ela consegue dar o troco — não contra esse cara em particular, "Dick", mas contra aquela cultura intocável e cheia de si, que a tudo observa. Ela força essa cultura a ouvi-la descrever o *lado de dentro* daqueles famosos sentimentos femininos:

Agarrei o fone com força, me arrependendo de todo aquele projeto esquizofrênico que havia iniciado no momento em que te conheci. "Nunca tinha sido alvo de um *stalker* antes", você disse em fevereiro. Mas aquilo era *stalking*? Amar você foi como tomar uma droga da verdade, porque você sabia tudo. Você me fez pensar que talvez fosse possível reconstruir uma vida, pois você havia deixado a sua para trás.

Se eu pudesse *te amar conscientemente*, tomar uma experiência que era tão completamente feminina e submetê-la a um sistema analítico abstrato, então talvez eu tivesse a chance de compreender algo e seguir vivendo.

Essa última colocação ("e seguir vivendo") é a razão de *Eu amo Dick* ser um dos livros mais arrebatadores do século passado (e um dos primeiros deste século). Sua *vivência* é o tema, não o babaca do título, e enquanto desfia sua história ela desempenha com habilidade os papéis de crítica de arte, historiadora, memorialista, roteirista de um relacionamento adulto, artista performática. Até mesmo sua "fracassada" carreira de cineasta, da qual tanto se vangloria, apregoa sua mais potente ferramenta. Chris sabe muito bem (como sabia Bruce Chatwin) qual a maneira certa de *editar*. É a maior performance que há. Ir a todos os lados imagináveis de uma única obra e, *além disso*, fazê-la se movimentar. Tudo a serviço de escrever a desagradabilíssima exegese de uma vadia.

De passagem, Chris acena para a cultura do macho hospedeiro. É a ficção científica exata da nossa condição. Se esse é *inteiramente* o mundo dele, se essa é a posição de largada conscientemente reconhecida, então *Eu amo Dick* não seria uma espécie de deboche extático, desempenhado diante de uma sociedade de algozes? Não seria um livro intoleravelmente, absolutamente audaz, como a autoimolação de Simone Weil, só que muito mais legal, como uma risada longa e profunda por trás de uma máscara feia e selvagem?

O maior feito de Chris é filosófico. Ela virou a abjeção feminina do avesso e a apontou na direção de um homem. Como se suas décadas de experiência fossem ao mesmo tempo uma pintura e uma arma. Como se ela, uma bruaca, uma *kike*,* uma

---

* Termo pejorativo para designar judeus. [N. E.]

poeta, uma cineasta fracassada, uma ex-dançarina de boate —
uma intelectual, uma esposa, como se ela tivesse o direito de
ir direto para o final do livro e *viver* depois de ter sentido tudo
aquilo. *Eu amo Dick* ousa sugerir que a vida feminina de Chris
Kraus, inabalavelmente batalhada e sentida, pode ser uma obra
total *sem* precisar matá-la por causa disso.

Assim, quando surgiu, *Eu amo Dick* trouxe à existência um
novo tipo de vida feminina. Ao escrever a exegese total de uma
paixão, falsa ou verdadeira, Chris está escoltando leitoras e leitores de primeira viagem para aquele mundo. Lá vamos nós...

Eileen Myles
Nova York/San Diego, 2006

Parte 1

Cenas de um casamento

Cenas de um casamento

3 de dezembro de 1994

Chris Kraus, cineasta experimental de 39 anos, e Sylvère Lotringer, professor universitário em Nova York de 56 anos, jantam com Dick ___, um conhecido com quem Sylvère mantém uma relação amigável, num sushi bar em Pasadena. Dick é um crítico cultural inglês que se transferiu recentemente de Melbourne para Los Angeles. Chris e Sylvère passaram o período sabático de Sylvère numa cabana em Crestline, uma cidadezinha nas montanhas de San Bernardino, a cerca de uma hora e meia de Los Angeles. Já que Sylvère começará a lecionar de novo em janeiro, eles voltarão em breve para Nova York. Durante o jantar, os dois homens discutem tendências recentes na teoria crítica pós-moderna e Chris, que não é uma intelectual, nota que Dick mantém contato visual constante com ela. A atenção de Dick faz com que Chris se sinta poderosa, e quando chega a conta ela saca seu cartão de crédito Diners Club. "Por favor", diz, "deixa que eu pago". O rádio prevê neve na estrada de San Bernardino. Dick convida os dois, generosamente, a passar a noite na casa dele no deserto de Antelope Valley, a cerca de cinquenta quilômetros de distância.

Chris quer se desacoplar da condição de cônjuge, portanto tenta convencer Sylvère de que será emocionante andar no antigo e maravilhoso conversível Thunderbird de Dick. Sylvère, que não sabe diferenciar um T-bird de uma carroça e não dá

13

a mínima para isso, concorda, confuso. Pronto. Dick lhe explica o caminho com orientações abundantes e apreensivas. "Não se preocupe", ela o interrompe, exibindo cabelos e sorrisos, "vou colada em você". E assim ela faz. Um pouco em transe, pisando firme no acelerador da sua picape, ela se lembra de uma performance, chamada *Car Chase*, que fez no St. Mark's Poetry Project, em Nova York, quando tinha 23 anos. Ela e sua amiga Liza Martin haviam seguido o motorista bonitão e imponente de uma Porsche pela Highway 95 até chegar a Connecticut. Ele acabou parando o carro à beira da estrada para descansar, mas quando Liza e Chris saíram, ele foi embora. A performance terminou com Liza esfaqueando a mão de Chris no palco, sem-querer-mas-de-verdade, com uma faca de cozinha. Jorrou sangue e todo mundo achou Liza deslumbrantemente sexy, perigosa e linda. Liza, com a barriga de fora num top felpudo, meias arrastão rasgando contra a minissaia de vinil verde quando ela se curvava para mostrar a virilha, parecia uma prostituta das mais baratas. Nasce uma estrela. Ninguém no espetáculo daquela noite tinha achado a aparência pálida e anêmica e o olhar penetrante de Chris remotamente cativantes. Quem poderia achar? A questão permaneceria temporariamente arquivada. Mas agora o mundo era outro. Os pedidos de ouvintes na rádio 92.3 The Beat faziam tremer as caixas, era a Los Angeles pós-protestos, uma cidade atravessada por nervos de fibra óptica. O Thunderbird de Dick permanecia o tempo todo no seu campo de visão, os dois veículos rodando juntos com uma ligação invisível pelo leito da estrada de concreto, como os globos oculares de John Donne. E dessa vez Chris estava sozinha.

Na casa de Dick, a noite se desdobra como a véspera de Natal embriagada no filme *Minha noite com ela*, de Eric Rohmer. Chris percebe que Dick está flertando com ela, que a vasta inteligência dele rompe a barreira da retórica e dos termos pós-modernos para manifestar uma solidão essencial que só ela e ele podem compartilhar. Atordoada, Chris corresponde. Às duas da manhã, Dick lhes exibe um vídeo produzido pela televisão pública inglesa em que aparece vestido como Johnny Cash. Fica falando sobre terremotos, agitações e seu anseio interminável por um lugar que possa chamar de casa. A reação de Chris ao vídeo de Dick, embora ela não a tenha articulado na ocasião, é complexa. Como artista, ela considera o trabalho de Dick irremediavelmente ingênuo, mas apesar disso ela adora certos tipos de arte ruim, arte que transparece as esperanças e os desejos da pessoa que a realizou. Arte ruim torna o espectador muito mais ativo. (Anos depois, Chris perceberia que seu gosto por arte ruim é exatamente como a atração de Jane Eyre por Rochester, um cafajeste drogado e com feições equinas: personagens ruins convidam à invenção.) Mas Chris guarda esses pensamentos para si. Como ela não se expressa numa linguagem teórica, ninguém espera dela grande coisa, e Chris está acostumada a ficar viajando por camadas de complexidade em total silêncio. Ao não articular sua posição ambígua sobre o vídeo de Dick, Chris se sente ainda mais próxima dele. Ela sonha com ele a noite toda. Mas quando Chris e Sylvère acordam no sofá-cama na manhã seguinte, Dick se foi.

4 de dezembro de 1994: 10h

Sylvère e Chris saem da casa de Dick sozinhos, com relutância, pela manhã. Chris assume o desafio de improvisar o Bilhete de Agradecimento que precisa ser deixado. Ela e Sylvère tomam café no IHOP de Antelope. Uma vez que já não fazem sexo, eles conservam a intimidade por meio da desconstrução: por exemplo, contam tudo um ao outro. Chris diz a Sylvère que acredita que ela e Dick acabaram de viver a experiência de uma Foda Conceitual. O desaparecimento dele pela manhã confirma isso e aporta à experiência um subtexto subcultural que ela e Dick compartilham: ela se lembra de todas as fodas confusas de uma noite só que teve com homens que já tinham caído fora antes de ela abrir os olhos. Ela recita para Sylvère um poema de Barbara Barg que trata desse assunto:

What do you do with a Kerouac
But go back and back to the sack
*   with Jack*
How do you know when Jack
*   has come?*
You look on your pillow and
*   Jack is gone...* *

E depois havia a mensagem na secretária eletrônica de Dick. Quando eles entraram na casa, Dick tirou o casaco, serviu drinques e apertou o botão do play. Surgiu a voz de uma mulher muito jovem e muito californiana:

Oi, Dick, é a Kyla. Dick, eu — desculpa continuar ligando pra sua casa, agora caí na sua secretária eletrônica, e só queria dizer que lamento como as coisas não funcionaram aquela noite, e — sei que não é sua culpa, mas acho que eu só queria mesmo te agradecer por ser uma pessoa tão legal...

"Estou tão constrangido que nem sei", Dick murmurou de modo enternecedor, abrindo a vodca. Dick tem 46 anos. Será que essa mensagem significa que ele está perdido? E, se Dick *está* perdido, será que poderia ser salvo vivendo um romance

---

* Tradução livre: "O que se faz com um Kerouac/Além de deitar e deitar com Jack/Como se sabe quando Jack gozou?/Você se vira na cama e Jack zarpou...". [N.T.]

conceitual com Chris? Será que a foda conceitual tinha sido apenas o primeiro passo? Sylvère e Chris discutem isso pelas horas seguintes.

4 de dezembro de 1994: 20h

De volta a Crestline, Chris não consegue parar de pensar na noite passada com Dick. Ela começa, então, a escrever um conto sobre isso, intitulado "Romantismo abstrato". É o primeiro conto que ela escreve em cinco anos. "Começou no restaurante", ela inicia. "Era o início da noite e estávamos todos rindo um pouco além da conta."

Ela faz o conto se dirigir intermitentemente a David Rattray, pois está convencida de que o fantasma de David estivera com ela na noite passada durante a viagem de carro, empurrando a picape adiante pela Highway 5. Chris, o fantasma de David e a picape tinham se fundido numa unidade que avançava.

"Na noite passada", ela escreveu para o fantasma de David, "me senti como nas vezes em que as coisas parecem se abrir em novos panoramas de entusiasmo — senti que você estava aqui: flutuando, denso, ao meu lado, acomodado em algum ponto entre minha orelha esquerda e meu ombro, comprimido como pensamento."

Ela pensou em David o tempo todo. Foi estranho como Dick havia mencionado, em algum momento da conversa embriagada da noite anterior, como se houvesse lido a mente dela, o quanto admirava o livro de David. David Rattray tinha sido um aventureiro inconsequente, gênio e moralista, se entregando às mais improváveis paixões até quase o momento da sua morte, aos 57 anos. E agora Chris sentia que o fantasma de David a pressionava a entender a paixão, a entender como a pessoa amada pode se tornar um padrão de costura para todas as pontas esfarrapadas de memória, experiência e pensamento que alguém já teve. Ela começou a descrever o rosto de Dick, "pálido e móvel, ossos fortes, cabelos avermelhados e olhos fundos". Enquanto escrevia, Chris guardava o rosto dele na imaginação, e então o telefone tocou e era Dick. Chris ficou muito constrangida. Ficou pensando se o telefonema não era na verdade para Sylvère, mas Dick não pediu para falar com ele, portanto ela ficou escutando a linha repleta de chiados. Dick estava ligando para explicar seu desaparecimento na noite anterior. Ele tinha levantado cedo e ido de carro até Pear Blossom para buscar ovos e bacon. "Sou meio insone, sabe." Quando voltou para sua casa em Antelope, ficou genuinamente surpreso ao descobrir que eles haviam partido.

Naquele momento, Chris poderia ter contado a Dick qual era sua própria interpretação forçada do episódio: se tivesse feito isso, a presente história teria seguido outro rumo. Mas havia estática demais na linha, e ela já estava com medo dele. Exaltada, ela considerou propor um outro encontro, mas não o fez, e então Dick desligou. Chris ficou ali parada no seu escritório improvisado, suando. Depois subiu as escadas para falar com Sylvère.

5 de dezembro de 1994

Sozinhos em Crestline, Sylvère e Chris passaram a maior parte da noite anterior (domingo) e da manhã de hoje (segunda-feira) falando sobre a ligação de três minutos de Dick. Por que Sylvère aceita participar disso? Talvez porque Chris pareça animada e viva pela primeira vez desde o verão passado, e Sylvère, que a ama, não suporte vê-la triste. Talvez porque ele tenha chegado a um impasse no livro que está escrevendo sobre modernismo e o Holocausto, e esteja aborrecido por ter que voltar a dar aulas no mês que vem. Talvez porque seja perverso.

6-8 de dezembro de 1994

Terça, quarta e quinta-feira dessa semana passaram sem registro, borradas. Se a memória não falha, aquela terça foi o dia em que Chris Kraus e Sylvère Lotringer estiveram em Pasadena, lecionando na Art Center College of Design. Vamos arriscar uma reconstrução? Eles levantam às oito, descem a colina saindo de Crestline, tomam café em San Bernardino, pegam a 215 até a 10 e dirigem por uma hora e meia, chegando a Los Angeles logo depois da hora do rush. É provável que tenham falado sobre Dick na maior parte do trajeto. Contudo, uma vez que planejavam ir embora de Crestline dali a somente dez dias, no dia 14 de dezembro (Sylvère ia passar as festas de fim de ano em Paris, Chris ia a Nova York), devem ter debatido um pouco a logística. Um Anseio Inquietante... viajando de carro por Fontana e Pomona, através de uma paisagem que não significava nada, com um futuro inconclusivo assomando adiante. Enquanto Sylvère dava sua aula de pós-estruturalismo, Chris pegou o carro e foi até Hollywood buscar fotos de publicidade para seu filme, aproveitando para comprar queijo no Trader Joe's. Depois eles voltaram a Crestline, serpenteando montanha acima através da escuridão e da névoa densa.

A quarta e a quinta-feira desaparecem. É óbvio que o filme novo de Chris não irá muito longe. O que ela fará em seguida? Sua primeira experiência na arte tinha sido como participante em dramas psicológicos alucinados dos anos 70. A ideia de que Dick possa ter proposto algum tipo de jogo entre eles é incrivelmente excitante. Ela explica isso incansavelmente a Sylvère. Implora a Sylvère que ligue para Dick, que pesque algum sinal de que Dick lembra da existência dela. Se houver sinal, ela vai ligar.

Sexta-feira, 9 de dezembro de 1994

Sylvère, um intelectual europeu que ensina Proust, é um analista habilidoso das minúcias do amor. Mas por quanto tempo é possível continuar analisando uma única noite e um telefonema de três minutos? Sylvère já deixou duas mensagens não respondidas na secretária eletrônica de Dick. E Chris se transformou numa pilha de nervos, sexualmente estimulada pela primeira vez em sete anos. Assim, na manhã de sexta-feira, Sylvère sugere por fim que Chris escreva uma carta a Dick. Constrangida, ela pergunta se ele também não quer escrever uma. Sylvère concorda. Casais casados costumam colaborar em *billets doux*? Se Sylvère e Chris não tivessem uma posição tão militante contra a psicanálise, poderiam ter visto isso como um momento decisivo.

ANEXO A: AS PRIMEIRAS CARTAS DE CHRIS E SYLVÈRE

Crestline, Califórnia
9 de dezembro de 1994

Caro Dick,
    Deve ter sido o vento do deserto que nos subiu à cabeça aquela noite, ou talvez o desejo de ficcionalizar um pouquinho a vida. Não sei. Nos encontramos algumas vezes e senti uma grande simpatia por você, e um desejo de ser mais próximo. Viemos de lugares diferentes, mas nós dois tentamos romper com nosso passado. Você é um caubói; por dez anos, fui um nômade em Nova York.
    Então voltemos à noite na sua casa: o glorioso passeio no seu Thunderbird, de Pasadena até o Fim do Mundo, quer dizer, até Antelope Valley. Um encontro que adiamos por quase

um ano. Foi mais verdadeiro do que eu imaginava. Mas como cheguei a isso?

Quero conversar sobre aquela noite na sua casa. Tive a sensação de que te conhecia de alguma forma, e de que juntos podíamos simplesmente ser nós mesmos. Mas agora estou começando a soar como a mocinha cuja voz escutamos involuntariamente na sua secretária eletrônica aquela noite...

Sylvère

Crestline, Califórnia
9 de dezembro de 1994

Caro Dick,

Como Sylvère escreveu a primeira carta, me vejo nessa posição estranha. Reativa — como Charlotte Stant para a Maggie Verver de Sylvère, se estivéssemos vivendo no romance *A taça de ouro*, de Henry James — a Vadia Burra, uma fábrica de emoções evocadas por todos os homens. Então a única coisa que posso fazer é narrar O Conto da Vadia Burra. Mas como?

Sylvère acha que o amor que sinto por você não passa de um perverso anseio por rejeição. Mas discordo, no fundo sou uma garota muito romântica. O que me tocou foram todas as janelas de vulnerabilidade que havia na sua casa... uma casa tão espartana e autoconsciente. A capa do disco *Some Girls* em pé, as paredes escuras — tão fora de moda e *déclassé*. Mas sou tarada por desespero, por hesitação — aquele instante em que a atuação desmorona, a ambição falha. Amo isso, e me sinto culpada ao percebê-lo em alguém, e então a afeição mais calorosa e indescritível que se possa imaginar me inunda para afogar a culpa. Por muitos anos adorei Shake Murphy na Nova Zelândia por esse motivo, era um caso perdido. Mas você não é exatamente um caso perdido, você tem uma reputação, autoconsciência e um emprego, e então me ocorreu que poderíamos aprender alguma coisa deixando esse romance se desenrolar de maneira mutuamente autoconsciente. Romantismo abstrato?

É estranho, nunca cheguei a me perguntar se eu "faço seu tipo". (Porque no passado, no Romance Empírico, uma vez que não sou nem bonita nem maternal, *nunca* faço o tipo dos Caras Caubóis.) Mas talvez a ação seja o que realmente importa agora. O que as pessoas fazem juntas ofusca Quem Elas São. Se não posso fazer você se apaixonar por quem eu sou, talvez possa despertar seu interesse pelas coisas que entendo. Então, em vez de me perguntar "Será que ele vai gostar de mim?", me pergunto "Será que ele topa?".

Quando você ligou na noite de domingo, eu estava anotando uma descrição do seu rosto. Não consegui falar, e desliguei no fundo da equação romântica com o coração acelerado e as mãos suadas. É incrível se sentir dessa maneira. Faz dez anos que minha vida tem sido organizada de modo a evitar esse estado elementar doloroso. Gostaria de conseguir lidar com os mitos românticos, assim como você. Mas não consigo, porque sempre perco, e mesmo esses três dias de romance totalmente fictício já começaram a me deixar doente. E me pergunto se haverá algum dia a possibilidade de reconciliar juventude e idade, ou a chaga anoréxica que eu era com a piranha velha que me tornei. Por nossa própria sobrevivência, acabamos nos suicidando. Existe alguma esperança de mergulhar de volta no passado e circular em torno dele, como permite a arte?

Sylvère, que está digitando isso, diz que falta objetivo a esta carta. Que *reação* estou procurando? Ele acha que esta carta é muito literária, muito baudrillardiana. Diz que estou alisando as imperfeiçõezinhas trêmulas que ele tinha achado tão tocantes. Não é a Exegese da Vadia Burra que ele esperava. Mas, Dick, sei que, quando você ler isso, saberá que essas coisas são verdade. Você entende que o jogo é *real*, ou, melhor que isso, é realidade, e este "ser melhor que isso" é o que importa aqui. Quando o sexo é melhor que as drogas, quando a arte é melhor que o sexo? Este *melhor que isso* significa se aventurar na completa intensidade. Estar apaixonada por você, estar pronta para pegar essa estrada, me fez voltar aos dezesseis anos, com minha jaqueta de couro, encolhida num canto com meus amigos. Uma porra duma imagem eterna. É sobre estar pouco se fodendo, ou ver todas as consequências chegando e fazer algo da mesma forma. E acho que você — eu — continuamos nessa busca, e é emocionante quando encontramos isso em outras pessoas.

Sylvère se considera esse tipo de anarquista. Mas ele não é. Eu te amo, Dick.

Chris

Depois de terminarem de escrever essas cartas, porém, Chris e Sylvère sentiram que poderiam fazer melhor. Que restavam coisas a ser ditas. Então começaram uma segunda rodada e passaram a maior parte da sexta-feira em Crestline sentados no chão da sala, passando o laptop de lá para cá. E cada um escreveu uma segunda carta, Sylvère sobre ciúme, Chris sobre os Ramones e o terceiro termo kierkegaardiano. "Talvez eu quisesse ser como você", Sylvère escreveu, "vivendo totalmente sozinho numa casa cercada por um cemitério. Quer dizer, por que não pegar o atalho? Então me envolvi para valer na fantasia, inclusive eroticamente, porque o desejo é algo que irradia; mesmo quando não é direcionado a você, ele possui uma energia e uma beleza, e acho que fiquei excitado ao ver que Chris estava excitada por você. Depois de um certo tempo ficou difícil lembrar que nada tinha realmente acontecido. Acho que, em algum recôndito sombrio da minha mente, me dei conta de que para não ter ciúme minha única escolha era participar dessa relação ficcional de maneira um pouco perversa. De que outro modo poderia suportar minha mulher atraída por você? Os pensamentos que me vêm à mente são muito desagradáveis: *ménage à trois*, o marido complacente... nós três somos sofisticados demais para lidar com arquétipos tão monótonos. Estaríamos tentando desbravar um novo terreno? Sua persona de caubói se entrosou muito bem com os sonhos de Chris a respeito dos homens calados, sofridos e desesperados por quem foi rejeitada. Sua recusa em responder às mensagens faz da sua secretária eletrônica uma tela em branco na qual podemos projetar nossas fantasias. Portanto, em algum sentido encorajei Chris, pois graças a você ela se lembrou de uma situação mais ampla, como também aconteceu no mês passado, quando ela visitou a Guatemala, e todos somos pessoas potencialmente maiores do que somos. Há tanta coisa sobre a qual ainda não conversamos. Mas talvez esse seja o melhor caminho para nos tornarmos amigos mais próximos. Compartilhar pensamentos que não devem ser compartilhados...".

A segunda carta de Chris foi menos digna. Ela começou enaltecendo de novo o rosto de Dick: "Comecei a olhar pro seu rosto aquela noite no restaurante — oh, uau, isso não é o primeiro verso da música 'Needles & Pins' dos Ramones? 'I saw your face/It was the face I loved/And I knew'* — e ele me transmitiu o mesmo sentimento que me vinha toda vez que escutava aquela música, e quando você ligou meu coração estava acelerado, e então pensei que talvez pudéssemos fazer algo juntos, algo que está para o romance adolescente como o cover que os Ramones fizeram dessa música está para a original. Os Ramones dão a 'Needles & Pins' a possibilidade da ironia, mas a ironia não compromete a emoção da música, e sim

---

* Tradução livre: "Eu vi o seu rosto/Era o rosto que eu amava/E eu soube". [N.T.]

a torna mais forte e mais verdadeira. Søren Kierkegaard chamou isso de 'o Terceiro Termo'. No seu livro *A crise na vida de uma atriz*, ele afirma que nenhuma atriz pode interpretar a Julieta de catorze anos antes de ter ao menos 32 anos. Porque atuação é arte, e a arte envolve um gesto que atravessa uma certa distância. Jogar com as vibrações entre lá e cá e então e agora. E você não acha que a realidade pode ser mais bem alcançada por meio da dialética? PS: seu rosto é flexível, áspero, bonito...".

Já é fim de tarde quando Sylvère e Chris terminam suas segundas cartas. O lago Gregory brilha à distância, rodeado de montanhas nevadas. A paisagem é ardente e distante. Por ora, ambos estão satisfeitos. Memórias domésticas de quando Chris era jovem, vinte anos atrás: um porta-ovo de porcelana e uma xícara de chá, pessoas pintadas dando a volta nela, azul e branca. Um azulão no fundo do copo, visível através do chá cor de âmbar. Toda a beleza do mundo contida nesses dois objetos. Quando Chris e Sylvère desligam o laptop Toshiba, já escureceu. Ela prepara o jantar. Ele volta a trabalhar no seu livro.

ANEXO B: HISTERIA
            PARTE I. SYLVÈRE SURTA

Crestline, Califórnia
10 de dezembro de 1994

Caro Dick,
     Esta manhã acordei com uma ideia. Chris deveria lhe enviar um recado curto, pondo um fim a esse delírio referencial e obtuso. O conteúdo deveria ser assim:

Caro Dick, vou levar Sylvère ao aeroporto na manhã de quarta-feira. Preciso falar com você. Podemos nos encontrar na sua casa?

Com amor,
Chris

Pensei que seria um golpe perfeito: uma injeção de realidade para dissolver esse foco doentio de emoções. Porque, no fim das contas, nossas cartas estavam destinadas a nós mesmos, *marriage a deux*. Na verdade, é o título que pensei em dar a este texto antes de ir dormir, e eu queria comunicar isso a Chris assim que ela acordasse. Mas o efeito acabou sendo o oposto. Depois do brainstorming da noite passada, por algum motivo, a paixão que ela sentia por você foi deixada de lado. Ela estava de volta à margem segura — casamento, arte, a família —, mas minha preocupação reacendeu sua obsessão, e de repente tínhamos sido jogados de volta à realidade da irrealidade, ao desafio que está na essência disso tudo. Na superfície, tem a ver com a apreensão de Chris com a proximidade dos seus quarenta anos, ou pelo menos é o que ela diz. Temo que minhas cartas tenham sido pretensiosas e paternalistas em excesso. De todo modo, deixe-me tentar de novo...

Sylvère

═══

Os gaios-da-califórnia cantavam a plenos pulmões do outro lado da janela do quarto. Sylvère estava sentado com as costas apoiadas em dois travesseiros, digitando, olhando através das portas de vidro para o terraço lá fora. Não importava quantas vezes tentassem mudar, quando ele e Chris dormiam juntos seus dias raramente começavam antes do meio-dia. Enquanto Chris ainda cochilava, Sylvère preparava o primeiro café do dia

26

e o trazia para a cama. Então Chris contava seus sonhos a Sylvère, e depois seus sentimentos, e Sylvère era sempre o melhor ouvinte que ela já encontrara, o mais sutil e associativo. Depois Sylvère ia preparar as torradas e o segundo café. À medida que a cafeína fazia efeito, a conversa mudava, se tornava mais genérica, abarcando tudo e todos que conheciam. Eles sacavam as referências um do outro e se sentiam mais inteligentes na presença um do outro. Sylvère e Chris estavam entre as cinco pessoas mais letradas do seu círculo de conhecidos, o que lhes parecia sempre um milagre, pois nenhum dos dois tinha frequentado boas escolas. Ela se sentia muito em paz com ele. Sylvère, Sylvalium, a aceitava plenamente, e ela tomava pequenos goles de café para limpar a mente dos sonhos matinais.

Sylvère nunca sonhava e raramente sabia dizer o que estava sentindo. Por isso, às vezes eles recorriam a um jogo que tinham inventado para botar para fora seus sentimentos: Correlato Objetivo. Quem era o espelho metonímico de Sylvère? Um estudante na escola de arte? O cachorro deles? O atendente do depósito de Dart Canyon?

Por volta das onze, já totalmente despertos, a conversa em geral culminava com uma discussão apaixonada sobre faturas e contas a pagar. Enquanto Chris continuasse a fazer filmes independentes, eles estariam sempre inventando manobras com o dinheiro, tirando não sei quantos mil daqui ou dali. Chris dedicava seu tempo comprando ou administrando os aluguéis de longo prazo de três apartamentos e duas casas, dos quais obtinham rendimentos enquanto viviam empoleirados em malocas suburbanas. Ela mantinha Sylvère a par da situação dos impostos, hipotecas, aluguéis por entrar e gastos com manutenção. E, por sorte, além dessa incursão primitiva pelo acúmulo de bens, a ajuda de Chris permitiu que a carreira de Sylvère se tornasse lucrativa o bastante para compensar as perdas impostas pela dela. Chris, uma feminista impávida, que frequentemente se imaginava presa a uma Roda da Fortuna elisabetana, sorria ao pensar que, para seguir fazendo seu trabalho, teria que ser financiada pelo marido. "Quem é independente?", o cafetão de Isabelle Huppert perguntava no banco de trás do carro, ao mesmo tempo que a espancava, em *Salve-se quem puder* (*a vida*). "A empregada? O burocrata? O banqueiro? Não!" É isso aí. Quem era verdadeiramente livre no capitalismo tardio? Os fãs de Sylvère eram, em sua maioria, jovens homens brancos atraídos pelos elementos mais "transgressivos" do modernismo, pelas ciências heroicas do sacrifício humano e da tortura, como legitimadas por Georges Bataille. Eles xerocavam a famosa foto da "tortura dos cem pedaços" em *As lágrimas de Eros*, de Bataille, e a prendiam com durex nos seus cadernos — um regicídio capturado em placa de gelatina por antropólogos franceses na China, em 1902. Os Bataille Boys enxergavam beatitude na expressão agonizante da vítima enquanto o carrasco serrava o último membro que lhe restava. Ainda mais imperdoável que isso era o fato de eles frequentemente tratarem Chris de forma grosseira. Quando saíam para Trocar Ideias com Sylvère Lotringer em bares depois das suas palestras em Paris, Berlim e Montreal, os Boys se ressentiam de qualquer barreira (sobretudo uma esposa, que ainda por cima não era sedutora no cumprimento da função) se interpondo entre eles próprios e o grande homem. Chris reagiu a isso ordenhando dinheiro da reputação crescente de Sylvère, impondo tarifas cada vez mais elevadas. O dinheiro da Alemanha e os dois mil dólares de Viena seriam suficientes para pagar a conta do laboratório que ela usou em Toronto? Não. Seria preciso cobrar aquele *per diam* do Dieter. Et cetera. Por volta do meio-dia, depois do Café Número 3, agitados demais para pensar em qualquer coisa que não fosse dinheiro, eles tiravam o telefone do gancho.

A presença de Dick na vida deles proporcionava férias desse tipo de maquinação. Era uma incursão em maquinações de outro tipo. Naquele sábado, enquanto tomavam o café da manhã, já planejavam uma segunda rodada de cartas, revezando o laptop de Sylvère entre torradas e canecas de café. Sylvère, um excelente revisor, não gostou do tom da sua primeira carta. Então escreveu:

Crestline, Califórnia
10 de dezembro de 1994

Caro Dick,

Na noite passada, peguei no sono pensando num ótimo título para o nosso texto: "*Ménage à deux*". Ao acordar, porém, ele me pareceu muito conclusivo e insuficiente. Será que Chris e eu passamos a última semana nesse turbilhão somente para transformar nossa vida num texto? Enquanto preparava o café, me ocorreu a solução perfeita, uma maneira instantânea de embaralhar de novo as cartas. Dick, o negócio é que Chris e eu estávamos discutindo se devíamos lhe enviar as cartas que escrevemos na noite passada. É uma destilação maluca do nosso estado mental, e você, pobre Dick, não merece ser exposto a uma paixão tão masturbatória. Imagino nossas catorze páginas surgindo, linha por linha, no seu fax abandonado. Apenas considerar enviá-las já era loucura. Essas cartas não eram destinadas a você; eram uma resolução dialética de uma crise que nunca ocorreu. Por isso pensei em lhe enviar esta concisa ordem judicial:

Caro Dick, vou levar Sylvère ao aeroporto na manhã de quarta-feira. Preciso falar com você.

Com amor,
Chris

O que você vai fazer com isso? Provavelmente não responder!

Sylvère

=

Durante a vida inteira, desde os dezenove anos, Sylvère Lotringer queria ser escritor. Carregando um imenso gravador na traseira da sua vespa pelas Ilhas Britânicas, ele tinha feito entrevistas em inglês precário com todos os gigantes da literatura — T.S. Eliot, Vita Sackville-West e Brendan Behan — para uma revista literária comunista da França. Pela primeira vez, estava longe da família de sobreviventes do Holocausto que residia na escabrosa Rue des Poissonières, e isso era liberdade. Dois anos depois, estudando na Sorbonne com Roland Barthes, escreveu um ensaio sobre "A função da narrativa ao longo da história", que foi publicado numa prestigiosa revista literária chamada *Critique*. O resto foi história. Dele. Sylvère se tornou um especialista em narrativas, não um criador delas. Como o alistamento francês para a guerra da Argélia estava em curso, ele começou a transitar entre cargos de professor na Turquia, na Austrália e, por fim, nos Estados Unidos. Agora, quarenta anos mais tarde, estava escrevendo sobre Antonin Artaud, tentando encontrar alguma relação entre a loucura de Artaud e a loucura da Segunda Guerra. Em todos esses anos, Sylvère nunca chegou a escrever nada que amou, ou nada sobre a guerra (a mesma coisa). E ele lembrava do que David Rattray dissera certa vez sobre Antonin Artaud: "É como a redescoberta das verdades do gnosticismo, da noção de que o universo é louco...". Bem, Artaud era louco pra caramba, assim como David. E se agora, talvez, Sylvère pudesse deixar de ser apenas infeliz para ser louco também? Então ele continuou:

Naquela noite que passamos com você, contraímos o vírus da Costa Oeste. O seu vírus. Porque Chris e eu somos pessoas sensatas. Não fazemos nada sem uma *razão*. Então você deve ser responsável. Tenho a sensação de que você tem observado os últimos dias com um sorrisinho de John Wayne no rosto, nos manipulando à distância. Esse seu lado realmente me agride, Dick. Se metendo na nossa vida. Porque, enfim, antes daquela noite Chris e eu tínhamos uma relação que ia bem. Sem paixão, talvez, mas confortável. Poderíamos ter continuado daquele jeito para sempre, e aí você veio, o homem errante, com todas essas filosofias expatriadas que tínhamos conseguido superar ao longo dos últimos vinte anos. Isso realmente não é problema nosso, Dick. Você está vivendo uma vida de cidade fantasma, infectando todos que se aproximam de você com uma doença fantasma. Pegue isso de volta, Dick. Não precisamos disso. Eis um outro fax que me ocorreu:

Caro Dick, Por que fez isso com a gente?
Pode nos deixar em paz?
Você está invadindo nossa vida — por quê?
Exijo uma explicação.

Com amor,
Sylvère

Essas cartas eram enviáveis? Chris disse sim, Sylvère disse não. Se não eram, por que escrevê-las? Sylvère sugeriu que escrevessem até que Dick ligasse de volta. Tudo bem, ela pensou, acreditando em telepatia. Mas Sylvère, que não estava apaixonado, apenas tendo prazer em colaborar, compreendeu que eles poderiam continuar escrevendo cartas a Dick para sempre.

Crestline, Califórnia
10 de dezembro de 1994

Caro Dick,

Pensando bem, por que você inventou de nos ligar domingo à noite? A noite depois do nosso "encontro" com você em Antelope Valley. Você devia ter sido aquele sujeito cool que fica fumando um cigarro no seu quarto fechado numa manhã de domingo, só esperando que fôssemos embora logo. Não ligar teria estado totalmente de acordo com seu personagem. Por que ligou, então? Porque no fundo você queria que isso fosse adiante, certo? Você veio com essa desculpa esfarrapada sobre ir buscar coisas para o café — às sete e meia da manhã, naquela cidadezinha onde a loja de conveniências fica a três minutos? Levou três horas, Dick, para você buscar a porra do café da manhã. Para onde você foi, então? Será que saiu de fininho para encontrar a mocinha que deixou aquela mensagem abjeta na sua secretária eletrônica? Você não consegue passar uma única noite sozinho? Ou você já estava lutando contra a invasão do seu universo mental por esse casal de libertinos vorazes e cínicos? Você estava tentando se defender; ou era tudo uma armadilha feita por você e retesada na noite seguinte com aquele telefonema aparentemente inocente? Na verdade, naquela noite eu peguei a extensão por um momento e ouvi sua voz. Uma voz tão baixa, também, para quem aposta tão alto. Você esteve com nosso destino nas suas mãos nos últimos dias. Não espanta que Chris não soubesse o que dizer. Qual é o seu jogo, então, Dick? Você já se envolveu demais nele para permanecer escondido à distância, roendo as unhas e escutando *Some Girls* ou algumas *outras* garotas. Você precisa lidar com o que criou. Dick, você precisa responder ao seguinte fax:

Caro Dick, acho que você venceu. Estou completamente obce-
cado por você. Chris vai atravessar os Estados Unidos de carro.
Precisamos conversar até resolver isso.

Sylvère

O que acha disso, Dick? Prometo não fazer nenhum mal a você. Digo, estou indo para a França visitar minha família, há seguranças no aeroporto, não posso correr o risco de ser pego com uma arma. Mas é hora de botar um fim a essa loucura. Você não pode seguir bagunçando a vida das pessoas dessa maneira.

Com amor,
Sylvère

═══

Sentados no chão, Chris e Sylvère riem histericamente. Como Chris consegue digitar noventa palavras por minuto, ela e Sylvère mantêm contato visual enquanto ele fala. Sylvère nunca foi tão prolífico. Depois de se arrastar num ritmo de cerca de cinco páginas por semana em *Modernismo e o Holocausto*, ele está exultante pela rapidez com que as palavras se acumulam. Eles se revezam Dick-tando o texto. Tudo é hilário, uma força irradia de suas bocas e das pontas dos dedos, e o mundo para de girar.

Crestline, Califórnia
10 de dezembro de 1994

Caro Dick,
    Dois dias atrás, Sylvère e eu discutíamos métodos de desovar cadáveres. Pensei que o melhor lugar deve ser um depósito situado numa área rural. Visitamos um deles essa semana em

33

Crestline, e me ocorreu que um corpo poderia ser deixado lá por um bom tempo, desde que o aluguel seja pago. Sylvère, contudo, alegou que os corpos apodreceriam e começariam a feder. Pensamos na hipótese de refrigeração, mas, até onde me lembro, os compartimentos não têm tomadas.

Os canteiros centrais das rodovias são um lugar notório para o abandono de cadáveres, além de dizerem muito sobre a arquitetura de espaços públicos dos anos 80, não concorda? Assim como os Postos de Abastecimento Self-Service (a descrição não diz tudo?), eles são um espaço público onde o trânsito de pessoas é tão denso quanto anônimo, e ninguém aparenta estar encarregado deles. Você não vê pessoas fazendo piquenique ao longo da rodovia, né? Não é um lugar onde as crianças podem brincar. Os canteiros centrais são vistos somente dos veículos em alta velocidade: uma condição perfeita para o despejo de restos mortais.

Já faz um bom tempo que ando interessada em desmembramento. Você já leu sobre o assassinato de Monika Beerle no East Village, em 1989? O caso era como um relato apócrifo das condições de vida na Nova York daquela época. Monika tinha vindo da Suíça estudar a dança de Martha Graham. Ganhava algum dinheiro dançando de topless no Billy's Lounge por meio turno. Ela conheceu um cara chamado Daniel Rakowitz, que estava matando tempo em frente ao prédio dela, e gostou dele. Uma coisa levou a outra, até que ela convidou Daniel para morar com ela. Dividindo o aluguel, talvez ela não precisasse mais dançar. Mas ter que lidar com Daniel Rakowitz foi pior que o Billy's Lounge. Ele desaparecia por vários dias e depois voltava para casa trazendo grupos de gente louca do Central Park . Ela disse que ele tinha de ir embora. Mas Daniel queria o contrato de aluguel adimplente do apartamento de Monika. E talvez ele tenha planejado matá-la, porque a câmara de vereadores de Nova York, na sequência da epidemia da aids, aprovou uma lei que autorizava colegas de quarto que não eram

34

familiares a herdar o contrato de aluguel do falecido. Ou talvez ele a tenha golpeado com o cabo da vassoura na garganta com força demais apenas por acidente. De todo modo, Daniel Rakowitz acabou sozinho, ao lado do corpo de Monika, no apartamento da 10th Street. Deve ser muito difícil se livrar de corpos em Manhattan. Já não é fácil tentar chegar aos condomínios de luxo nos Hamptons sem ter um carro ou um cartão de crédito. Um amigo carpinteiro lhe emprestou uma motosserra. Separou braços, pernas e cabeça. Embrulhou as partes do corpo em sacos de lixo e saiu às ruas como Papai Noel. Uma perna apareceu no lixo do Terminal de Ônibus de Port Authority. O polegar de Monika apareceu flutuando num Sopão Solidário do Tompkins Square Park.

E depois teve o piloto de avião em Connecticut que matou a mulher, amarrou um triturador de madeira na caçamba da picape e dirigiu pelas ruas de Groton no meio de uma tempestade de neve enquanto o triturador espalhava pele e ossos. Sylvère diz que essa história lhe lembra a de *Perceval ou o romance do Graal*. O sangue deve ter sido uma visão e tanto.

Falando em Sylvère, ele agora acha que a melhor maneira de desovar um corpo seria cimentar uma quadra com cesta de basquete em cima. Isso supõe uma localização suburbana (talvez como a sua). O terreno que eu tenho fica na cidade de Thurman, no norte do estado de Nova York, a cinco mil quilômetros de distância — ainda assim, vou até lá de carro na semana que vem.

Dick, já percebeu que você tem o mesmo nome do Dickie que é assassinado na série dos livros Ripley, de Patricia Highsmith? Um nome que conota inocência e amoralidade, e acho que o amigo e assassino de Dick se viu diante de problemas muito parecidos com estes.

Com amor,
Chris

Crestline, Califórnia
10 de dezembro de 1994

Caro Dick,

No dia 15 de dezembro, irei embora de Crestline para levar nossa picape e pertences pessoais, bem como nossa linguicinha miniatura de pelo duro, Mimi, de volta a Nova York. Seis ou sete dias, cinco mil quilômetros. Vou atravessar os Estados Unidos de carro pensando em você. O Museu da Batata de Idaho e todo ponto turístico pelo qual eu passar me deixará mais perto do próximo, e todos terão vida e significado porque serão gatilhos para pensamentos diversos a seu respeito. Faremos essa viagem juntos. Nunca estarei sozinha.

Com amor,
Chris

Crestline, Califórnia
10 de dezembro de 1994

Caro Dick,

Aposto que se você pudesse ter feito isso com Jane, nunca teria terminado com ela, certo? Você inveja nossa perversidade? Você é tão pudico e judicioso, mas, lá no fundo, aposto que gostaria de *ser como nós*. Não gostaria de ter alguém com quem pudesse *fazer isso*?

Seu amigo,
Sylvère

Crestline, Califórnia
10 de dezembro de 1994

Caro Dick,

Sylvère e eu acabamos de decidir que pegaremos o carro e iremos a Antelope Valley para pregar essas cartas ao redor de toda sua casa e nos cactos. Ainda não tenho certeza se ficaremos por perto com uma câmera de vídeo (machete) para documentar sua chegada, mas assim que decidirmos, avisaremos você.

Com amor,
Chris

Crestline, Califórnia
10 de dezembro de 1994

Caro Dick,

Decidimos publicar essa correspondência e ficamos pensando se você não gostaria de escrever a introdução. Poderia ser algo nesta linha:

"Encontrei este manuscrito na gaveta de um velho armário de cozinha que garimpei no mercado de pulgas de Antelope Valley. É uma leitura estranha. Obviamente, essas pessoas são muito perturbadas. Não creio haver muita chance de uma adaptação cinematográfica porque nenhum dos personagens é cativante.

"Ainda assim, acredito que essas cartas possam interessar ao leitor como documento cultural. Obviamente, elas manifestam a alienação do intelectual pós-moderno em sua forma mais doentia. Me dá pena, realmente, essa proliferação parasitária que se alimenta de si própria..."

O que acha?

Com amor,
Sylvère

PS: Você poderia nos enviar por correio expresso seu último livro, *O ministério do medo*? Se vamos ficar escrevendo para você, achamos que é uma boa ideia conhecermos melhor seu estilo.

Com amor,
Chris

Crestline, Califórnia
10 de dezembro de 1994

Caro Dick,

Chris e eu passamos a manhã inteira largados pelos cantos com nosso computador, pensando em você. Você acha que esse caso todo foi só uma desculpa para que eu e Chris finalmente voltássemos a fazer sexo? Tentamos hoje cedo, mas acho que fomos longe demais na nossa imaginação mórbida. Chris continua levando você a sério. Ela acha que sou doente, agora nunca mais me tocará. Não sei o que fazer. Por favor, me ajude.

Com amor,
Sylvère

PS: Pensando um pouco mais, essas cartas parecem inaugurar um novo gênero, algo a meio caminho entre a crítica cultural e a ficção. Você nos disse que espera renovar o programa de escrita criativa na sua instituição mais ou menos nesse sentido. Gostaria que eu lesse uns trechos no meu Seminário de Estudos Críticos na minha próxima visita, em março?

Me parece ser um passo em direção ao tipo de arte performática combativa que você está encorajando.

Saudações,
Sylvère

———

A essa altura, já eram duas da tarde. Sylvère estava triunfante, Chris estava desesperada. Tudo que ela realmente desejava nos últimos sete dias era uma chance de beijar e foder com Dick ___, e agora toda esperança estava se esvaindo, o encontro deles ficava mais distante a cada dia, deixando cada vez menos pretextos para ela ligar. Estava claro que as cartas não eram enviáveis. E Sylvère estava muito empolgado com o que eles vinham escrevendo, excitado mesmo, e ele sabia que se não houvesse algum fato novo em breve, outro ponto de contato para abastecer as expectativas de Chris, tudo chegaria ao fim. Por todas essas razões, a dupla decidiu que escreveria um fax.

FAX PARA: DICK ___
DE: CHRIS KRAUS & SYLVÈRE LOTRINGER
DATA: 10 DE DEZEMBRO DE 1994

Caro Dick,
      Lamentamos nosso desencontro na manhã de domingo. É engraçado, nós dois pensamos muito sobre seu vídeo — tanto que tivemos uma ideia para uma obra colaborativa, não apenas inspirada por você, mas, tomara, contando com sua participação. É algo tipo uma Calle Art. Escrevemos cerca de cinquenta páginas nos últimos dias e esperávamos poder filmar algo com você em Antelope Valley, em breve, antes de irmos embora (14 de dezembro).

Nossa ideia, em essência, era colar o texto que escrevemos de modo a cobrir seu carro, sua casa e o jardim de cactos. Nós (i.e., Sylvère) iríamos gravar a mim (i.e., Chris) fazendo isso — provavelmente um plano aberto das folhas todas agitadas ao vento. Então, se quiser, você pode aparecer e descobrir o que fizemos. Acho que essa obra tem a ver com obsessão, embora não passe pela nossa cabeça usar imagens que lhe pertencem sem sua autorização. O que você acha? Está dentro?

Atenciosamente,
Chris & Sylvère

Mas, evidentemente, o fax não foi enviado. Em vez disso, Sylvère deixou mais uma mensagem na secretária eletrônica de Dick:

Oi, Dick, é Sylvère. Queria falar com você sobre uma ideia que tive, uma obra colaborativa que poderíamos fazer antes de eu ir embora na quarta-feira. Espero que não ache isso insano demais. Me ligue.

Não esperando de Dick uma resposta maior do que tinham obtido a semana toda, Chris saiu para resolver algumas coisas em San Bernardino. Mas às 18h45 daquele sábado, 10 de dezembro, mais ou menos no horário em que ela subia a montanha de carro, ele ligou.

Upper Crestline parecia detestável aquela noite. Uma loja de bebidas, uma pizzaria. Uma única fileira de lojas dos anos 50 com fachadas em madeira, recordações do Oeste que remetiam à época da Depressão, metade delas cobertas por tapumes. Wendy e Michael Tolkin tinham feito uma visita no mês passado com suas duas filhas. O filme de Michael, *Loucuras de um divórcio*, acabara de estrear, na sequência dos outros ótimos filmes dele, *O Juízo Final* e *O jogador*. Ele era um intelectual de Hollywood, e Wendy era a psicoterapeuta mais inteligente e legal que Chris e Sylvère tinham conhecido. Depois de expressarem seu encanto com o cenário pitoresco de Crestline, Wendy observou: Deve ser muito solitário viver num lugar ao qual você não pertence. Chris e Sylvère não tinham filhos, acumulavam três abortos e vinham alternando havia dois anos entre bibocas de baixo custo nas duas costas para injetar dinheiro no filme de Chris. E é claro que Michael, que era amigo de Sylvère, na verdade, porque Sylvère era alguém em Los Angeles que conhecia mais sobre teoria francesa do que ele, não podia, não tinha como fazer nada para ajudá-la com o filme.

Quando Chris chegou em casa e Sylvère lhe disse que tinha falado com Dick, ela quase desmaiou. "Eu não quero saber!", berrou. Mas em seguida quis saber tudo. "Tenho um presentinho, uma surpresa", ele disse, mostrando a fita cassete. Chris olhou para Sylvère como se o visse pela primeira vez. Gravar o telefonema deles era uma violação e tanto. Isso lhe trouxe uma sensação sinistra, como na vez que o escritor Walter Abish'd descobriu o gravador que Sylvère tinha escondido embaixo da mesa enquanto eles tomavam alguns drinques. Sylvère riu e fez pouco caso, chamando a si mesmo de Agente Estrangeiro. Mas ser um espião é ser ninguém. Mesmo assim, agora Chris precisava escutar a fita.

ANEXO C: TRANSCRIÇÃO DE UMA CONVERSA DE TELEFONE
           ENTRE DICK____ E SYLVÈRE LOTRINGER

10 de dezembro de 1994: 18h45

D: E aí, será que podemos falar sobre a possibilidade da sua vinda no próximo semestre...

S: Sim. Acho que o mais fácil pra mim seria entre 10 e 20 de março. Quer que eu faça algo sobre antropologia cultural? É isso que está fazendo agora?

D: Se não te interessa muito, podemos, talvez, hm, esquecer, mas... (inaudível).

S: Sim?

D: (Inaudível) Não sei se te animaria muito, tipo, resumir James Clifford e outros discursos em torno da antropologia, mas se quiser fazer algo mais original, mais, hm, primário, é você quem sabe.

S: Ok. E o valor seria de dois mil e quinhentos dólares para duas aulas e um seminário?

D: Duas aulas e um seminário, e talvez algumas visitas de ateliê.

S: Ah. Marvin disse que as visitas críticas pagavam... mais quinhentos dólares?

D: Hm, olha, vou ver o que posso fazer. Espero que vir aqui valha a pena para você.

S: (Inaudível) Bom, quero que valha a pena para você também.

D: Nas próximas semanas vamos ter uma imagem mais clara do que acontecerá neste semestre e, bom, posso ligar pra você em Nova York. (Inaudível)

S: Então, é sobre isso que eu queria conversar com você. Nós... eu queria te sondar sobre um projeto que é meio estranho, mas sei que você não se importa com coisas estranhas — (risos) — (silêncio) — Certo?

D: Acho que não, depende. Tem estranhezas e estranhezas. Tem a estranheza e a estranheza impossível. Estranheza impossível é mais interessante.

S: Bom, ok, acho que isso pode te interessar, então. (Risos) Bom, deixa eu... é um, digamos, projeto colaborativo que estávamos pensando em fazer, quem sabe, antes de ir embora na quarta-feira, ou então vamos ter que adiar pro fim de janeiro. E, hm, na verdade começou com nossa visita à sua casa. E com nosso desencontro na manhã seguinte...

D: (Inaudível)

S: Sim, foi bem bizarro. E então você...

D: Eu voltei lá pelas dez e meia e vocês tinham ido embora.

S: Aham, aham.

D: Saí de mansinho pelos fundos. Não esperava que soubessem que eu tinha feito isso, mas achei que iria encontrar vocês na volta, e aí foi muito estranho.

S: Aham. Chris achou que você estava na cama ou algo assim, só esperando que fôssemos embora, porque você estava numa outra onda.

D: (Inaudível)

S: Sim?

D: Eu só tinha saído pra resolver umas coisas e... tenho um pouco de insônia, então peguei o carro e fui a Pear Blossom e Palmdale, comprar ovos e bacon. Era isso que eu estava fazendo.

S: Aham. Então. O que aconteceu foi que, bem, rolou uma coisa muito estranha, não sei como posso resumir, mas, basicamente, Chris se sentiu muito atraída por você.

D: (Risadinha, suspiro)

S: E depois, hm, nós começamos a conversar sobre isso e escrevemos cartas pra você.

D: (Risos, suspiro)

S: (Risos) e, hm, essas cartas incluíam você, como você mesmo e também como um tipo de objeto de, você sabe, sedução, ou desejo, ou fascinação ou algo assim, e então... Bem, eu escrevi uma carta, ela escreveu outra, e planejamos te enviar as cartas e te envolver numa espécie de correspondência por fax. Mas a coisa fugiu um pouco do controle, começamos a deixar rolar pra ver até onde ia, fomos ficando paranoicos e acabamos escrevendo um monte de cartas.

D: (Risos, suspiro)

S: E a coisa foi crescendo até chegar a umas, hm, vinte, trinta, quarenta páginas, e acabou ficando impossível te enviar tudo, ou te sondar sobre a ideia, ou te envolver como pretendíamos (risos). Então pensamos que talvez fosse o caso de fazer algo um pouco mais drástico pra te envolver de alguma maneira, e é sobre isso que eu gostaria de te sondar. E, hm, nos ocorreu que talvez pudéssemos passar de novo na sua casa antes de irmos embora, na quarta ou quinta, com uma câmera de vídeo. Acharia isso bacana? Porque, enfim, não quero que se sinta invadido no seu território nem nada disso, mas a coisa basicamente se transformaria numa obra de arte de algum tipo, com um texto que talvez possa ser pendurado nos cactos e no seu carro, algo assim. E você chegaria, veria aquilo e, bem, você sabe, a partir daí a gente improvisaria.

D: (Inaudível)

S: *Invasores de corações*. Hm, é uma obra de Calle Art. Como Sophie Calle, sabe? (risos) E envolve... bom, fomos pegos por um temporal e ficamos presos nele por vários dias, a coisa fugiu um pouco do controle — nas nossas emoções, e tem um monte de altos e baixos nos quais nos conectamos e desconectamos, e de alguma maneira parece muito estranho que você não esteja nem um pouco conectado também, porque estávamos totalmente convencidos de que você fazia parte disso — (Risos) — Mas aí não conseguimos entrar em contato com você e, bem, não sei se você tinha alguma noção disso, mas passamos por um tremendo de um temporal num copo d'água aqui. (Risos)

D: Você quer dizer uma... tempestade?

S: (Risos) Sim. De todo modo, o que você acha disso?

D: Bom, eu, hm, preciso de um pouquinho de espaço pra respirar, pra entender o... passar a limpo tudo isso que você me contou... (Risos) Mas, hm, quer dizer... só tenho que, ahn... Me deixe pensar um pouco mais.

S: Claro.

D: E vou te ligar amanhã e dizer o que sonhei à noite e... meio que... criar uma disposição em relação a esse projeto.

S: Ok, isso é perfeitamente legítimo. De todo modo, gostamos muito da sua obra, o vídeo, ver você divagando nos fez divagar também. Afinal, Chris é cineasta e também está trabalhando com vídeo.

D: Talvez o timing não seja bom, mas o timing nunca é bom, acho. Vamos pensar nisso e te ligo amanhã.

S: Tá bom, estaremos aqui o dia todo.

D: Obrigado por me deixar por dentro do segredo. Vou pensar nisso. Tchau.

S: Tá, você também. Sim, não conte a ninguém. Se cuida. Tchau.

=

Em seguida, Chris foi sozinha para o seu quarto e escreveu uma carta, com a intenção de enviá-la, sobre sexo e amor. Ela estava bem confusa com aquela vontade de fazer sexo, e tinha a impressão de que, se fosse para a cama com Dick, a coisa toda chegaria ao fim. A–VIDA–IRREFLETIDA–NÃO–VALE–A–PENA–SER– VIVIDA, exibem os créditos de um filme de Ken Kobland, com as batidas de uma música de trepar no carro nos anos 50 tocando na trilha. "Assim que entra o sexo, caímos", ela escreveu, pensando, por experiência própria, que o sexo faz qualquer troca no campo da imaginação entrar em curto-circuito. As duas coisas juntas ficam assustadoras demais. Então ela escreveu um pouco mais sobre Henry James. Mas ela realmente queria as duas coisas juntas. "Será que existe uma maneira", ela escreveu para concluir, "de dignificar o sexo, de torná-lo tão complicado quanto nós somos, torná-lo não grotesco?"

Sylvère com certeza sabia que ela estava escrevendo, e escreveu ao mesmo tempo, no seu próprio quarto:

"Caro Dick, é engraçado como as coisas mudam de figura. Bem, quando pensei que tinha tomado alguma iniciativa, me encontrei na posição do Pau-Mandado, empurrado de lá pra cá pelos impulsos das outras pessoas. Na verdade, o que mais me doeu foi perceber como Chris estava confusa e desorientada, recaindo na sua maneira de reagir a paixões mais jovens, aquelas que não pude testemunhar em primeira mão. E com isso nossa diferença de idade pulou para meio século. E me senti velho e triste. Ainda assim, estamos compartilhando algo."

Ainda assim, estar juntos como um casal era tudo que os dois podiam imaginar. Se eles leram suas cartas "privadas" um para o outro em voz alta? Provavelmente. E depois eles fizeram amor, pensando sobre o quê? O Dick ausente? De qualquer modo, eles estavam de volta à ativa, comprometidos com o jogo. Deitada na cama ao lado de Sylvère, Chris escreveu essa carta pós-coito:

Crestline, Califórnia
10 de dezembro de 1994

Caro Dick,
    Várias horas se passaram, acabamos de fazer sexo, e antes disso ficamos duas horas falando sobre você. Desde que você

apareceu na nossa vida, nossa casa virou um bordel. Fumamos cigarros, derrubamos cinzeiros e não nos damos ao trabalho de recolher, passamos horas deitados. Trabalhamos sem muito ânimo e por poucas horas seguidas. Perdemos todo o interesse nos preparativos para a mudança, nas viagens à frente, no futuro, em consolidar nossas posses ou fazer avançar nosso trabalho e nossas carreiras. Não é justo que você esteja sendo tão pouco afetado. Você está passando sua noite de sábado pensando no telefonema do Sylvère? Duvido. Sylvère diz que você está certo em se manter afastado, pois essa correspondência não tem nada a ver com você. Ele diz que tem a ver somente conosco enquanto casal, mas não é verdade.

Quando eu tinha 23 anos, minha melhor amiga Liza Martin e eu convidamos um roqueiro famoso e conhecido pelas suas incursões no bizarro para nos foder como se fôssemos uma só pessoa. Sob orientação de dois artistas que venerávamos, Richard Schechner e Louise Bourgeois, estávamos desenvolvendo um esquizofrênico trabalho em dupla nos bastidores de um bar de topless. (Ops, o telefone está tocando. É você? Não, é só mais um fax sobre o problema na lista de decisões de edição do meu filme, enviado pelo finalizador na Nova Zelândia, assunto ao qual já estou bastante indiferente.) Mas, enfim, dissemos a ele que Liza faria a parte física do sexo, eu faria a verbal. Juntas, encarnamos a cisão ciborgue projetada em todas as mulheres por essa cultura. Nós até oferecemos a ___ a escolha do local: o Gramercy Park Hotel ou o Chelsea. Mas ___ nunca nos respondeu. É mais fácil, imagino, foder uma mocinha burra do que se envolver com garotas tão esquisitas.

E agora Sylvère e eu somos as garotas esquisitas. Nunca sonhei que faria algo assim de novo, ainda mais com Sylvère. Mas, pra ser sincera, sinto como se tivesse chegado ao fim de algo com o filme. Não sei o que acontecerá a partir de agora, e talvez você tenha caído nesse vácuo. Não acha que a única maneira de realmente entender as coisas é por meio de estudos de caso? No mês passado, li um livro sobre a greve dos trabalhadores da Coca-Cola na Guatemala, escrito por Henry Frundt: uma reconstrução total dos acontecimentos a partir de documentos e transcrições. Compreendendo uma simples coisa — uma greve — é possível entender tudo sobre o capitalismo corporativo nos países de terceiro mundo. De todo modo, acho que isso que começamos a criar com você é um estudo de caso.

Me sinto como se estivesse à espera de uma execução. Você provavelmente vai puxar o freio de mão com um telefonema amanhã cedo, fazendo tudo isso parar. Restam somente algumas horas para que a história toda (qual história?) se revele.

Com amor,
Chris

Crestline, Califórnia
10 de dezembro de 1994

Caro Dick,
Fico imaginando o que faria se fosse você.

Com amor,
Sylvère

PS: Decidimos que vamos te deixar em paz pelo resto da noite.

Eles estavam delirando, em êxtase. Chris tinha desejado muitas vezes entrar na cabeça ou no coração de Sylvère para exorcizar sua infelicidade. No sábado, 10 de dezembro, eles descansaram, felizes e exaustos, finalmente habitando o mesmo espaço ao mesmo tempo.

O DOMINGO MAIS LONGO DO MUNDO

Crestline, Califórnia
11 de dezembro de 1994: domingo de manhã

Caro Dick,

Acho que me *apaixonei* mesmo. Engraçado eu não ter pensado em usar essa palavra até agora.

Você é a quarta pessoa e meia (Shake, a Boa Yvonne, a Má Yvonne e David B., o Jesuíta) por quem me apaixono desde que vivo com Sylvère. Na maioria das vezes, essa energia passional tem a ver com querer conhecer alguém.

É engraçado, com as duas Yvonnes a parte da paixão sexual veio depois de conhecê-las bem, adorá-las e querer estar com elas de outras maneiras, enquanto as paixões sexuais que são homens (você, Shake, o padre) brotam do nada, baseadas em não saber nada sobre eles. Como se o sexo pudesse fornecer as pistas que faltam. Será que pode? No caso dos homens, é como se eu tivesse atinado um indício de quem a pessoa era abaixo da superfície. E quisesse o sexo para confirmar coisas que eu já sabia.

Antes de ir morar com Sylvère, eu normalmente era rejeitada pelos caras assim que eles encontravam outra mulher mais feminina ou sonsa. "Ela não é como você", eles diziam. "Ela é uma garota bacana de verdade." E isso me feria, porque o que me excitava no sexo era acreditar que eles me conheciam, que eu tinha encontrado alguém para entender. Mas agora que me tornei uma bruaca velha, isto é, aceitei todas as contradições da minha vida, não há nada mais a ser descoberto. A única coisa que me move agora é o movimento, descobrir mais sobre outra pessoa (você).

Sei bem que essas cartas são bobas. Mesmo assim, queria usar as últimas horas antes de você ligar pra te dizer como me sinto,

Com amor,
Chris

Crestline, Califórnia
11 de dezembro de 1994

Caro Dick,

Estamos sob pressão agora. Daqui a algumas horas, você poderá explodir nossa história toda em pedaços e desmascará-la, mostrando o que ela realmente é: uma máquina estranha e perversa criada para conhecer você, Dick. Ah, Dick, o que estou fazendo aqui? Como fui chegar a essa situação estranha e embaraçosa, contar por telefone que minha esposa está apaixonada por você? (Estou chamando Chris de minha "esposa", uma palavra que nunca uso, para enfatizar a profundidade da nossa depravação...)

Será que Chris teria se apaixonado por você caso eu não estivesse lá para tornar tudo tão embaraçoso? O conhecimento é uma forma desesperada de aceitação? Ou será que a aceitação transcende a si mesma no conhecimento para alcançar um terreno mais interessante? O "conhecimento" deveria ser minha área...

Então eu estava pensando em você, ansiando por uma crise, por um futuro brilhante para manter a morte afastada. Temos o direito de jogar nossas fantasias em cima de você? Será que elas poderiam se conectar de alguma maneira que fosse benéfica para todos nós? Entendo o que temos a ganhar com isso. Mas o que eu faria se fosse você, Dick? Se você desejasse lidar com a complexidade das relações humanas, não teria se mudado sozinho para Antelope Valley. Isso me lembra algo que Chris disse outro dia: o melhor lugar para esconder um cadáver é aos olhos de todos. E você, que está tão próximo de tudo, é tão difícil de captar.

Então por que você desejaria estragar seu disfarce, uma casca de ovo tão frágil, para participar de um jogo que já se recusara a seguir jogando? O mais embaraçoso não é lhe dizer que minha mulher está apaixonada por você — isso é apenas transgressor, e por isso, em última análise, aceitável. O mais embaraçoso é desnudar a intriga, reduzi-la ao nível do desejo bruto, como as "..." na história de Chris, quando ela imagina fazer amor com você. Será que o conhecimento corresponde às "..."? Ele precisa ser erotizado para atingir sua finalidade? E por que qualquer finalidade seria melhor que as "..." brutas dos nossos desejos? Sabemos a que correspondem nossas "...". E a que corresponde seu nome, Dick?

Aqui está o meu,
Sylvère

Crestline, Califórnia
11 de dezembro de 1994

Caro Dick,
Eu discordo de Sylvère sobre sua situação de vida. Ele acha que é escapista, como se viver sozinho fosse evadir uma inevitável vida de casal, rejeitando a vida. Isso é o que os pais dizem sobre casais sem filhos. Mas eu acho que suas escolhas de vida são totalmente válidas, Dick.

Com amor,
Chris

Crestline, Califórnia
11 de dezembro de 1994

Caro Dick,
Meio-dia. (Já). Continuamos esperando seu telefonema. Acho que agora vamos passar para o modo de conversação, já

que todo o tempo entre esta carta e as anteriores foi gasto falando sobre você, de qualquer maneira.

Com amor,
Chris & Sylvère

ANEXO D: SYLVÈRE E CHRIS CONVERSAM POR MEIO DE TRANSCRIÇÃO SIMULTÂNEA

Domingo, 11 de dezembro de 1994: 12h05

C: Sylvère, o que vamos fazer se ele não ligar? Vamos ligar pra ele?

S: Não, podemos continuar sem ele, se for o caso.

C: Mas você esquece que eu realmente *quero* que ele ligue. Estou formigando enquanto espero o telefone tocar. Ficarei muito decepcionada se ele não ligar.

S: Bom, desta vez é você quem deve falar com ele. Por que deixar que nós, os dois caras brancos, decidam o rumo? Abri a porta pra que ele entrasse. Agora é sua vez.

C: Mas meu receio é que ele não ligue nunca mais. E daí? Ligo pra ele? Isso já está parecendo aquela música do Frank Zappa, "You Didn't Try And Call Me".

S: Ele vai ligar, mas não hoje. Vai ligar quando for tarde demais.

C: Ai, Sylvère, odeio pensar nisso.

53

S: Mas, Chris, é por isso que ele vai fazer assim.

C: Se ele não ligar hoje, acho que eu vou ter que levantar acampamento. Porque vou perder o respeito, sabe. Nós fizemos *tanto*. Tudo que ele precisa fazer é nos ligar.

S: Mas talvez ele perceba que já fizemos tudo no lugar dele. Por que mudar agora?

C: Discordo. Ele deve estar curioso. Se alguém me ligasse e dissesse que tinha escrito cinquenta, sessenta, setenta páginas sobre mim noite adentro, eu sem dúvida estaria curiosa. Sabe, Sylvère, acho que se esse lance todo do Dick for uma furada, vou pra Cidade da Guatemala. Preciso fazer algo da minha vida.

S: Mas Chris. Antelope Valley *é* a Guatemala.

C: É que ficarei tão decepcionada se ele não ligar. Como continuar a amar alguém que não passa num primeiro teste tão simples?

S: Que teste? O teste do adultério?

C: Nããão. O primeiro teste é ligar.

Já que o telefone deles tem chamada de espera, Chris liga para a sua inabalável amiga Ann Rower, que vive em Nova York.

DEZ MINUTOS DEPOIS

S: O que Ann acha?

C: Ann achou que foi um grande projeto, mais perverso do que simplesmente ter um caso amoroso. Ela acha que daria um bom livro! Quando Dick ligar, devemos dizer a ele que consideramos publicar?

S: Não. O assassinato não aconteceu ainda. O desejo ainda não foi saciado. A mídia que aguarde.

C: (Choramingando) Por quêêêêê??

SETE HORAS DEPOIS

C: Olha, Sylvère, não adianta mais. Vamos embora daqui a dois dias e não consigo pensar em nada que não seja esse telefonema. Hoje à tarde recebi um fax de um produtor que quer ver meu filme. Ainda nem li. Talvez já esteja no cesto de lixo.

(Pausa)

É uma situação sem saída! Nem sei mais o que eu quero de Dick. Nada bom pode vir disso. A única coisa pela qual me sinto agradecida é que não estamos mais nos anos 70 e ainda não transei com ele. Sabe essa angústia? Esperar ao lado do telefone até que a chama e o tormento finalmente se acabem? Nossa única esperança é por alguma retomada da nossa vida normal. O que parecia tão ousado apenas parece juvenil e patético.

S: Chris, eu já te disse que ele não ia ligar. Ele tem uma tendência a pular fora. Tomamos a decisão por ele. Decidimos seus pensamentos. Lembra da introdução que escrevemos pra ele? Em certa medida, Dick não é necessário. Ele tem mais a dizer não dizendo nada, e talvez esteja ciente disso. Estivemos tratando Dick como uma vadia burra. Por que ele deveria gostar disso? Ao não ligar, ele está desempenhando bem seu papel.

C: Você está enganado. A reação de Dick não tem nada a ver com personagem. É a situação. Isso me lembra de algo que aconteceu quando eu tinha onze anos. Um homem que trabalhava na rádio local vinha sendo bem legal comigo. Ele me deixava falar ao vivo. Até que um dia uma nuvem me encobriu e comecei a atirar pedras no para-brisa do carro dele. Fez sentido no momento, mas depois me senti louca e envergonhada.

S: Você quer atirar uma pedra no Thunderbird de Dick?

C: Já atirei. Embora isso tenha servido mais pra eu me degradar.

S: Não.

C: Claro. Projetei uma completa fantasia numa pessoa desavisada e ainda lhe pedi que correspondesse!

S: Mas, Chris, acho que o constrangimento dele não se dá em relação a mim ou a você, e sim em relação a ele próprio. O que ele pode fazer?

C: Odeio ser levada a esse estado físico. Quando o telefone tocou durante o jantar, meu rosto ficou vermelho, meu coração disparou. Laura e Elizabeth vieram de carro até aqui pra nos visitar, e gosto delas, mas mal podia esperar que fossem embora.

S: Isso não é viver a vida ao máximo?

C: Não, é só uma paixão idiota. Estou tão envergonhada.

S: Mesmo que o silêncio dele te agrida, não foi isso que te atraiu nele? O fato de que ele era inacessível. Portanto, me parece haver uma contradição aí, ou pelo menos não é nada pra se envergonhar...

C: Eu tomei liberdades terríveis com outra pessoa. Ele tem todo o direito de rir de mim.

S: Duvido que esteja rindo. Talvez esteja se segurando para não ligar.

C: Me sinto tão adolescente. Quando se está vivendo tão intensamente dentro da própria cabeça e algo que você imaginou acontece, você realmente acredita que causou aquilo. Quando Leonora teve uma overdose com o ácido ruim fornecido pelo meu namorado Donald, ele, Paul e eu ficamos a noite inteira sentados no parque e fizemos um pacto segundo o qual, se Leonora não saísse do hospital no dia seguinte, cometeríamos suicídio. Quando se está vivendo tão intensamente dentro da própria cabeça, não há diferença entre o que você imagina e o que realmente acontece. Por isso, você se torna ao mesmo tempo onipotente e impotente.

S: Está dizendo que os adolescentes não estão dentro da própria cabeça?

C: Não, eles ficam tão lá dentro que deixa de haver diferença entre o interior da sua cabeça e o mundo.

S: E o que está acontecendo agora na cabeça do Dick?

C: Ah, Sylvère, ele não é um adolescente. Ele não está sentindo paixão nenhuma por mim. Ele está num estado normal, quer dizer, o normal dele, seja lá o que for, imaginando como lidar com essa situação horrível e piegas.

S: Se ele estiver pensando nisso, vai ligar hoje à noite. Se não, vai ligar na terça de manhã. Mas com certeza vai ligar.

C: Sylvère, isso parece o Instituto de Pesquisa Emocional.

S: É engraçado pensar que buscamos algo tão efêmero e fácil de perder. A única forma de recapturarmos algum sentimento é evocando Dick.

C: Ele é nosso Amigo Imaginário.

S: Precisamos disso? É tão confuso. Algumas vezes atingimos esses picos de uma verdadeira possessão às custas dele, mas isso nos habilita a vê-lo com mais clareza do que ele próprio seria capaz.

C: Não seja tão presunçoso! Você segue falando de Dick como se ele fosse seu irmão mais novo. Você acha que sabe qual é a dele...

S: Bom, eu não vejo Dick do mesmo modo que você.

C: Eu não *vejo* Dick de nenhum *modo*. Estou apaixonada por ele.

S: É tão injusto. O que ele fez pra merecer isso?

C: Você acha que estamos fazendo isso porque estamos confusos e ansiosos com nossa partida da Califórnia?

S: Não, partir é nossa rotina. Mas o que teria acontecido se ele tivesse se envolvido de boa vontade?

C: Eu teria transado com ele uma única vez e ele nunca mais ligaria.

S: Mas o que torna a coisa toda legítima é que você não fez isso. O essencial é pensar no que isso trouxe à tona. Sabe, antes eu via Dick como uma criatura perversa e manipuladora. Mas talvez ele esteja mantendo silêncio só pra nos dar tempo...

C: De esquecê-lo. Ele quer que o esqueçamos.

S: Chris, que zona estranha é essa em que estamos entrando? Escrever pra ele é uma coisa, mas agora estamos escrevendo um pro outro. Será que Dick foi um meio de nos fazer falar, não um com o outro, mas com alguma COISA?

C: Você quer dizer que Dick é Deus.

S: Não, talvez Dick nunca tenha existido.

C: Sylvère, acho que estamos entrando numa narrativa elegíaca *post mortem* neste exato instante.

S: Não. Só estamos esperando Dick telefonar.

20h45

S: É tão injusto. Acho que esses tipos silenciosos fazem você se esforçar em dobro, e depois você não consegue mais escapar, porque você mesmo criou a jaula. Talvez você se sinta tão mal por causa disso. É como se ele estivesse assistindo, assistindo você fazer isso consigo mesma.

C: O sofrimento e a autodepreciação são a essência do rock 'n' roll. Quando algo assim acontece, tudo que você quer é ligar o som o mais alto possível.

DUAS HORAS DEPOIS

(Dick não ligou. Chris escreve outra carta e, cheia de orgulho, a lê para Sylvère.)

C: *Crestline, Califórnia*
                     11 de dezembro de 1994

Oi, Dick...
    É domingo à noite, fomos ao inferno e ainda não voltamos, mas agora que você está semi-informado a respeito do "projeto", nada mais justo que atualizá-lo a respeito: estamos prontos para cancelá-lo. Viajamos por galáxias desde que Sylvère falou com você, ontem à noite, sobre gravar o vídeo na sua casa... Bem, o vídeo não era a questão, só queríamos encontrar um mecanismo para te envolver no processo. Desde então, abracei/descartei uma série de outras ideias de projetos artísticos, mas tudo que realmente temos são essas cartas. Sylvère e eu estamos refletindo se o melhor seria enviá-las a Amy e Ira na High Risk, ou se devemos publicá-las nós mesmos na Semiotext(e). Em três dias, escrevemos oitenta páginas. Mas estou sofrendo, me sentindo confusa, e, a julgar pelo seu silêncio, você não está dentro mesmo. Vamos deixar pra lá.

                    Bonne nuit,
                    Chris

S: Chris, você não pode enviar isso. Não faz sentido algum. Você é inteligente, até onde eu saiba.

C: Ok, vou tentar de novo.

ANEXO E: O FAX INTELIGENTE
            (impresso no papel timbrado de *Gravity & Grace*)

Domingo à noite

Caro Dick,

Bom, a "tempestade num copo d'água" parece ter passado sem sua participação, e por mim tudo bem. O que fizemos aqui ao longo dos últimos dias? Tenho habitado um limbo desde que me distanciei emocionalmente do filme, e quando essa COISA — a "paixonite" — surgiu, me pareceu interessante tentar lidar com essa atração idiota de uma maneira autorreflexiva. O resultado: oitenta páginas de correspondência ilegível escrita em cerca de dois dias.

Foi interessante, entretanto, afundar de novo nas psicoses da adolescência. Viver dentro da própria cabeça com tal intensidade que as fronteiras desaparecem. É uma onipotência distorcida, um poder psíquico negativo, como se tudo o que acontecesse na sua cabeça realmente dirigisse o mundo lá fora. Um lugar útil para se transitar, embora possa não parecer muito interessante para você.

Não gostaria de, no futuro, me ver forçada a abandonar um recinto se por acaso você estiver nele, então me pareceu melhor não deixar as coisas em aberto.

Me avise se quiser ler (talvez uma seleção) as cartas. No meio da poeira toda, pelo menos algumas delas dizem respeito a você.

Atenciosamente,
Chris

À meia-noite, eles enviaram o fax. Vão se deitar, mas Chris não consegue dormir, sentindo que traiu as próprias convicções. Por volta das duas, ela dá uma escapadinha até o escritório e digita o Fax Secreto.

ANEXO F: O FAX SECRETO

Caro Dick,
	A ideia fixa por trás da tempestade era que eu gostaria de te ver na noite de quarta, depois que Sylvère for embora para Paris. Continuo querendo fazer isso. Se me responder por fax dizendo sim ou não depois das sete da manhã na quarta, receberei sua mensagem em privado.

Chris

Ela digita o número do fax de Dick e deixa o indicador pairando sobre ENVIAR. Mas algo a detém, e ela volta para a cama.

———

12 de dezembro de 1994

Nesta manhã, enquanto ficam deitados na cama tomando café, Chris não conta nada a Sylvère sobre o Fax Secreto. Em vez disso, ela reflete sobre a diferença de prefixo nos números de fax e de telefone de Dick. Sopros de dúvida se acumulam em nuvens de tempestade. Quando confere o número na agenda de Sylvère, ela grita: "Ai, meu Deus! Mandamos o fax pro Dick na faculdade!". (Curiosamente, a faculdade de Dick possui apenas um aparelho de fax. Fica no escritório do presidente. O presidente era um cara legal, um judeu liberal acadêmico, casado com uma nova-iorquina conhecida de Chris. Apenas duas semanas antes, os quatro haviam passado uma noite afetuosa e animada na casa do presidente...)

A situação agora é tão vastamente embaraçosa que não resta escolha a não ser telefonar para Dick e alertá-lo da chegada do fax. Por milagre, Sylvère consegue ser atendido por Dick na primeira tentativa. Dessa vez, ele não grava a conversa deles. Chris esconde a cabeça embaixo do travesseiro. Sylvère volta triunfante. Dick foi ranzinza e ficou incomodado, Sylvère relata, mas pelo menos o desastre foi evitado. Chris vê Sylvère como um herói. Ela fica tão maravilhada com a bravura de Sylvère que, num rompante, confessa tudo sobre o Fax Secreto. E agora Sylvère não pode mais evitar essa realidade. Não é mais outro passatempo de café da manhã como tantos que eles inventaram. SUA MULHER AMA OUTRO HOMEM. Chateado, traído, ele escreve uma história.

ANEXO G: A HISTÓRIA DE SYLVÈRE
           INFIDELIDADE

Chris pensou muito em trair seu marido. Ela nunca entendera as comédias de Marivaux, toda aquela gente se movendo furtivamente por trás de portas fechadas, mas agora a lógica da traição se revelava. Ela tinha acabado de fazer sexo com Sylvère (que agradeceu a Dick depois), e Sylvère havia expressado seu amor profundo e imortal por ela. Não era uma ocasião fecunda para a traição?

Porque, em alguma medida, a história precisava acabar dessa maneira. Não era isso que Sylvère pretendia, no fundo, quando praticamente forçou Chris a escrever "O Fax Inteligente"?

Sylvère e Chris estão juntos há dez anos, e ela fantasiou confessar sua virgindade adúltera a Dick — "Você é o primeiro." Agora a única maneira de conseguir o que ela queria (os quarenta anos estavam chegando velozes) sem magoar Sylvère era de maneira furtiva. Sylvère também ansiava por uma conclusão elegante para essa aventura; a forma narrativa não determinava que Chris acabasse nos braços de Dick? E acabaria assim. Dick e Chris nunca mais precisariam fazer aquilo de novo; Sylvère nunca precisaria saber. Mas Sylvère não conseguia evitar de pensar que Chris, ao excluí-lo, traíra a forma narrativa que eles tinham inventado juntos.

[E nesse ponto Chris assume a história, na esperança de fazer Sylvère entender]

Chris pensou que estava agindo com bravura em favor dela e de Sylvère. Não era necessário que alguém desse um ponto final à história? Dirigindo por North Road naquela tarde, Chris sentiu que entendia muito bem a situação de Emma Bovary. A partida de Crestline e a mudança solitária assomando no horizonte; a travessia da América ao volante. Três coiotes famintos estavam parados à margem da estrada. Chris pensou no galgo italiano sensível de Emma correndo para longe da carruagem, para a certeza da morte. Tudo está perdido.

[Juntos, eles continuam]

Desde o destemido telefonema que Sylvère fez naquela manhã para um Dick justificadamente irritado, eles perceberam que teriam apenas um ao outro agora. Dick jamais responderia. A forma narrativa nunca estaria completa. Sylvère nunca receberia a oferta de trabalho na faculdade de Dick.

Sylvère fingiu não se importar. Ele e Chris não tinham, afinal, se comportado como verdadeiros aristocratas, ou seja, lunáticos inconsequentes? Alguém mais teria ousado submeter uma pessoa na posição de Dick a um disparate desses? Somos artistas, disse Sylvère. Então podemos.

Mas Chris não estava tão certa disso.

Eles acabariam acrescentando à história o subtítulo "O gênero epistolar marcou o advento do romance burguês?". Mas isso foi mais tarde, depois de outro jantar com alguns amigos acadêmicos prestigiados na casa de Dick.

Crestline, Califórnia
Segunda, 12 de dezembro de 1994

Caro Dick,

Eu, nós, estamos te escrevendo essa carta que nunca enviaremos. Finalmente sacamos qual é o problema: você acha que somos diletantes. Como não percebemos isso antes? Afinal, Dick, você é um cara simples. Você não tem tempo para gente como nós. Você é como todos os outros namorados, caras que orgulhosamente confessaram depois de me comer regularmente por seis meses, um ano: "Conheci uma pessoa. Eu gosto muito dela. Karen-Sharon-Heather-Barbara não é como você. Ela é uma pessoa realmente bacana". Bem. Não somos Pessoas Bacanas aos seus olhos?

Seria uma questão de classe? Embora tenhamos formação semelhante, você acha que nossa sofisticação é decadente. Que em alguma medida somos... falsos.

E agora? Cometemos um erro ao tentarmos nos aproximar de você? Aqui estão alguns fatos do contexto da nossa vida:

Estamos indo embora da Califórnia, mudando de casa pelo que parece ser a centésima vez nos últimos dois anos. A ansiedade se tornou rotina.

Chris recebeu hoje uma carta de Berlim: o filme dela *não* estará no festival.

Chris recebeu várias mensagens de fax repletas de más notícias, custos que ninguém tinha visto, atrasos, enviadas pelo coordenador de pós-produção na Nova Zelândia.

Esses acontecimentos nos forçaram a trocar o Disco de Dick por um tempo, e ficamos imensamente aliviados de poder voltar a dar atenção a esse tipo de coisa numa casa em que tudo já está embalado para viagem.

Daí Sylvère recebeu um telefonema de Margit Rowell, curadora de desenho no MoMA. Por acaso ele gostaria de editar o catálogo do Antonin Artaud? É uma exposição importante. O abismo entre nós se alarga. Depois as faxineiras apareceram, seguidas pelo homem que veio lavar o carpete. Chris ficou andando no meio de todos, enlouquecida com sua reação ao fax dela. Dick, por que estamos tão entediados com nossa vida? Ontem decidimos não ficar nessa casa de novo no próximo verão. Talvez possamos alugar outra na margem oposta da sua cidade. Você atrai esse tipo de energia? Será que somos como os famosos assaltantes que entram na casa das pessoas para roubar pequenos talismãs — um pacote de camisinhas, uma faca de queijo?

Não estamos conseguindo nos convencer a encerrar esta carta.

Assinado,
Chris & Sylvère

10h55

Estamos pensando em ligar de novo para Dick para lhe dizer que o vídeo foi uma ideia imatura. É como o delírio funciona: estamos rindo, empolgados, e nesse momento nos parece que faz todo o sentido ligar. Afinal, Dick esteve "conosco" pelas duas últimas horas. Estamos esquecendo que ele nunca mais quer ouvir falar de nós. Ligar agora seria o prego no caixão.

Escrever isso tem sido como se mover através de um caleidoscópio de todos os nossos livros favoritos de todos os tempos: *No caminho de Swann* e Willam Congreve, Henry James, Gustave Flaubert. Analogias tornam a emoção menos sincera?

O tempo cura todas as feridas.

Dick, você é muito inteligente, mas vivemos em culturas diferentes. Sylvère e eu somos como as Damas da Corte do período Heian no Japão do século V. O amor nos desafia a nos expressar de maneira elegante e ambígua. Enquanto isso, porém, você estava Lá no Rancho. Billets Doux; Billets Dick: Um Estudo Cultural. Pusemos você à prova; fracassamos.

=====

13 de dezembro de 1994

A terça-feira desponta em decepção. Sylvère e Chris passam o dia levando coisas para o Contêiner #26 no Depósito Dart Canyon. Por 25 dólares por mês, eles podem adiar para sempre o descarte da cadeira de vime quebrada, dos colchões de casal surrados e do sofá de brechó. Chris arrasta sozinha a mobília do caminhão até o segundo andar enquanto Sylvère berra instruções. Como ele tem uma prótese no quadril, não pode erguer nada mais pesado que uma *Petit Larousse*, mas se considera um especialista em mudanças. Já na terceira viagem fica claro que as coisas deles não caberão no Contêiner #26, um cubículo de 1 × 3. Por mais quinze dólares eles poderiam alugar o Contêiner #14, de amplos 3 × 4, mas Sylvère não quer nem ouvir falar dessas despesas desnecessárias. *Eu sou muito organizado!*, ele berra (assim como os sobreviventes dos campos de concentração se vangloriavam da habilidade de "organizar" um ovo clandestino ou uma batata contrabandeada). Ele insiste em conceber maneiras de empilhar as luminárias de chão, os colchões, os cento e cinquenta quilos de livros, e Chris grita com ele sem parar, afundando sob o peso daquela merda toda (*Seu Judeu Mesquinho!*), enquanto vai e volta arrastando tralhas do Contêiner #26 para o corredor. Isso o deixa cada vez mais determinado. Mas tudo enfim se encaixa quando eles concordam em jogar fora a gaiola dourada que tinham comprado na liquidação de um pet shop em Colton por trinta pratas, uma pechincha. O pássaro já tinha batido as asas havia muito tempo. Voltando por Ensenada no final das suas férias econômicas, empoeiradas e improvisadas em Baja, em setembro passado, eles tinham comprado um periquito verde na beira da estrada, que teve de ser escondido embaixo do assento na hora de atravessar a fronteira. Loulou — eles o tinham batizado em homenagem ao animal de estimação de Félicité no conto "Um coração simples", de Flaubert — tinha sido o Pássaro Correlato de Sylvère. Ele o alimentou com folhas de alface e sementes, se confessou para ele, tentou lhe ensinar palavras. Porém, num dia ensolarado de outono, ele deixou a porta da gaiola aberta na varanda para que Loulou pudesse ter uma vista melhor dos picos nevados acima do lago Gregory. Diante do olhar atônito e, instantes depois, arrasado de Sylvère, Loulou voou da gaiola para a grade, desta para o pinheiro gigante e, por fim, se perdeu de vista. Eles tinham comprado todos os acessórios para cuidar de pássaros, menos o aparador de asas. "Ele escolheu a liberdade", Sylvère repetia, entristecido.

Já que a maior parte da ficção "séria" ainda requer a expressão mais completa possível da subjetividade de um indivíduo, é considerado tosco e amador não "ficcionalizar" o elenco de personagens coadjuvantes, substituindo nomes e características insignificantes das suas identidades. O romance heteromasculino contemporâneo e "sério" é uma mal disfarçada História de Mim, marcado pela destrutividade voraz sempre manifesta no patriarcado. Enquanto o herói/anti-herói explicitamente *é* o autor, todos os outros são reduzidos a "personagens". Exemplo: a artista Sophie Calle aparece no livro *Leviatã*, de Paul Auster, no papel da namorada do escritor. "Maria estava longe de ser bonita, mas havia uma intensidade nos seus olhos cinzentos que me atraíram." O trabalho de Maria é idêntico às obras mais famosas de Sophie Calle — a caderneta de endereços, fotos do hotel etc. —, mas em *Leviatã* ela é uma criatura mirrada, livre de complicações como carreira ou ambição.

Quando as mulheres tentam romper essa noção falsa citando nomes, porque nossos "eus" estão mudando quando conhecemos outros "eus", somos taxadas de vadias, difamadoras, pornográficas e amadoras. "Por que você está tão brava?", ele me disse. Não há mensagens de Dick na secretária eletrônica naquela noite. A casa está vazia, limpa. Depois do jantar, Sylvère e Chris sentam juntos no chão e ligam o laptop.

ANEXO H: AS ÚLTIMAS CARTAS DE CHRIS E SYLVÈRE
EM CRESTLINE

Crestline, Califórnia
Quinta-feira, 13 de dezembro de 1994

Caro Dick,

Estou partindo para a França em menos de 24 horas. O tempo está passando, embora você não pareça ciente disso. Esse é um espaço trágico perfeito.

É um saco. Hoje cedo senti certo remorso, certa empatia por você. Na maior parte do tempo, tudo isso parece um jogo de perseguição. Por outro lado, quando você pensa nas dúzias de páginas escritas, nas milhões de palavras a seu respeito que cruzaram nossa mente, e constata que tudo que fizemos foi lhe telefonar duas vezes e enviar um mísero fax, o que se pode dizer? A discrepância é perturbadora.

Na noite passada, pensamos que tínhamos encerrado a questão, e em certo sentido foi isso mesmo. Não há como se comunicar com você por meio da escrita porque textos, como sabemos, alimentam-se de si mesmos, tornam-se um jogo. O único caminho que resta é o cara a cara. Quando Chris acordou hoje pela manhã, tomei uma decisão. Ela deve voltar a Antelope Valley sozinha para encontrar você, Dick. No final da tarde, porém, comecei a ter dúvidas. De manhã, deixei uma mensagem para o presidente da sua faculdade, agradecendo pela noite aprazível. Imagine a cena: o presidente comentando com você que eu devo integrar o corpo docente no próximo ano, Chris batendo à sua porta bem quando você pensava que o casal diabólico tinha partido de avião para longe. O que você faria? Diria "Oi" ou apanharia sua espingarda de pressão? Talvez não seja uma ideia tão boa assim. Vamos tentar outra:

Chris chega a Antelope Valley perto do pôr do sol e se instala no seu bar favorito. Ela se encosta na porta e fica bebendo golinhos de uma cerveja long neck enquanto espera seu carro passar pela estrada. Será que ela deve ligar para a sua casa? Mas ela sabe que você está filtrando as chamadas.

Mais uma: você passa em frente ao bar e vê a caminhonete dela estacionada na rua. Você encosta o carro, tira o chapéu e entra. Ela ergue a cabeça, lança um olhar acanhado por cima da mesa comprida e vazia da cantina, e vê sua figura pairando junto à porta. O resto é história.

Cena Número Três: Chris reserva um quarto num motel de uma cidade próxima. Ela pensa em ligar para você, decide não fazê-lo, e então, de impulso, dirige até Antelope Valley e se instala no seu bar favorito. Passado algum tempo, ela entabula conversa com o barman. Por acaso ele sabe algo sobre esse gringo que está morando sozinho nos arredores da cidade? Um cara legal, mas um pouco estranho? Chris dispara perguntas para os caubóis chicanos gentis que ganham a vida mantendo na linha os coletores de laranjas guatemaltecos que não possuem documentos de imigração. Eles por acaso não conhecem sua namorada? Você tem namorada? Você aparece naquele bar com frequência? Você vai para casa sozinho? Você conversa com alguém? O que você diz? "Qualé?", pergunta o barman americano de pele branca e castigada pelo clima. "Você é policial? Ele fez algo errado?" "Sim", Chris responde. "Ele não responde às minhas ligações." Entendeu? Não adianta se esconder.

Por enquanto é isso,
Chris & Sylvère

Crestline, Califórnia
Terça-feira, 13 de dezembro de 1994

Caro Dick,
Nenhuma dessas ideias está certa. O mais perto que posso chegar de te tocar (e ainda quero fazer isso) é tirar uma foto do bar da sua cidade. Seria uma panorâmica, no estilo Hopper, o tungstênio da luz diurna colidindo com o céu crepuscular, o poente do deserto envolvendo o prédio de estuque, uma única lâmpada de teto no interior...

Você já leu *O azul do céu*, de Georges Bataille? Ele fica falando em perseguir e deixar escapar o Pássaro Azul da Felicidade... Ai, Dick, estou tão triiiste.

Chris

Caro Dick,
Posso estar abandonando a cena do crime, mas não devo permitir que ela se desmanche sem deixar rastro.

Sylvère

Crestline, Califórnia
Terça-feira, 13 de dezembro de 1994

Caro Dick,

Não tenho certeza se ainda quero transar com você. Pelo menos não do mesmo jeito. Sylvère insiste em dizer que estamos perturbando sua "fragilidade", mas acho que não concordo com isso. Não há nada de tão singular em mais uma mulher te adorando. É um "problema" com o qual você lida o tempo todo. A diferença, no meu caso, é que sou particularmente chata, uma mulher que se recusa a se comportar. Isso torna a situação menos atraente, e não consigo mais desejar você desse jeito certinho, de ficar ouvindo *Some Girls* no sábado à noite. Mesmo assim, sinto ternura por você, depois de tudo por que passamos. Tudo que eu quero é uma foto do seu bar favorito. Hoje liguei para o seu colega Marvin Dietrichson, para descobrir o que você fez hoje. O que você disse na aula. O que você estava vestindo. Estou encontrando novas maneiras de estar perto de você. Está tudo bem, Dick, podemos manter a relação à sua maneira.

Chris

Crestline, Califórnia
Terça-feira, 13 de dezembro de 1994

Caro Dick,

Me chame de insistente, se quiser, mas um artista não pode confiar nos outros para realizar seu trabalho. Amanhã à noite, Chris irá para Antelope Valley.

Sylvère

E agora são quase dez da noite, Chris está com o coração partido e Dick ainda não telefonou. Ela sabe que, no fundo, não pegará a estrada até a casa de Dick, ela só pegará a estrada para longe, e sente raiva de Sylvère por incitá-la a fazer papel de boba. Graças a Dick, contudo, Sylvère e Chris viveram as quatro horas mais intensas da sua vida juntos. Sylvère fica pensando se é capaz de sentir-se próximo dela apenas quando outra pessoa ameaça separá-los. O telefone toca. Chris sai voando da cadeira. Mas não era Dick, era só o cara do Depósito Dart Canyon, preocupado porque eles tinham esquecido de trancar seu contêiner.

Chris deveria ligar para Dick? Deveria ensaiar o que iria dizer? Porque da última vez ela tinha sido pega de surpresa. Uma ideia simples surge na sua mente, baseada em algo que Marvin Dietrichson lhe dissera no dia anterior. Dick estava empenhado em finalizar a escrita de alguns projetos de bolsa para o seu departamento, antes do recesso de Natal. Isso era uma "via" possível. Será que Dick sabia que Chris já tinha sido uma redatora profissional de projetos de bolsa? Que ela podia sacar um projeto de bolsa muito mais rápido que Dick? Será que ela deveria oferecer ajuda para compensar aquela confusão toda? Mas onde eles se encontrariam? No escritório dele? Na casa dele? No bar de Antelope Valley?

Caro Sylvère,
     É preciso que haja um objetivo a perseguir, do contrário simplesmente não poderei continuar vivendo.

Com amor,
Chris

Cara Chris,
     De agora em diante, teremos a memória de Dick para cultivar em tudo que fizermos. Durante toda a sua viagem de carro

atravessando a América, trocaremos faxes falando dele. Ele será nossa ponte entre o Café Flores e os campos de petróleo do Texas...

===

Quarta-feira, 14 de dezembro de 1994

Sylvère parecia triste e cansado quando Chris o deixou com seu sobretudo e suas malas no aeroporto de Palm Springs. Ele voaria para Los Angeles, depois para Nova York e então para Paris, enquanto Chris terminaria de arrumar as coisas para a mudança na casa de Crestline. Chris fez uma parada e comprou o CD *The Best of Ramones*. Quando chegou em casa, por volta da hora do almoço, não havia mensagens de Dick, mas Sylvère havia deixado uma durante a conexão. "Oi, querida, só estou ligando pra dar tchau de novo. Passamos um tempo maravilhoso juntos, e vai ficando cada vez melhor."

A mensagem a comoveu. Porém, um pouco mais tarde naquele mesmo dia, ela conversou com os filhos dos vizinhos e ficou chocada ao descobrir que Lori e sua família tinham certeza de que Sylvère era seu pai. Estava assim tão óbvio, até para o observador mais casual, que eles tinham deixado de fazer sexo? Ou será que isso significava que Lori, uma negra confiante e imponente de Los Angeles, não conseguia entender como alguém da sua própria idade e da de Chris poderia se relacionar com um velho arruinado daqueles? O namorado mais jovem de Lori era bonito, calado, ameaçador; ele era uma espécie de Dick dos guetos.

"Caro Dick", Chris digitou no seu laptop Toshiba, "hoje de manhã o sol nascia entre as montanhas enquanto eu levava Sylvère de carro até o aeroporto. Era mais um desses dias californianos gloriosos, e pensei em quanta diferença há entre aqui e Nova York. Uma terra de oportunidades de ouro, de liberdade e de lazer que permitem — o quê? Tornar-se um serial killer, um budista, praticar suingue, escrever cartas para você?

15 de dezembro de 1994

Sylvère desembarca do avião em Paris, França. Onze mil quilômetros e quinze horas depois, ele já perdeu a noção do que estava acontecendo na Califórnia para que parecesse uma boa ideia escrever cartas de amor a seu colega. Ele está experimentando a queda livre de Virilio. Sua prótese de quadril está lhe causando uma dor de matar. Ele leva consigo comprimidos de oxicodona e propoxifeno, buscando todo dia a combinação mágica que eliminará a dor sem entorpecê-lo por completo. Sylvère sai mancando do apartamento da mãe, perto da Bolsa, e percorre a margem direita até a Bastilha. Ele não dormiu, é claro. É um meio-dia escuro e congelante. Ele se sente um animal ancestral. Seu primeiro encontro é com Isabelle, uma velha conhecida e amante ocasional de Nova York, que adquiriu uma obra importante, porém de procedência duvidosa, de Antonin Artaud. Em tese, Isabelle é produtora de filmes independentes, embora na realidade seja uma ex-cheiradora que vive de herança e faz análise quatro vezes por semana. Sylvère sempre viu Isabelle como uma das garotas mais selvagens e impulsivas que havia conhecido. Por isso, ele mal pode esperar para deixá-la a par da aventura com Dick. Isabelle escuta com toda a atenção. "Mas, Sylvère!", diz ela. "Você é louco. Se meteu numa situação perigosa."

De volta a Crestline, Chris se encurva diante do Toshiba. A caminhonete está carregada. Ela tem uma vaga crença de que escreverá para Dick ao longo da viagem. Ela tem uma vaga crença de que escrever é a única possibilidade de fuga para a liberdade. Ela não quer perder o embalo. Ela digita a seguinte história:

ANEXO I: "NOITE PASSADA NA CASA DE DICK"

Acordo alterada, cansada, mas com os nervos ainda energizados. A luz do sol machuca meus olhos, minha boca ainda está pegajosa da bebedeira e dos cigarros de ontem à noite. O dia não diminuirá a marcha em consideração a mim e ainda não estou pronta.

Nós trepamos? Sim... mas a trepada parece insignificante comparada à distância que percorremos até chegar lá. Esse torpor em que me encontro agora parece mais real. O que se pode dizer? Foi sem gosto, pro forma.

Quando cheguei à casa de Dick, por volta das oito da noite, ele estava me esperando. Ele tinha tomado certos cuidados para um "encontro": luz fraca, reggae tocando no aparelho de som, vodca e camisinhas no criado-mudo, embora eu só as tenha visto mais tarde, é claro. A casa de Dick pareceu de repente um salão de festas de baixo orçamento ou uma funerária — objetos decorativos genéricos aguardando remoção antes da chegada do próximo cadáver, noiva ou garota. Será que eu adentrei o mesmo cenário de sedução que a pobre Kyla?

Comecei com uma atitude envergonhada e conciliadora, mais do que disposta a admitir que eu era uma mosca capturada na teia do seu sex appeal, do seu carisma. Mas então você se afastou do papel de sedutor para enunciar às claras o desprezo que jaz por trás dele. Você me fez perguntas, pôs meu desejo contra a luz, como se fosse uma coisa estranha e mutante. Como se ele fosse um sintoma da minha personalidade tão singularmente atormentada. E como eu podia responder? Eu não estaria aqui se não quisesse trepar. Suas perguntas me fizeram sentir vergonha. Quando as devolvi para você, você respondeu de maneira entediada e evasiva.

Como você me trata com condescendência e se recusa a ver a possível reversibilidade das nossas situações, fica impossível, para mim, declarar meu amor por você em sua plenitude. Você me faz retroceder, hesitar. Mais tarde, confusa e fisicamente desmantelada, caio nos seus braços. Um último recurso. Nos beijamos. O primeiro contato obrigatório antes de transar.

Meses depois, partes da história de Chris se revelariam notavelmente proféticas.

═══

ANEXO J: SUA LONGA VIAGEM DE UM LADO A OUTRO
             DA AMÉRICA

> *Flagstaff, Arizona*
> *16 de dezembro de 1994*
> *Motel Hidden Village*

Caro Dick,

Cheguei aqui por volta das dez, onze horas da noite, dependendo do fuso em que você está, me perguntando se realmente serei capaz de dirigir mais cinco mil quilômetros. A cidade não passa de um motel grudado no outro, e os outdoors anunciam uma guerra racial entre os caipiras locais ("Proprietários e Funcionários Americanos") e a maioria imigrante indiana que oferece "Hospitalidade Britânica". A competição mantém o preço das diárias abaixo de dezoito pratas.

Acordei cedo e o tempo lá fora estava deliciosamente frio e limpo, aquele frio iluminado e quase transparente das montanhas, com o solo coberto de geada. Fiz café e levei Mimi para um passeio do outro lado dos trilhos, atravessando uma mistura escabrosa de acampamentos de trailers e condomínios de baixa renda. Venha Morar no Blackbird Roost por Apenas Duzentos Dólares.

Enquanto caminhava, ia pensando em você e no "projeto". Começo a me dar conta de que, ainda que o filme tenha "fracassado", tenho agora um arco de liberdade mais amplo do que em qualquer outra época da minha vida.

Passei dois anos algemada a *Gravity & Grace* todos os dias; cada estágio do processo era uma avalanche de impossibilidades que eu desmembrava em metas finitas. Não fez diferença, no fim das contas, que o filme fosse bom ou que eu tivesse escrito dez faxes otimistas por dia, que eu tenha me mantido responsável, disponível, não importando o que eu sentia.

De qualquer forma, Dick, dei o meu melhor, e ainda assim o filme fracassou. Nada de Rotterdam, de Sundance, de Berlim... apenas problemas de corte de negativos na Nova Zelândia que se arrastam a perder de vista. Passei dois anos sóbria e assexuada, cada gota de *anima* psíquica foi canalizada para o filme. E agora acabou; incrivelmente, e com sua ajuda, me sinto quase bem.

(Na noite passada acordei na cama com os pés gelados, sem lembrar onde estava, encolhida e com medo.)

(E às vezes sinto vergonha desse episódio todo, de como deve parecer para você ou qualquer outra pessoa de fora. Mas ao fazer isso estou me concedendo a liberdade de ver de dentro para fora. Não estou mais sendo conduzida pelas vozes de outras pessoas. De agora em diante, é o mundo de acordo comigo.)

Quero ir para a Cidade da Guatemala. Dick, você e a Guatemala são veículos de fuga. Talvez porque ambos sejam desastres da história? Quero me deslocar para fora dos meus próprios limites (um fracasso excêntrico no mundo da arte), exercer a mobilidade.

Não preciso mais dançar de topless ou ser secretária. Não preciso nem pensar tanto assim em dinheiro. Nestes últimos cinco anos construindo a carreira e administrando os imóveis de Sylvère, comprei rédeas bem folgadas. Por que não me aproveitar delas?

Hoje de manhã, liguei para uma revista de Nova York para falar sobre meu artigo "Bitch! Dyke! Faghag! Whore!" na Penny

Arcade. A assistente talvez soubesse quem éramos, talvez não, mas de todo modo ela foi pouco incentivadora e arrogante. Há liberdade maior do que não se importar mais com o que certas pessoas em Nova York pensam de mim?

É hora de arrumar as malas e ligar para Sylvère. Tem sido bom estar na estrada.

Com amor,
Chris

FAX PARA: CHRIS KRAUS A/C MOTEL HIDDEN VILLAGE
DE: SYLVÈRE
DATA: 16 DE DEZEMBRO DE 1994

Querida,
Acordei no meio da noite, ontem, e te escrevi uma carta. Parece que as coisas andam difíceis...

———

Santa Rosa, Novo México
17 de dezembro de 1994: por volta da meia-noite
Motel Budget 10

Caro Dick, Sylvère, Alguém...

Eu não estaria escrevendo nada esta noite, não fosse o fato de eu ter deixado meus livros lá fora, no carro. Agora estou cansada demais para me vestir de novo só para ler mais algumas páginas sobre a vida de Guillaume Apollinaire.

Tive alguns momentos ruins na estrada essa noite — sentimentos de abandono e de qual o sentido de tudo isso —, até que achei uma estação de rádio de Albuquerque que estava tocando rap e break dancing clássico do início da década de 80.

Kurtis Blow e os sintetizadores de música disco me fizeram sentir que eu poderia dirigir a noite inteira.

Não escrevi nada na noite passada, em Gallup, e comecei meu dia com atraso depois da conversa terrível com Sylvère ao telefone. Desde quando você se importa com Isabelle a ponto de a opinião dela interessar para o que fazemos ou deixamos de fazer? Depois troquei o óleo do carro, almocei, e já era meio-dia...

... mesmo assim saí da rota na interestadual em Holborn para ver a Floresta Petrificada, que não era uma floresta, e sim um museu de blocos de rocha e pedras. Havia poucas pessoas além de mim, caminhando sobre a meseta, exposta.

De volta ao carro, comecei a pensar sobre o Plano de Previdência, como o que você "quer" (nossa vida em East Hampton) pode parecer repugnante de uma hora para outra. Que tortura, para quem vem das florestas pluviais da América Central, ter que viver em East Hampton e estudar na Springs School.

A certa altura do caminho, toda essa coisa de sexo e Dick desapareceu. Acho que estou pronta para voltar à assexualidade por mais um ano. Não sei para onde essa viagem de carro está me levando...

E depois fiquei pensando no poema de John Weiner, "Poem for Vipers":

Soon I know the fuzz will
interrupt, will arrest Jimmy and I
shall be placed on probation. The poem
does not lie to us. We lie
*under its law, the glamour of this hour...**

---

* Tradução livre: "Sei que logo a confusão/interromperá, prenderá Jimmy e eu/serei colocado em condicional. O poema/não nos mente. Nós mentimos/sob sua lei, o glamour dessa hora...". [N.T.]

Quais eram as estratégias de carreira dele? Rá. Pessimismo foi o que Lindsay Shelton tanto gostou em *Gravity & Grace*, e agora está claro que o filme não tem chance nenhuma em termos de cinema. O melhor seria eu reconhecer isso de uma vez por todas, mas ahhh, eu achava que faria mais filmes depois de *G & G*. Se não vou fazer mais filmes, preciso descobrir o que farei.

E agora Sylvère está confuso e pronto para abandonar toda essa travessura, e está furioso com Jean-Jacques Lebel por sua descrição de Félix, e está furioso com o namorado de Josephine por ter escrito um livro sobre a dupla. Mas Sylvère, Félix e Josephine foram Sid e Nancy da teoria francesa...

Amanhã será outro fuso (Central) e o *panhandle* do Texas. Depois Oklahoma, e então o Sul. Comprei três pares de brincos ontem em Gallup.

Dick, está difícil me conectar com você esta noite. Todo esse seu lance de caubói e homem solitário parece bobo.

Chris

=

Viajando para leste, Chris sentia que era sugada para a frente num túnel do tempo. O Natal se aproximava. Havia mais canções de Natal no rádio e mais decoração de Natal nas cidades pequenas, como se o Natal fosse uma nuvem que descesse sobre Nova York e se espraiasse para oeste em filamentos irregulares. Ela estava literalmente perdendo tempo ao atravessar os fusos rumo ao leste, e dirigir a levava para cada vez mais longe daquilo que já era conhecido. Era como aquela ilusão espacial/óptica de estar parada no carro numa faixa de tráfego. Você entra em pânico porque pensa que seu carro está se movendo por conta própria, e então percebe que são os outros carros que estão se mexendo. O seu está parado.

Shawnee, Oklahoma
18 de dezembro de 1994: 11h30 Horário padrão central
Motel The American (25 dólares por noite)

Pois então, Dick,

Me perdi na cidade de Oklahoma, estava quase sem gasolina e não consegui encontrar um quarto. O motel do guia AAA revelou-se um templo do sexo ao lado de um bar de topless, e todos os outros estavam lotados. Precisei dirigir mais uma hora para encontrar uma vaga aqui em Shawnee. Do outro lado da estrada há um matadouro.

Quando me dei conta de que estava na via perimetral errada de Oklahoma City, dei de cara com uma obra na pista e era tarde demais para escapar. Tive que dirigir oitenta quilômetros até o próximo retorno. O pânico me levou de volta para o ano passado, quando eu ficava viajando entre Nova York, Columbus e Los Angeles.

Pânico. Final do inverno, 1993: em Columbus, desembarco do avião que me trouxe de Los Angeles por volta da meia-noite, ejetada com violência repentina do tubo da cabine executiva para a realidade da qual estava isolada pelos hotéis Radisson e Hyatt, pelos cartões platina das companhias aéreas e pelos programas de recompensas da locadora de automóveis Hertz. O carro em que eu tinha dirigido desde Nova York estava sendo consertado na concessionária da Subaru em Columbus, na garantia. Peguei um táxi para o estacionamento do shopping automotivo industrial que ficava a vinte e cinco quilômetros da cidade. A cópia da chave do carro estava pronta. Porém, quando chegamos lá o carro não estava em lugar nenhum. De repente, depois de sete horas dentro do tubo motel-táxi-avião-táxi, me vejo parada sob os holofotes do pátio de automóveis, nevando, cães de guarda uivando. O motorista me leva para a cidade, todas as barreiras entre nós caem pelo caminho, e ele esbraveja sobre pretos e sobre como ter lido William Burroughs o diferencia de todos os outros motoristas de táxi em Columbus, e será que eu poderia dizer a ele como se faz para ganhar a vida como artista? Na real, não.

E aí veio o dia seguinte, atravessando as nevascas do nordeste ao volante, Virgínia Ocidental, Pensilvânia, virada do avesso. Era a época pisciana do ano. Achei que a neve nunca derreteria — branco por toda parte e as árvores do nordeste parecendo varetas magricelas e quebradiças. O isolamento prejudica nossa capacidade de reagir ao clima. Durante todo aquele mês, fui dominada por essa sensação sem nome. A vingança da natureza. Na semana que passei fazendo a pós-produção no Wexner Center, em Columbus, fui atacada pela doença de Crohn, como se meu corpo negasse a ilusão de um avanço na vida. Passando o dia em atividade, tentando ignorar as ondas de dor, vomitando à noite, é como uma histeria dos órgãos, as paredes do intestino inchadas, tornando impossível comer ou até mesmo beber um copo d'água.

Na semana anterior, no trajeto de avião de Columbus para Dallas, toda a cabine executiva está preenchida de vendedores da Pepsi-Cola Co. Aquele sentado ao meu lado está bêbado e quer conversar sobre hábitos de leitura, sua paixão por Len Deighton, socorro me deixem sair. Depois ficamos presos em Dallas porque uma nevasca cancelou a conexão de Chicago... e foi lá, no Garden Room do Hilton do aeroporto de Dallas, que conheci David Drewelow, o padre jesuíta.

Naquela noite, tive a sensação de que conhecer David Drewelow preencheu algo que havia sido sugado de mim. Quando fizemos contato visual na fila do restaurante, pensei equivocadamente que ah, eis um engenheiro de software de Amherst, dá para conversar com ele por quarenta minutos sobre reformas em casas de campo. Mas ele se revelou um gênio que lia latim, espanhol, francês e maia, e acreditava que Chrissy Hynde e Jimi Hendrix eram avatares de Cristo. David Drewelow ganhava a vida com um depósito em Santa Fé, no Novo México, e viajava pelo país arrecadando dinheiro para uma missão jesuíta na costa da Guatemala. Mais do que um libertário, ele via a Igreja como a única força ainda capaz de preservar vestígios da vida dos maias. É claro que Drewelow tinha lido *A gravidade e a graça* de Simone Weil. Ele tinha a primeira edição do livro, publicada pela Plon, e lembrava da emoção de tê-la encontrado em Paris. Passamos horas conversando sobre a vida, o ativismo e o misticismo de Weil, sobre a França e os sindicatos, sobre judaísmo e o Bhagavad Gita. Eu contei a ele tudo sobre a sequência de abertura que estava fazendo em Columbus para o meu filme, cujo título era uma homenagem ao livro de Weil... panorâmicas percorrendo mapas de batalhas medievais e cenas sobrepostas a mapas estáticos de rastreamento de alvos da Segunda Guerra... a história se movimentando de maneira constante e às vezes visível debaixo da pele do presente. Conhecer David Drewelow era como um milagre, uma afirmação de que algo bom ainda existia no mundo.

De volta a Columbus, Bill Horrigan, o curador de mídias no Wexner, me perguntou como eu "realmente" fazia para me sustentar. Eu estava pagando a conta do restaurante e dirigindo um carro novo, e era óbvio que a história de fachada sobre um trabalho como professora numa escola de arte não enganava ninguém. "É simples", eu disse a ele. "Eu uso o dinheiro do Sylvère." Será que Bill se incomodava ao constatar que uma bruaca velha, frígida e marginal como eu não estava morando na rua? Ao contrário das favoritas dele, Leslie Thornton e Beth B., eu era difícil, nada adorável e, ainda por cima, uma Má Feminista.

Ah, Bill, você deveria ter me visto em Nova York em 1983, vomitando na rua. Eu estava sofrendo de desnutrição na ala de pacientes carentes do Bellevue, com uma agulha na veia, ignorando o que havia de errado comigo porque o catastrófico plano de saúde obrigatório da cidade não cobria exames de diagnóstico. "Sylvère e eu somos marxistas", eu disse a Bill Horrigan. "Ele pega o dinheiro das pessoas que se recusam a me dar dinheiro e dá para mim." O dinheiro é abstrato e sua distribuição na nossa cultura é baseada em valores que rejeito, e me ocorreu que eu podia estar sofrendo da vertigem das contradições: é o único prazer que resta depois que você conclui saber das coisas melhor que todo mundo.

Aceitar contradições significa não acreditar mais na supremacia do "sentimento verdadeiro". Tudo é verdade, simultaneamente. É por isso que odeio Sam Shepard e toda aquela coisa do *Oeste Verdadeiro* — é como análise, como se o enigma pudesse ser resolvido desencavando a criança enterrada.

Caro Dick, hoje eu cruzei de carro o *panhandle* do norte do Texas. Eu estava incrivelmente animada ao entrar na planície a oeste de Amarillo, sabendo que a peça *Buried Cadillac* apareceria em breve. Dez deles — um monumento de pop art ao seu carro, as barbatanas traseiras acenando no ar, as cabeças enterradas na areia. Passei pela obra na estrada, dei meia-volta e tirei duas fotos para você.

Dick, você deve estar se perguntando — se desconfio tanto assim da mitologia que você adota — por que meu sangue começaria a pulsar a 25 quilômetros a oeste de Amarillo. Por que eu me arrumava toda para encontrar JD Austin no Night Birds Bar? Para que ele pudesse comer meu rabo e depois dizer que não me amava? Nesta manhã estou com uma calça jeans justa e lábios e unhas vermelhas, me sentindo bem mulher, e também que o tempo não corria a meu favor. É um estudo cultural. Ser parte de algo mais. Sylvère e eu estamos alinhados na nossa curva analítica, satisfeitos com "bagunçar os códigos".

Ah, Dick, você erotiza aquilo que você não é, esperando secretamente que a outra pessoa identifique o que você está interpretando, e saiba que ela está interpretando também.

Com amor,
Chris

Brinkley, Arkansas
19 de dezembro de 1994: 23h
Pousada Brinkley

Caro Dick,

Esta noite, pra variar, tive tanta vontade de ler quanto de escrever para você. Falar ao telefone com Ann, e com minha família, me deu uma acalmada.

Tudo estava tão horrendo hoje mais cedo em Oklahoma que desisti de tentar curtir o momento. Precisei me ajustar à paisagem do Nordeste. Lá pelas duas o verde começou a parecer bonito, então saí da rodovia estadual em Ozark e andei por um parque próximo ao rio. Azul e verde dourados. No carro, comecei a pensar que, a partir do momento em que eu aceitar o fracasso de *Gravity & Grace*, o que eu vier a fazer não importará mais — depois de aceitar a obscuridade total, você pode fazer o que quiser, dá na mesma. A paisagem do parque me lembrou os filmes de Ken Kobland... aquele trecho de vídeo que The Wooster Group usou em *LSD*... a câmera cambaleando pela floresta, final de inverno, céu azul forte, manchas de neve restando no solo acidentado... poucas coisas são mais evocativas daquele momento em que você está começando a Sair de Órbita. Ken realmente é um gênio. O trabalho dele é intencionalidade pura, tudo flui fácil e vem carregado de significado, e aprendi a fazer filmes assistindo aos dele.

E agora a viagem de mulher acabou. Estar de volta ao Nordeste muda tudo. Vesti de novo a camuflagem básica. Música country & western de boa qualidade no rádio hoje: "I Like My Women A Little On The Trashy Side".

Já que essa é a noite das cartas mortas, Dick, talvez eu possa transcrever algumas anotações que fiz no carro:

"12h30. Horário Padrão Central, sábado, agora no Texas. Exatamente igual ao Novo México. Pensando no vídeo de Dick — o sentimento, a coisa caubói de Sam Sheppard, é uma mensagem cifrada. O vídeo foi mostrado em resposta à minha crítica ao sentimentalismo de Sylvère quando ele escreve ficção. Eu disse: você precisa fazer aquilo que sabe fazer melhor, ou seja, aquilo em que está mais vivo. Então Dick apareceu com o vídeo, como um manifesto ou defesa do sentimento."

MAIS TARDE NAQUELE DIA

"Estou em Shamrock agora — um grande vazio. Parece um refúgio ou destino de repouso. Esqueci de mencionar, D., a menorá na sua geladeira — aquilo nos impressionou."

A MANHÃ SEGUINTE

"Eu acho que o Nordeste bateu durante à noite. Quando saí do motel hoje cedo, eu já não estava mais no Oeste, e sim no Leste, em Shawnee, Oklahoma — há colinas, aglomerados de árvores raquíticas, lagos e rios. Vai ser a mesma coisa até chegar a Nova York — uma paisagem cheia de memórias deprimentes de infância, que de nada me servem. Há algo de lacrimoso nas colinas murchas e árvores estremecidas, como no conto "Going to Massachusetts", de Jane Bowle, a emoção inunda essa paisagem pela ausência de grandiosidade. Ela provoca devaneios emotivos para os quais não estou preparada. O deserto nos inunda com sua própria emoção, mas essa paisagem suscita sentimentos demasiado pessoais. Que vêm de dentro para fora, de mim. O Oeste é o Maioral, certo? Estou enjoada e sonolenta, a cafeteira está enterrada debaixo da pia que comprei em Shamrock. Mas tudo vai mudar. Saudades de você.

Com amor,
Chris
"A Bruxa Malvada do Leste"

══

Chris atingiu o Horário Padrão do Leste e o Tennessee em 20 de dezembro. Ela precisava parar de dirigir e passou duas noites em Sevierville. Foi caminhar entre os louros selvagens da montanha no parque nacional e comprou uma cama antiga por cinquenta dólares. Na manhã do dia 22, contatou Sylvère em Paris. Serena e contente, ela visualizou os dois voltando a Sevierville juntos para passar as férias, mas Sylvère não entendeu. "Nós nunca nos *divertimos* juntos", ela suspirou no telefone. Sylvère respondeu com rispidez: "Ah. Diversão. É isso que estávamos procurando?".

De Sevierville, Chris escreveu duas cartas para Dick.

"Caro Dick", ela escreveu, "acho que, em certo sentido, matei você. Você se tornou Meu Querido Diário..."

Ela tinha começado a se dar conta de algo, embora naquela ocasião não tenha ido a fundo na questão.

Frackville, Pensilvânia
22 de dezembro de 1994: 22h30
Central Motel

Caro Dick,

Desde o início do dia, e ainda agora à noite, me sinto sozinha, em pânico, com medo. Hoje não vi a lua até que já eram mais ou menos oito e meia, mas de repente, enquanto eu dirigia para o norte na 81, LÁ ESTAVA ELA, profunda e enorme como se tivesse acabado de aparecer, quase cheia e vermelho-alaranjada como uma tangerina sanguínea. Parecia maligna, e fico imaginando se você sente o mesmo que eu — essa incrível ânsia de SER OUVIDA. Com quem você fala? Hoje, na estrada, pensei um pouco sobre a possibilidade de criar grandes cenas dramáticas a partir de um material de diário, *verité*. Lembrando do filme *Landscape & Desire*, de Ken Kobland — todos aqueles motéis, tudo achatado a ponto de você já não ter a expectativa de uma história, e então você simplesmente se entrega à jornada. Mas precisa haver um sentido, agregar um sentido a essa paisagem cambiante de roupas no varal e azulejos de banheiro de motel. Talvez a sequência de um acontecimento? Mas a sequência raramente se apresenta dessa maneira. Você nunca percebe a "sequência" porque alguma outra coisa sempre começa logo adiante.

Iniciar algo é bancar o idiota. E eu de fato banquei a idiota com você, enviando o fax et cetera. Enfim. Lamento muito que nunca tenhamos conseguido nos comunicar, Dick. Sinais em meio às chamas. Sem acenar, se afogando...

Chris

Em 23 de dezembro, fez um dia de inverno claro e límpido na estrada que atravessa as montanhas Pocono em direção ao norte do estado de Nova York. Celeiros vermelho-escuros contrastando com a neve, os pássaros do inverno, Cooperstown e Binghamton, casas coloniais com varandas, crianças com trenós. O coração de Chris ganhou as alturas. Era a imagem da infância americana, não a dela, é claro, mas a infância que passava na TV quando ela era criança.

89

A seis mil e quinhentos quilômetros dali, Sylvère Lotringer está parado lembrando do Holocausto ao lado da mãe na Rue de Trevise. Na diminuta sala de jantar, ela lhe serve *gefilte fish*, *kasha*, legumes refogados e *rugelach*. Há algo de cômico num homem de 56 anos sendo servido como uma criança pela mãe de 85 anos, mas Sylvère não enxerga dessa maneira. Ele começou a gravar suas conversas com a mãe, porque os detalhes da guerra permanecem muito obscuros. A perseguição em Paris depois da ocupação alemã, a fuga, documentos falsos, cartas sendo devolvidas de todos os parentes na Polônia com o carimbo "Deportado".

"Deportado", "Deportado", ela entoa com voz de aço, cheia da raiva que mantém sua vida tão vibrante. Sylvère, porém, sente apenas uma dormência. Ele estava presente em algum momento? Ele era só uma criança. Ainda assim, durante esses anos todos, ele não consegue pensar na guerra sem que lágrimas escorram dos seus olhos.

E agora ele tem 56 anos, e em breve precisará de outra prótese de quadril. Estará com 63 quando chegar a seu próximo período sabático. Os jovens parisienses na rua pertencem a um mundo brilhante e impenetrável.

Chris chegou a uma casa vazia em Thurman, a cidade no sul das montanhas Adirondack que ela e Sylvère descobriram quando estavam procurando uma "propriedade acessível", sete anos antes. Eles a encontraram num mês de novembro, quando voltavam de carro de um festival dos Bataille Boys em Montreal, coestrelado por Sylvère e John Giorno. Quando saíram de Montreal, eles começaram a discutir aos berros sobre qual ponte deveriam pegar, e a partir daquele momento não tinham mais se falado. A apresentação da própria Chris no festival tinha sido arranjada de forma discreta, um favor de um Bataille Boy para Sylvère, mas, quando chegaram, o nome dela não estava no programa. Liza Martin tirou a roupa diante de uma multidão entusiasmada em horário nobre; puseram

Chris às duas da manhã, para ler diante de vinte bêbados fan-
farrões. Mesmo assim, Sylvère não entendeu por que ela estava inconsolável. Os dois tinham sido pagos, não tinham? Na
Northway, perto de Elizabethtown, um par de falcões atravessou a estrada voando: uma ligação frágil entre eles, o tapa-sexo
de Liza Martin e "O conto do falcoeiro" da França medieval.
Eles pararam para caminhar um pouco, e Sylvère estava an-
sioso por compartilhar alguma coisa, então ele compartilhou
do entusiasmo dela pelas montanhas Adirondack, e dois dias
depois eles compraram uma casa de fazenda com dez quartos
na cidade de Thurman, a oeste de Warrensburg, Nova York.

ANEXO K: MENSAGENS DA ZONA RURAL

Thurman, Nova York
23 de dezembro de 1994
Sexta, 23h30

Caro Dick,
    Cheguei aqui antes de escurecer, a tempo de ver Hickory
Hill e as duas montanhas corcundas a oeste de Warrensburg
surgirem na distância.
    Warrensburg parecia mais eternamente decadente que
nunca — Potter's Diner, Stuart's Store e a LeCount Real
Estate dispostos ao longo da Rota 9... aquela total ausência de
charme da Nova Inglaterra que tanto nos atrai. Dirigi por vinte
quilômetros acompanhando o rio e passei pelo Posto Thurman
até chegar a casa e encontrar Tad, um amigo que se hospeda
lá com a gente. Mas ele não estava em casa, então fui até o bar
em Stony Creek para encontrá-lo.
    Os O'Malley destruíram a casa antes de ir embora, como eu
já esperava. Toda a cidade de Thurman estava igualmente em

péssimo estado. O novo plano diretor dá a todos o direito de fazer qualquer coisa. Agora existe um loteamento horroroso e improvisado bem ao lado da nossa propriedade. Ninguém é louco o suficiente para gastar dinheiro gentrificando a região sul de Adirondack. É um diorama de Cem Anos de Pobreza Rural, no qual cada geração deixa relíquias das suas tentativas falidas de viver daquela terra. Tad e eu tomamos uns drinques e depois voltamos para descarregar a caminhonete. Ele mora lá desde que os O'Malley foram embora.

Mas queria te dizer como foi estimulante sair da caminhonete e sentir o ar escuro e gelado percorrendo os quatro cantos de Stony Creek. Há apenas um poste de rua, então dá para ver cada uma das estrelas. Quinhentas pessoas vivendo longe de tudo num raio de vinte e cinco quilômetros. Diferente da Califórnia, o Norte do estado de Nova York não se presta a retiros espirituais ou comunas. Pessoas como Tad, que se mudaram para cá há vinte anos, descobriram que a única maneira de tolerar os oito meses de inverno era se convertendo em morador local.

Mas isso foi antes. Minhas mãos estão sujas e ressecadas, e estou cansada. Então acho que continuamos esse assunto mais tarde, Dick.

XXXXO,
Chris

Thurman, Nova York
24 de dezembro de 1994
Sábado, 22h30

Caro Dick,
Neste momento estou sentada no chão do quarto que fica de frente para o Norte, encostada em travesseiros, olhando para

a cama que comprei no Tennessee — essa coisa absurdamente linda que passei a noite massageando com trapos embebidos em óleo de nozes, e depois polindo. Ela é feita de álamo, "a madeira de lei do pobretão", e Tad disse que dá para ver que é antiga porque as curvas foram feitas sem ferramentas elétricas. Isso me deu muito prazer, esfregar a cama com óleo e sentir com as mãos o jeito como ela foi trabalhada. Eu sempre quis ter algo assim.

Esta noite eu disse ao Tad que estamos dando início a uma comunidade *shaker* aqui: não fazemos sexo e trabalhamos sem parar. Tenho apreciado muito esse tempo confortável que passo aqui com ele. Hoje senti uma tremenda admiração por Tad e sua alegria corajosa. É véspera de Natal e aqui estamos sozinhos, ele ainda mais que eu: sem árvore, sem família, sem planos. E Tad é um grande sentimental. No ano passado, a mulher dele fugiu para a Austrália levando seus três filhos. Agora ele está no andar de baixo terminando um projeto de marcenaria, sem pena nenhuma de si mesmo.

Me dou conta agora de que não te contei nada sobre esse lugar — será que consigo fazer você entender? Isso aqui é tão diferente da Califórnia. Na ferragem, hoje de manhã, Earl Rounds me perguntou onde eu estava morando. Eu disse, em frente à casa dos Baker, do outro lado da rua. Ah, disse Earl, a antiga casa dos Gideon.

Não importa quantas pessoas passem por ali, essa casa *sempre* será "a antiga casa dos Gideon" para os locais. Os Gideon eram um casal mais velho de Ohio que comprou a casa quando ela fazia parte da Grande Extensão de Dartmouth, uma casa de fazenda/rancho turístico com cinquenta hectares. Isso foi nos anos 70, quando as pessoas ainda deviam tirar "férias em família", embora o lugar ficasse fechado oito meses por ano, é claro. Numa noite de janeiro, a sra. Gideon saiu correndo, nua e aos berros, atravessou a avenida e bateu na porta de Vern

Baker por alguns minutos congelantes, até que ele acordasse e a deixasse entrar. Exposição ao clima. Dois dias depois, os Gideon arrumaram as coisas e foram embora para nunca mais ser vistos. Teriam voltado para Ohio?

No último Ano-Novo, um executivo de uma companhia petrolífera de Nova Jersey entrou numa floresta em Harrisburg vestindo apenas uma blusa de caxemira, calças e mocassins. Morreu rapidamente de exposição ao clima.

Mais adiante, passando a casa dos Baker, vivem Chuck e Brenda. Eu amava Brenda, ela era minha Correlata Caipira — uma tagarela maníaco-depressiva que depositava sua energia na compra de barracos caindo aos pedaços. Chuck, que de resto era um alcoólatra condenado ao desemprego, reformava os barracos. Ela era dona de uns quinze barracos desses, chegou a receber um financiamento do Departamento de Habitação e Desenvolvimento Urbano para construir apartamentos em Minerva, mas tudo desmoronou depois que ela os refinanciou. Ela e Chuck iniciaram a construção de um anexo de quatrocentos e cinquenta metros quadrados na sua casa para acomodar os quatro filhos. Mas cinco anos já se passaram, e os dois filhos do seu primeiro casamento já partiram há muito tempo, foram morar com o pai em Warrensburg, porque não suportavam mais a gritaria de Chuck e Brenda. Agora ela trabalha como camareira e vende produtos da Amway. Tudo que restou do império de Brenda é uma jacuzzi cor-de-rosa com torneiras de latão, reluzindo dentro de uma cerca de compensado pregada a uma base de tábuas. Se você mora nesse lugar por tempo suficiente, tudo vira uma história.

Sylvère e eu compramos essa casa de um jovem casal de testemunhas de Jeová. Ele a tinha herdado dos pais, moradores de Long Island, que a compraram como base de caça. Ninguém aqui lembra deles, e duvido que Sylvère e eu também deixemos alguma impressão para trás.

Dick, escrever diários nunca foi meu forte, mas tem sido tão fácil escrever para você. Quero apenas que você possa me conhecer, ou conhecer um pouco sobre o que estou pensando e vendo. "E a lua do meu coração está brilhando", uma cortesã japonesa chamada Dama Nijo escreveu no fim das suas confissões. Nunca pensei que escrever pudesse ser uma comunicação tão direta, mas você é o ouvinte perfeito. Meu parceiro silencioso, que segue ouvindo desde que eu mantenha a linha e diga o que está realmente se passando na minha mente. Não preciso de nenhum incentivo, aprovação ou resposta, desde que você esteja ouvindo.

Esta noite li um livro estranho e perturbador sobre Elaine e Willem de Kooning. Na verdade, trata-se de um retrato de uma época que acreditava na total inutilidade das mulheres — "Piranhas da Arte" e algumas "artistas mulheres" orbitando em torno dos grandes Dicks. Ponha esse livro ao lado de *Odd Girls and Twilight Lovers: A Secret History of Lesbian Life in Twentieth-Century America* e fica impossível entender como viemos de lá até aqui. É mais estranho do que a queda do Bando dos Quatro depois da Revolução Cultural Chinesa.

Ficarei por aqui,

Com amor,
Chris

=====

Tad deu um diário a Chris como presente de Natal: um caderno em branco com uma imagem de Edward Hopper na capa, de uma jovem durona, usando um chapéu de palha e um vestido delicado, encostada num pilar. Procurando problemas?

Chris caminhou pela Mud Street na manhã de Natal e passou pelo trailer de Josh Baker imaginando se ela poderia descrever esse lugar para Dick tão bem quanto David Rattray escreveu sobre o East Hampton. Dick teria como entender o que ela sentia em relação a Thurman? Era diferente da sua aventura no Oeste Selvagem porque ela tinha morado lá, dado aulas, conhecia metade da cidade e nunca poderia pairar acima dela.

Naquela noite ela foi convidada a passar o Natal em Nova Jersey com a família da sua amiga Shawna. Ela foi de carro sozinha até lá, sentindo calafrios a cada alteração na paisagem borrada. Naquela noite ela ficou até tarde na sala e escreveu sua primeira entrada no diário. Impossível escrever sozinha. O diário começa com: Caro Dick.

Em algum momento da viagem pela América ela havia feito a promessa (para si mesma? para Dick?) de escrever para ele todos os dias, estivesse ou não com vontade. No vasto panorama do esforço humano, isso não era grande coisa. (Na adolescência, ela tinha enfrentado as visitas mais complicadas ao dentista pensando na bravura dos camponeses pobres e de classe média baixa na China.)

William, o pai de Shawna, tinha acabado de voltar da Guatemala com um grupo quaker. Depois da ceia de Natal, a família se reuniu para ouvir as melhores partes dos depoimentos sobre tortura que ele tinha gravado. Essas fitas a fizeram pensar. Os testemunhos, apesar de relatarem atrocidades inacreditáveis, apresentavam clareza e foco uniformes — como se cada depoente, de alguma forma, fosse parte de uma pessoa maior. Seria por causa da força unificadora da narrativa? Seria porque todos os depoentes pertenciam à mesma comunidade rural indiana? Chris não era uma vítima de tortura, não era uma agricultora. Era uma artista norte-americana, e pela primeira vez lhe ocorreu a ideia de que a única coisa que ela tinha a oferecer, talvez, fosse sua especificidade. Ao escrever para Dick, ela estava oferecendo sua vida como um Estudo de Caso.

Jack, o marido de Shawna, era um babaca. William estava relatando seu breve encontro com a ativista americana Jennifer Harbury, que tinha feito uma greve de fome e se acorrentado aos degraus da embaixada americana na Cidade da Guatemala. Shawna e Chris ficaram estarrecidas. "Com licença, Bill", Jack excretou. "Me corrija se eu estiver errado, mas Jennifer não é uma advogada formada em Harvard?". Ele estava falando com a mesma voz áspera e sedutora, recendendo a sinceridade, que adotava ao falar com atrizes assustadas. "Quer dizer, ela é cheia da grana. Você não acha que, se Jennifer realmente se importasse com o marido, ela teria encontrado duzentos ou trezentos mil pra fazer um agrado a El Capitano? Não é assim que funciona lá embaixo? Se ela o quisesse em liberdade, não teria causado essa comoção pública..." Jack Berman era obviamente um especialista no que constitui uma Mulher Virtuosa. Alguém que fica de boca calada e respeita as regras da "privacidade". As cinco ex-esposas de Jack eram todas modelos de virtude. Bill ficou aturdido, e Chris, dessa vez, foi virtuosa porque não quis arruinar o Natal.

===

26 de dezembro de 1994

Na segunda, Chris dirige ao aeroporto JFK para encontrar Sylvère, que está chegando de Paris. O plano deles é ir do JFK para a sua outra casa (alugada) em East Hampton, lidar com o problema de uma inundação no porão, pegar alguns livros que Sylvère precisa para o semestre e então dirigir de volta para Thurman, onde passarão o resto do feriado de Natal. O avião pousa às sete e meia, mas eles só deixam o aeroporto bem mais tarde porque Chris chega dez minutos atrasada, Sylvère se afasta para procurá-la e eles ficam circulando pelo terminal, procurando um ao outro, por duas horas. Eles brigam por causa disso no trajeto inteiro até Riverhead. Por volta da meia-noite, exaustos, eles param no motel Greenport Waterfront Inn (preços de baixa temporada). Pela primeira vez desde que saiu da Califórnia, Chris não consegue escrever para Dick. Ela e Sylvère ainda parecem separados por seis mil quilômetros; a distância a exaure. Até que, por fim, quando Sylvère tira a roupa, eles voltam a um território conhecido: ele está usando um cinto porta-dinheiro feito em casa, estufado de notas de cem dólares, que a mãe dele, uma peleteira aposentada, costurou na véspera da sua partida. Eles pretendiam saldar seu financiamento imobiliário mais caro até junho. Eles contam o dinheiro na cama — vinte e cinco notas de cem novinhas — que boa surpresa! Estavam esperando apenas vinte. Então fizeram amor duas vezes, como Chris contou a Dick na manhã seguinte, quando finalmente escreveu sua carta. Sylvère quis contribuir com alguns detalhes, mas Chris queria falar de outro assunto com Dick, sobre suas visitas às amigas Ann e Shawna.

"Dick", ela escreveu depois de mandar Sylvère sair para buscar café, "esse negócio das casas me absorve tanto que fico pensando em quando voltarei para o tédio e a humilhação do filme. Acho que voltarei. Escrever para você bastaria? Sim, não sei, talvez..."

Talvez ela tenha dito a Sylvère o quanto se sentia afastada, talvez ele tenha detectado sozinho. Pois no dia seguinte, 28 de dezembro, contrariando suas convicções, Sylvère encontrou uma maneira de se reintroduzir na história.

ANEXO L: UMA VISITA A BRUCE E BETSEY, AMIGOS
             EM COMUM DE SYLVÈRE E DICK

Mount Tremper, Nova York
Sala de visitas de Bruce & Betsey
Quarta-feira, 28 de dezembro de 1994: 00h

Caro Dick,
    Bem, a casa estava um desastre e eu estava muito cansada para te escrever depois de doze horas usando um sifão para

98

retirar água do porão inundado, e depois fazer malas/ir às compras/dirigir. Nossa intenção era dirigir sem parar até Thurman, mas começamos a falar sobre você no carro e Sylvère pensou que talvez pudéssemos parar em Mt. Tremper e visitar nossos amigos Bruce e Betsey. Porque, enfim, eles meio que são amigos de Sylvère também (todavia, se descobrirem sobre essas cartas, deixarão de ser). A ideia parecia tão ultrajante e improvável, mas quando Sylvère ligou para Bruce de um telefone público, ele disse: "Claro! Você podem passar a noite aqui!".

NA MANHÃ SEGUINTE

São 7h45, Sylvère saiu para comprar café e estou aqui escrevendo na cama, debaixo de uma pilha de cobertores de lã. É bem bonito, de fato: um bordo, um rio congelado, florestas e chapins de inverno vistos através do vidro ondulado das janelas francesas. Vinte anos atrás, teria sido o lugar ideal para viagens de ácido em grupo.

Ontem à noite, Sylvère fez de tudo para tentar incluir você num derradeiro esforço de conversa. Até aquele momento, a visita tinha sido tão burguesa e impessoal... platitudes consensuais a respeito de casas de campo, vida acadêmica, as vantagens e desvantagens de morar longe do trabalho. Quando já estávamos indo para a cama, Sylvère teve a cara dura de soltar a pergunta: o que Bruce e Betsey pensavam de você? Betsey lembrou de algo inteligente que você tinha dito: Não acredito no mal da banalidade, mas acredito na banalidade do mal. O que Dick tem a ver com Hannah Arendt, me perguntei, enquanto Betsey e Sylvère especulavam sobre a banalidade à qual você havia aderido desde que se mudara para a Califórnia. Sylvère fez o discursinho de sempre sobre o domínio que a mítica americana exerce sobre os europeus — por que ele não se funde logo com você? Ele soa tão simplório. "Passei a vida toda", você disse, "querendo me mudar para o deserto"; e "O niilismo por baixo das coisas aqui é aterrorizante." De todo modo, Dick, eu gosto muito mais de você do que dessas pessoas. Bruce faz perguntas, mas nunca escuta as respostas. Betsey tagarela para preencher o vazio. Ela lembra um pouco a modelo Rachel Hunter: magra e peituda, bunda chata e uma juba de cabelos maravilhosos, ela leu tudo que Bruce leu, mas quem tem uma carreira é ele. Você acha essas pessoas fascinantes, Dick? Bruce parece ainda mais velho que Sylvère, os dois me lembram esses casais já envelhecidos de artista de rock/supermodelo que se vê em East Hampton — com aquele ar burro e autocentrado. Não sei por que eles me incomodam tanto, Dick. Mas incomodam. Talvez eu esteja decepcionada. Afinal, Sylvère e eu viemos até aqui com uma missão, e essa missão era estarmos próximos de você.

Não cheguei a te contar sobre a noite passada, na casa de Claire e David. David disse algo muito perspicaz e inteligente sobre Arnold Schoenberg: quando a forma está no lugar, tudo que ela contém pode ser puro sentimento. Isso vale tanto para eles quanto para a música atonal. Eles são os anfitriões perfeitos de um mundo sobre o qual eu apenas havia lido, um mundo em que um jantar é um tipo de arte temporal. Eles são muito cultos e inteligentes, não sabichões daquele jeito desagradável, mais ainda assim provocativos, estimulando as pessoas de tal maneira que, no momento em que o café é servido, você sente que algo... aconteceu.

Mas agora é hora de levantar e fazer um último esforço aqui com Bruce e Betsey.

Com amor,
Chris

Thurman, Nova York

30 de dezembro de 1994, Sexta, 10h

Caro Dick,

Sylvère levou Mimi ao veterinário & estou sozinha & quero te atualizar sobre o que aconteceu ontem na casa de Bruce e Betsey. As coisas melhoraram. Betsey e eu fizemos panquecas enquanto Sylvère e Bruce conversavam sobre Marcel Mauss e Durkheim. Betsey está estudando para ser curadora e falamos sobre o trabalho dela. Ela já é quase uma profissional, porque tomou o cuidado de não se comprometer, evitando expressar qualquer interesse no meu trabalho. Depois comemos e demos um passeio em volta do rio. Fora de casa, Betsey e Bruce pareceram mais relaxados. Quatro cervos passaram correndo pela trilha. Ficamos paralisados. Comecei a gostar deles.

Então fomos andando até outra casa do século XIX, que Bruce e Betsey compraram em um leilão depois de ter sido confiscada. Eles fizeram piada com a antiga dona, uma solteirona patética de cinquenta anos, fumante inveterada, que morava sozinha e ganhava a vida como "escritora comercial". Me identifiquei na hora, é claro. Betsey havia limpado quase toda a bagunça, exceto por algumas caixas cheias de romances de bolso. Que estranho. Será que eram livros escritos pela "escritora comercial"? De qualquer maneira, Sylvère e eu ficamos extasiados. Não é que os títulos descreviam perfeitamente meus sentimentos? Tínhamos encontrado a pista que faltava.

Aqui vão alguns títulos dos livros que pegamos na casa de Bruce e Betsey:

Segunda chance no amor — Quase lá
Segunda chance no amor — Canção da paixão
Segunda chance no amor — Desejo inconsequente

Pesquisando o casamento
Esposa em troca
Ela perdeu o controle
Tudo mais é confusão

Bruce e Betsey pareceram ficar intrigados e confusos, mas não creio que fizeram qualquer ligação com você. No carro, a caminho de casa, comecei a ler *Pesquisando o casamento*, e fui sublinhando, anotando no rodapé e comentando em todas as passagens que poderiam ter relação comigo e com você. É um exercício ao mesmo tempo adolescente (eu!) e acadêmico (você!)... meu primeiro objeto de arte, que lhe darei de presente.

Mais tarde, quando perguntei a Sylvère por que preferimos tanto você a Bruce e Betsey, ele disse: Porque Dick é sensível. Acho que é verdade. Bruce e Betsey são indignos da sua lealdade.

Dick, todo o trabalho que precisa ser feito na casa começará hoje à tarde, então é melhor eu ir me preparando. Mas mantenho você no meu coração, pois me ajuda a ir em frente.

Com amor,
Chris

═══

31 de dezembro de 1994

Na véspera de Ano-Novo, Sylvère e Chris jantaram no Bernardo com Tad e Pam, sua namorada ex-motociclista. Chris sempre gostara muito de Pam e a admirava — sua história de vida, seus interesses e suas aspirações artísticas. Depois de alguns drinques, Pam lhes contou o quanto havia "odiado" o filme de Chris, "embora", ela disse, "eu continue pensando nele até agora". Chris se perguntou o que poderia haver em sua aparência ou personalidade para que as pessoas se sentissem à vontade para dizer coisas assim. Como se ela não tivesse sentimentos. Mais cedo naquele mesmo dia, ela tinha se sentido péssima ao discutir com David o preço das janelas que ela tinha se oferecido para comprar no norte do estado e transportar até o celeiro que ele estava reformando em Bridgehampton. David lhe ofereceu quinhentas pratas. Bem, não — era muito pouco —, até parece que ela ficaria dois dias se ocupando com as janelas de outra pessoa se não precisasse de dinheiro. Cinco minutos depois, David ligou de novo oferecendo pagar o dobro, e Chris ficou aturdida. Comprar barato, vender caro. Ela não esperava que essas leis se aplicassem a dois amigos. Foi a mesma sensação que teve na ocasião em que deixou um cara bolinar seus peitos por cinquenta dólares no bar de topless Wild West, e depois ficou sabendo que Brandi sempre cobrava cem.

Naquela noite, Sylvère e Chris fizeram um sexo hesitante. Ele estava chateado, confuso, sem saber quem era ou onde estava. Crestline-Paris-East Hampton e agora Thurman. Dali a três semanas ele estaria de volta a Nova York: um novo semestre, mais sete anos lecionando. Considerar Thurman a sua "casa" era uma ilusão provisória, como tudo na sua vida com Chris. A casa não era a propriedade de Leonard Woolf no sul da Inglaterra — era um barraco de madeira em estilo rural, destruído por uma família de caipiras caloteiros que eles haviam despejado antes do Natal. Agora eles estavam pintando, limpando, e em três semanas precisariam ir embora de novo. Em que tipo de vida podiam acreditar? Que tipo de vida podiam bancar?

Nas primeiras horas do Ano-Novo, Chris escreveu a Dick: "Não sei onde estou, e a única realidade é a mudança. Em breve terei que lidar com a realidade desse filme caro, do qual ninguém gosta, com o fato de que não tenho trabalho. Você se mudou para a Califórnia porque a Europa era muito claustrofóbica. Você limpou todo o entulho da sua vida... você consegue entender esse tipo de queda livre? Virilio tem razão — velocidade e transitoriedade negam uma à outra, resultam em inércia. Você está encolhido e engarrafado dentro de uma jarra de vidro, você é um santo portátil. Conhecer você é como conhecer Jesus. Somos bilhões e você é apenas um, então não espero muito de você, pessoalmente. Não há respostas para a minha vida. Mas você me toca, e só de acreditar nisso me sinto realizada."

Com amor,
Chris

———

O domingo de Ano-Novo foi mais um dia triste e melancólico. Uma neblina cinza-escura persistiu a tarde inteira, até que finalmente a escuridão foi chegando por volta das quatro e meia. Sylvère e Chris ficaram na cama até o meio-dia, conversando e bebendo café, e por fim se levantaram para dar uma volta. Um bando de corvos estava empoleirado nas árvores desfolhadas ao lado da fazenda em River Road. A zona rural parecia desolada. Chris finalmente entendeu o mundo de *Ethan Fromme*, de Edith Wharton. Ela tinha calafrios com aquele "charme" de coisas velhas e decaídas. Passando de carro pelas cabanas, tocos de árvores e casas de fazenda, Chris sentiu a claustrofobia de viver como as pessoas viveram ali cinquenta anos atrás, amontoadas nos cômodos da casa, com medo de congelar, de morrer de fome, com medo de que alguém contraísse uma doença incurável e contagiosa. Pessoas que nunca tinham estado em Albany, e muito menos em Nova York ou Montreal. Uma fita cassete da Incredible String Band tocava no carro — uma balada tradicional chamada "Job's Tears", sobre o inverno, a morte e o paraíso.

We'll understand it better in the sweet bye bye
You won't need to worry and you won't need to cry
*Over in the old Golden Land**

Dá para entender por que as pessoas aqui de fato esperavam ansiosamente pela morte? Uma colega professora tinha dito a Chris, certa vez, que os biscoitos de gengibre feitos nas casas dessa região — as estrelas, as luas crescentes — eram moldados com símbolos maçônicos. As pessoas evidentemente sentiam a necessidade de alguma proteção. E como é que a Incredible String Band, formada por quatro hippies atraentes na casa dos vinte, foi capaz de detectar o desespero por trás da religião popular da região rural? Talvez eles só achassem as canções bonitas.

Chris pensou em aproveitar suas visitas de ateliê no Art Center para testemunhar sobre Dick e estimular todos os alunos a escrever para ele. "Vai mudar sua vida!"/. Ela escreveria um tratado maluco chamado "Eu amo Dick" e o publicaria na revista que Sylvère editava na faculdade. Afinal, toda a sua carreira na arte tinha sido baseada nessa falta de profissionalismo, não?

Sylvère e Chris caminharam um pouco na direção do lago Pharaoh, ficaram com frio, foram para casa, tomaram chá, fizeram sexo e tiraram uma soneca. Depois levantaram e começaram o longo trabalho de abrir as caixas.

Passaram a semana seguinte na casa com Tad e Pam, derrubando divisórias e instalando novas janelas velhas e pisos de cerejeira.

---

* Tradução livre: "Entenderemos melhor no doce adeus/Você não precisará se preocupar ou chorar/Lá na velha Terra Dourada". [N. T.]

ANEXO M: CENAS DA VIDA PROVINCIANA

Thurman, Nova York
5 de janeiro de 1995, Quinta-feira, 22h45

Caro Dick,

Esta noite fomos ao Tribunal Municipal de Thurman como reclamantes contra nossos inquilinos anteriores, os O'Malley, e ficamos ensanduichados entre emissores de cheques sem fundos e motoristas bêbados. Isso deve bastar para que você evoque o mundo em que vivemos. Não conseguimos imaginá-lo nessa posição. Na verdade, não conseguimos imaginar a nós mesmos nela. Quando terminou e saímos vencedores, chegamos ao mesmo tempo à conclusão de que não damos a mínima para os bens materiais. Só estávamos fartos de sermos explorados o tempo inteiro por todo mundo, até por esses caipiras idiotas que processamos por não pagarem o aluguel, e que cedo ou tarde levarão vantagem sobre nós. Ai, Dick, queria que você estivesse aqui para nos salvar da vida na província.

Assinado,
Charles e Emma Bovary

====

No dia seguinte, 6 de janeiro, uma sexta-feira (Dia da Epifania), Chris foi de carro até Corinth para substituir um vidro quebrado num armário de medicamentos. Ela se sentia completamente em harmonia com aquele dia de janeiro... a crocância do gelo cintilante e da neve expostos ao frio, o exército de clientes da previdência social de Corinth, os ex-pacientes de hospício e os trabalhadores semiautônomos caminhando pela cidade, acomodando-se a outros quatro meses de inverno. Ela adorou a maneira como as nuvens ficaram rosadas no final da tarde e percebeu como a estação havia mudado, as transformações sutis que tornam janeiro diferente de dezembro. Estava com um pouco de receio de esbarrar no seu ex-namorado Marshall Blonsky na festa de aniversário de Joseph Kosuth, que ocorreria dali a duas semanas, embora no fundo estivesse ansiosa por isso. "Será a primeira festa em Nova York para a qual estou pouco me lixando", confidenciou a Dick. "Aguardo o futuro com ansiedade, desde que você esteja nele." Seria isso um sinal de que estava feliz?

Sylvère e Chris perambulavam pelo pátio de construção que era sua casa, "dando uma ajuda" a Tad e Pam, não judeus que confundiam a troca de gritos constante entre eles com hostilidade. Maija, a sublocatária do apartamento deles em Nova York, ligou para dizer que decidira parar de pagar o aluguel.

Os dois haviam suposto que Dick passaria as festas de fim de ano fora da cidade. Eles estavam tentando vislumbrar qual seria o próximo passo. Certa tarde, Sylvère ligou para o seu amigo Marvin Dietrichson, em Los Angeles, para ver se obtinha dele alguma leitura da reação de Dick. E sim, antes do feriado de Natal, Marvin tinha esbarrado em Dick no corredor da faculdade e dito: "Fiquei sabendo que você encontrou Sylvère e Chris — Como foi?" "Sei lá", Marvin lembrava de Dick haver dito, "foi uma bizarrice."

Uma bizarrice. Quando Chris ouviu isso, seu estômago se contraiu e ela vomitou. Não tinha mesmo sido nada além disso? "Uma bizarrice?" Haveria alguma maneira de se comunicar com Dick sem passar pelos filtros de Sylvère e Marvin?

A doença de Crohn é uma inflamação crônica e hereditária do intestino delgado. Como qualquer outra doença crônica, seu gatilho pode ser físico, psicológico ou ambiental. Para Chris, o gatilho era o desespero, que ela via como algo muito diferente da depressão. O desespero era estar encurralada num canto sem se mexer. O desespero começava com uma contração e um inchaço do intestino delgado, o que por sua vez criava uma obstrução, o que por sua vez levava a vômitos nos quais a bile era só o começo. Essa obstrução vinha acompanhada de uma dor abdominal tão intensa que a única reação possível era se submeter a ela e aguardar as febres altas e a desidratação. A dor era como uma montanha-russa: depois que atingia certo ponto, ela estava com o cinto de segurança travado para um passeio que a levava inevitavelmente até um hospital para receber sedação, remédios e líquidos intravenosos.

Sylvère havia se tornado um especialista em ludibriar a doença. Para frear a montanha-russa, era preciso apenas acalmar Chris e fazê-la dormir. Xícaras de chá com ópio líquido, cachorros fofinhos e histórias.

Naquela tarde, Sylvère trouxe para Chris uma caneta e um bloco de notas. "Pronto", ele disse. "Vamos escrever pro Dick." Isso a deixou ainda mais doente. Então ele lhe fez cafuné, preparou um chá e contou uma história sobre a falecida cachorra deles, Lily, que eles tinham amado e que morrera de câncer havia um ano, e as palavras dele iam traçando o perímetro em torno de uma tristeza tão indizível e enorme que os dois acabaram chorando.

Chris adormeceu e Sylvère se refugiou de novo no quarto "dele", a suíte principal. Desde que chegaram de Long Island, eles estavam dormindo em quartos separados pela primeira vez em dez anos. "Um arranjo muito democrático", Sylvère observou, ressentido. Chris tinha mencionado que precisava de um pouco de privacidade... para compartilhar melhor seus pensamentos com Dick? Mas mesmo com Chris ocupando o quarto noroeste, com o teto inclinado pelo telhado e janelas pequenas, e Sylvère no grande quarto no lado leste, com vista para a lagoa, ainda sobravam quatro dormitórios vazios. Quarto para o órfão, quarto para o treinador do pônei/caseiro, quarto para a babá... todo um elenco de personagens que nunca chegara para fazer parte daquela fantasia eduardiana.

Foi a doença de Chris que originalmente o enredou, doze ou treze anos atrás. Não seus sinais físicos — cabelo sem brilho, machucados estranhos, marcas azuis nas pernas e nas coxas. Tudo isso ele tinha achado repulsivo. "Normalmente, as garotas com quem saio são mais bem vestidas e mais bonitas", Bataille observou sobre seus encontros com a filósofa Simone Weil. E, de fato, ao contrário de outras namoradas de Sylvère, o corpo de Chris não oferecia qualquer prazer. Não era loiro e opulento, nem moreno e voluptuoso — era magro e nervoso, esquelético. E apesar de Chris ser obviamente inteligente, ou mesmo letrada bem acima da média, Sylvère conhecia homens sábios de sobra. E naquela época ele tinha Nova York inteira à sua disposição. No decorrer do ano em que se conheceram, Sylvère a manteve a uma certa distância, e raramente a convidava para passar a noite na sua casa. O que ele gostava era de sexo na hora do almoço, seguido de uma conversa filosófica descorporificada... isso sempre ajudava a despachá-la.

Antes daquele verão em que David Rattray ligou para lhe dizer que Chris estava num hospital em Minneapolis, Sylvère nunca tinha se dado conta de que a doença de Chris podia ter algo a ver com ele: de que, ao aceitá-la, ele poderia salvar a vida dela. O resto foi história, ou pelo menos uma coisa Chris havia sacado bem: apesar da sua reputação no Mudd Club como o filósofo do sexo pervertido, Sylvère era um humanista enrustido. Sua vida era mais movida pela culpa e pelo senso de obrigação do que pelo sexo sadomasoquista.

Mas agora que Chris estava apaixonada, seu corpo estava preenchido, muito sexual. Ela estava aplacada e disponível. Enrodilhada na cama, vestindo um chambre de cetim florido, vendo, através das cortinas de babados, a garagem de Baker e o ferro-velho do outro lado da estrada nevada, ela lembrava um pouco Elizabeth Barrett Browning sem o spaniel em *Flush*, de

Virginia Woolf, um livro que Sylvère tinha discutido com Vita Sackville-West na Inglaterra trinta anos antes. No começo da noite, Chris se levantou e foi para o quarto de Sylvère. "Não vou ficar doente. Você fez parar." Ela tomou um banho e Sylvère sentou-se a seu lado perto da banheira, como faziam antigamente. Ali sentado, Sylvère vislumbrava partes do corpo dela se desmanchando na água, um cotovelo erguido, os bicos dos seios rompendo a superfície, a trama densa dos pelos pubianos. As pilhas de neve do lado de fora se comparavam à brancura do seu corpo. Quando ela se esticou para pegar a toalha, as curvas brancas se fundiram aos bancos de neve na colina visível pela janela. A água quente exalava vapor acima da banheira e o vento lá fora soprava a neve no que pareciam nuvens vaporosas. Como se não houvesse mais diferença entre quente e frio, dentro e fora.

Então eles deitaram no colchão do quarto de Sylvère e começaram a trepar. Dessa vez é pra valer, uma torrente espontânea de ternura e desejo, e quando acaba eles descansam e começam de novo, e nenhum dos dois fala.

ANEXO N: SYLVÈRE AGRADECE A DICK PELA
                REDESCOBERTA DA SEXUALIDADE

Thurman, Nova York
Quinta-feira, 12 de janeiro de 1995

Caro Dick,

Aqui é Charles Bovary. Emma e eu vivemos juntos há cerca de nove anos. Qualquer um sabe o que isso implica. A paixão vira ternura, a ternura amolece. O sexo se desfaz numa intimidade confortável. Às vezes ficávamos meses sem fazer e, quando fazíamos, era rápido e interrompido. Teria o desejo me abandonado? Ou talvez fosse a fragilidade que vem com a proximidade, não sei. O principal resultado foi que nunca mais tive aquelas ereções gloriosas de outrora. Emma propunha com frequência que eu consultasse um terapeuta sexual. Dava para ver que algo a agradava nessa ideia de enviar o velho homem branco para o conserto, depois de anos desmantelando seus hábitos mais instintivos.

Com o passar dos anos, Emma se tornara muito propensa em transformar minha sexualidade, que havia sido tão celebrada em Nova York, em algo menos foucaultiano e controlador, em direção a alguma coisa mais contida, submissa e pau-mole. E eu concordei. Emma e eu nos propusemos a desafiar séculos de supremacia masculina e peniana. Eu ficava lá deitado, mais passivo do que as mulheres supostamente deveriam ser, esperando Emma me sobrepujar com seu pau duro de desejo. Não demorou para ela ficar insatisfeita. Eu não estava reagindo. (Nunca achei os avanços dela suficientemente sinceros.) E assim teve início a detumescência gradual das minhas outrora gloriosas ereções.

O sexo passou a ser rápido e um pouco vacilante. Emma, de início entusiasmada com o projeto, foi perdendo a paciência com meus impulsos estabanados. Fazíamos sexo raramente, fingindo que não importava. Nossa amizade se fortaleceu, nosso amor aumentou e o sexo foi sublimado em empreendimentos sociais mais dignos: arte, carreiras, propriedades. Ainda assim, por vezes surgia o pensamento perturbador de que um casal sem sexo mal pode ser chamado de casal. Foi nesse momento, Dick, depois de termos nos convencido de que uma vida sem sexo era uma vida melhor, que você entrou na nossa vida como um anjo de misericórdia.

No começo, a súbita paixão de Emma por você foi um golpe no que restava da minha autoestima (e graças a você estou disposto a admitir que a autoestima existe e importa; é possível ser americano sem ela?). Nossa sexualidade foi canalizada para uma nova atividade erótica: escrever para você, Dick. E toda carta não é uma carta de amor? Ao escrever para você, Dick, eu estava escrevendo cartas de amor. O que eu não sabia era que, ao escrever cartas de amor, eu estava escrevendo cartas ao amor, e timidamente despertando todos os poderes dormentes nas minhas emoções um tanto reprimidas.

Essa é uma longa história, Dick, e você é o único para quem posso contá-la. O amor de Emma por você foi o golpe final na minha sexualidade. Eu sempre soube que, por mais que negássemos o sexo, um dia ele exibiria suas presas novamente, como uma cobra, e de certa maneira você era essa cobra, Dick. Este era um tempo, meu amigo, de *tabula rasa*: sem desejo, sem futuro, sem sexo. Paradoxalmente, contudo, essa derrota abriu um novo universo de possibilidades — o fato de que Emma, que perdera o interesse em sexo há muito tempo, estava agora fantasiando com sua pica, Dick, fez despontar a possibilidade de uma renovação. Enquanto em algum lugar houver Dicks, haverá esperança para as nossas picas.

Não se trata meramente de terapia sexual. Eu estou me confessando a você, não na posição de um penitente com o rabo entre as pernas, pronto para assumir a posição de pecador abjeto. Não, a Renascença chegou, e é discutível se você tem ou não tem algo a ver com isso. O desejo de Emma, ao mirar alhures, me permitiu reencontrar o desejo. Como isso aconteceu continua sendo um milagre. Voltou de repente cerca de uma semana atrás — o espírito do sexo, como um daqueles pequenos deuses romanos, tocando meu corpo em todas as partes, despertando-as para a sacralidade do prazer. Como se o véu tivesse sido suspenso para revelar um novo campo da possibilidade humana.

Posso lhe garantir, Dick, que essa mudança em mim não resultou de uma mera tentativa de igualar seus fabulosos poderes sexuais. Você pode chamar isso de negação e se orgulhar

da cura que nos proporcionou. Mas, nesse caso, Dick, você teria que ter estabelecido algum tipo de contato com a gente, em vez de ter tomado todos os cuidados possíveis para que isso não ocorresse. Então não se apresse em atribuir a si mesmo poderes sexuais milagrosos, O Cristo do Amor. Emma e eu criamos você do nada, ou a partir de muito pouco, e, com toda a justiça, Você deve tudo a nós. Enquanto você vive sua vidinha cotidiana, fizemos de você um ícone verdadeiramente poderoso da integridade erótica.
Dedico esta carta a você, Dick.

Com amor,
Charles

———

Para Emma, porém, fazer sexo com Charles não substituiu Dick. Enquanto Sylvère organizava suas caixas e manuscritos, Chris se entregou a um delírio onírico que só poderia durar cerca de uma semana. Ela tinha aceitado transportar as janelas de carro até East Hampton na semana seguinte; de lá, ela e Sylvère pegariam um avião de volta para Los Angeles, para que ele realizasse suas visitas de ateliê no Art Center. Depois disso, o trabalho de Sylvère recomeçaria em Nova York, e eles morariam no East Village até maio.

Ela leu romances da Harlequin, escreveu no diário e rabiscou anotações sobre seu amor por Dick nas margens do valioso exemplar de Sylvère de *La question de la technique*, de Heidegger. O livro era uma evidência das raízes intelectuais do fascismo alemão. Ela o chamava de *La technique de Dick*.

O tempo era curto. Ela precisava de respostas, portanto fez como Emma Bovary em Yonville e encontrou consolo na religião. Amar Dick contribuiu para que ela entendesse a diferença entre Jesus e os santos. "Você ama os santos pelo que eles fazem", ela lhe escreveu. "Eles são pessoas que inventaram a si mesmas e se esforçaram para alcançar algum estado de graça. George Mosher, que transporta lenha com cavalos em Bowen Hill, é um tipo de santo. Mas Jesus é como uma garota. Ele não precisa fazer nada. Você o ama porque ele é lindo."

Na sexta, dia 13 de janeiro, Carol Irving e Jim Fletcher, amigos de Chris, foram visitá-la em Thurman. Eles ficaram acordados até tarde, lendo em voz alta as traduções de Paul Blackburn para os poemas dos trovadores. A voz vibrante e profunda de Jim ressoou a de Aimerac de Beleno

When I set her graceful body within my heart
the soft thought there is so agreeable I
*sicken, I burn for joy...**

E lhes ocorreu que o amor é como morrer, e que Ron Padgett certa vez descreveu a morte como "o tempo dentro do qual a pessoa se move". Sylvère, o especialista, se absteve, achando que aquela conversa animada deles era demasiado simplória. E então Ann telefonou para ler um trecho do novo livro que estava escrevendo. A noite foi perfeita.

=====

19 de janeiro de 1995

Sylvère e Chris fizeram check-in no Regal Inn Motel, em Pasadena, na noite de quarta-feira. Na tarde de quinta, Sylvère ligou para Dick, esperando encontrar a secretária eletrônica, mas, para sua surpresa, foi atendido. Mick e Rachel Taussig, dois amigos de Nova York, estavam lhe fazendo uma visita.

---

* Tradução livre: "Quando recebo seu corpo gracioso em meu coração / seu suave pensamento é tão agradável que eu / adoeço, queimo de prazer...". [N.T.]

Será que Sylvère e Chris gostariam de reunir-se com eles para um jantar na sua casa no domingo?

"A propósito, Sylvère", Dick acrescentou antes de desligar, "eu não recebi o fax de Chris no dia que ela o enviou. Ele se misturou às mensagens de Natal, então só o li duas semanas depois."

"Ah... um presentinho de Natal", Sylvère gracejou.

"Bem, já se passou bastante tempo", Dick respondeu. "Imagino que a temperatura já tenha baixado."

"Siiim", Sylvère disse, pouco à vontade.

===

No domingo, 22 de janeiro, Sylvère e Chris dirigiram seu carro alugado até Antelope Valley. Ela levava um xerox das cartas — noventa páginas, espaçamento simples. Sylvère duvidava que ela seria louca o bastante para entregá-las a ele. Mas a maneira como Dick a abraçou à porta, um contato que era mais do que social, que poderia ser até mesmo sexual, a fez cambalear. Era um sinal suficiente.

O jantar com Dick, Mick e Rachel, além de dois curadores do Getty, um crítico de arte e Sylvère, foi muito difícil. A atmosfera era de contracultura casual. Chris se sentia uma barata ao lado da elegante e glamorosa Rachel, a única outra mulher presente. Dick sentou-se ao lado de Chris e de frente para Rachel. Talvez Dick tenha reparado que Chris estava quieta e não tocava na comida. De todo modo, ele se virou para ela com um sorriso discreto e cúmplice para perguntar: "Como está indo o... hm... projeto?". Rachel, também sorrindo, era toda ouvidos. Chris desistiu de tentar encontrar o tom correto para a resposta. "Na verdade, o projeto mudou. Agora está mais para um romance epistolar." Rachel não se acanhou. "Ah, isso é tão burguês." "Hein?" "Habermas não disse em algum lugar que o gênero epistolar demarcou o advento do romance burguês?" Chris reviveu uma cena do passado, um café da manhã que ela e Sylvère tiveram na companhia de Andrew Ross e Constance Penley, durante uma conferência em Montreal. Constance tecera correções brilhantes a uma avaliação desastrada que Chris fizera a respeito de Henry James, não deixando de fora nenhum pilar intelectual. Como aquela mulher era articulada às oito e meia da manhã! Ainda assim, ela pensou consigo: Rachel, Lukács não disse isso antes? De todo modo, os demais convidados foram embora antes da meia-noite. Ela e Sylvère permaneceram para um último drinque. Parecia que Sylvère e Dick nunca terminariam sua conversa sobre novas tecnologias de mídia. Chris enfiou a mão na bolsa. "Aqui está", ela disse. "É disso que eu vinha falando."

Bem. Dick ficou pasmo, e Sylvère, pela primeira vez na vida, ficou sem saber o que dizer. Mas Dick foi generoso e gentil. Ele pegou as noventa páginas. "Chris", ele disse, "eu prometo que vou ler."

===

26 de janeiro de 1995

De volta ao inverno nova-iorquino, Sylvère e Chris dirigiram até Thurman pela última vez. No sábado eles fechariam a casa a tempo de descer novamente para a festa de aniversário de Joseph Kosuth.

Na manhã de domingo, 29 de janeiro, eles acordaram meio grogues e de ressaca, felizes de estarem de volta a Nova York. A festa de Joseph tinha sido perfeita, íntima e grandiosa. Vários velhos amigos de Sylvère dos tempos do Mudd Club haviam comparecido. Eles demoraram a sair da cama e comeram um brunch no Rattner's, a caminho do Lower East Side. Em breve, Sylvère participaria do seu primeiro jantar com curadores do MoMA para discutir o catálogo de Artaud: era necessário se vestir de acordo.

O proprietário da loja na Orchard Street onde Sylvère gastou várias centenas de dólares em roupas italianas era uma pessoal notável, um ser iluminado. Ele morava em Crown Heights e estudava cabala. Os clientes entravam e saíam enquanto ele e Sylvère trocavam ideias sobre misticismo judeu do século XVII, Jakob Franck e Levinas.

A tarde caía quando saíram da branda e ensolarada Orchard Street. Eles voltaram a pé, levando sacolas de compras, pelo Tompkins Square Park, que tinha sido reformado e só abria em horários restritos. De repente, Chris se deu conta de que era uma estranha ali, no East Village, que costumava ser sua casa. Seu nome não constava na lista de convidados da festa de Joseph na noite anterior, e, sim, ela nunca fizera parte da glamorosa cena dos anos 70 em Nova York. Mas ela fizera amigos naquele lugar... amigos que, em sua maioria, tinham morrido ou desistido de ser artistas, desaparecendo em outras vidas e outros trabalhos. Antes de conhecer Sylvère, Chris era uma garota estranha e solitária, mas agora ela não era ninguém.

"Quem é Chris Kraus?", ela gritou. "Ela é ninguém! Ela é a esposa de Sylvère Lotringer! Ela é a 'Acompanhante' dele!" Não importava quantos filmes fizesse ou quantos livros editasse, enquanto vivesse com Sylvère, ela continuaria sendo vista como ninguém por qualquer um que importasse. "Não é minha culpa!", Sylvère gritou de volta.

Mas ela lembrou de todas as vezes que eles haviam trabalhado juntos e seu nome fora omitido, de como a postura de Sylvère tinha sido ambígua nesses casos, de como ele relutara em ofender quem os pagava. Lembrou dos abortos, de todos os feriados que precisara sair de casa para que Sylvère pudesse ficar sozinho com a filha. Em dez anos, ela se apagara. Por mais afetuoso que Sylvère tivesse sido, ele nunca a amara de verdade.

(Na primeira noite que passaram juntos no loft de Sylvère, Chris lhe perguntou se ele costumava pensar sobre história.

Naquela época, Chris via a história como a Biblioteca Pública de Nova York, um lugar para conhecer amigos mortos. "O tempo todo", Sylvère respondeu, pensando no Holocausto. Foi então que ela se apaixonou por ele.)

"Nada é irrevogável", Sylvère disse. "Não", ela gritou, "você está enganado!" A essa altura ela já chorava. "A história não é dialética, é essencial! Algumas coisas nunca vão sumir!"

E no dia seguinte, segunda-feira, 30 de janeiro, ela o deixou.

Parte 2

Toda carta é uma carta de amor

Toda carta é uma carta de amor

Love has led me to a point
where I now live badly
'cause I'm dying of desire
I therefore can't feel sorry for myself
and... *

Anônimo, franco-provençal do século XIV

Thurman, Nova York
Quarta-feira, 1º de fevereiro de 1995

Caro Dick,

Escrevo para você do interior, da cidade de Thurman, norte de Nova York. Peguei a estrada para cá ontem sem parar nenhuma vez, exceto para abastecer em Catskill, no posto do Stewart. Tad se mudou de novo para a casa de Pam em Warrensburg. A casa está vazia, e é a primeira vez que fico aqui sozinha. Mas é gozado, não me sinto sozinha. Talvez seja o fantasma da sra. Gideon. Ou talvez porque eu tenha conhecido todo o elenco de personagens de Thurman ao comprar comida, consertar a casa e trabalhar na escola. O *Adirondack Times* noticia acontecimentos locais, como a visita de Evie Cox ao podólogo em Glens Falls. De certa forma, essa cidadezinha caipira oferece possibilidades mais generosas a uma nova-iorquina de meia-idade do que Woodstock ou East Hampton. Seja como for, esta é uma comunidade de exilados. Ninguém me faz perguntas porque não há um referencial em que se possa enquadrar as respostas.

---

* Tradução livre: "O amor me levou a um ponto/em que agora vivo mal/pois estou morrendo de desejo/logo não posso ter pena de mim/e...". [N.T.]

Há alguns dias quero te falar sobre uma instalação que vi na semana passada em Nova York. Se chamava *Minetta Lane: A Ghost Story*, de Eleanor Antin, uma artista/cineasta sobre a qual não sei muita coisa. A instalação era pura mágica. Fiquei sentada assistindo por cerca de uma hora e tive a impressão de que poderia continuar ali o dia todo. Foi na Roland Feldman Gallery, na Mercer Street. O acesso à instalação se dava por um corredor estreito com uma curva abrupta — a pedra branca como lençol da galeria de repente cedia lugar a um gesso gasto, tábuas e pranchas apodrecidas, rolos de tela de arame e outros destroços de construções residenciais do pré-guerra. Passar por cima dessas coisas talvez fosse parecido com subir as escadas a caminho de uma festa ou de uma visita a seus amigos, caso você tivesse a sorte de ter vivido na Nova York dos anos 50, quando as pessoas ainda viviam dessa maneira. E depois de virar a última curva você chegava a uma espécie de foyer, uma parede em semicírculo com duas janelas grandes instaladas de um lado e uma única janela instalada do outro, em posição um pouco mais elevada.

Havia uma cadeira de madeira em frente às duas janelas e sentar nela exigia algum esforço se você não quisesse ficar com os pés cobertos de pó de gesso (não consigo lembrar se o pó ao lado da cadeira era de verdade ou não). Três filmes eram exibidos simultaneamente nas três janelas, com retroprojetores apontados para as vidraças. O corredor havia conduzido você até aquele lugar para participar de uma espécie de sessão espírita, para ser uma voyeur.

Na janela da ponta esquerda havia uma mulher de meia-idade pintando numa grande tela. Nós a víamos de costas, a camisa e o corpo amarrotados, cabelos crespos amarrotados, pintando, olhando, pensando, tragando um cigarro, ocasionalmente se inclinando até o chão para tomar uns goles de uma garrafa de Jim Beam. Era uma cena trivial (embora, justamente devido a essa trivialidade, ela fosse subversiva por seu caráter utópico: quantas imagens dos anos 50 temos de mulheres anônimas pintando tarde da noite, tendo vida própria?). E essa trivialidade abria as comportas da nostalgia histórica, uma intimidade e uma proximidade a um passado que nunca conheci — a mesma nostalgia que senti vendo uma exposição de fotos na St. Mark's Church, alguns anos atrás. Havia talvez uma centena de fotos, reunidas pelo Projeto de Fotografia e História Oral do Lower East Side, mostrando artistas vivendo, bebendo, trabalhando no seu habitat entre os anos de 1948 e 1972. Cada foto tinha uma legenda meticulosa contendo o nome e a área de atuação dos artistas, mas 98% eram nomes dos quais eu nunca tinha ouvido falar. As fotos remetiam ao mesmo momento implícito na exposição de Antin — pela primeira vez na história da arte americana, graças a apoios concedidos pelo benefício aos veteranos da Segunda Guerra, os americanos de classe média baixa tinham a oportunidade de viver como artistas, de contar com tempo livre. Antin lembra: "Graças ao benefício aos veteranos, havia dinheiro suficiente circulando para viver e trabalhar num bairro com aluguéis baratos... Os ateliês eram baratos, assim como as tintas e as telas, a bebida e os cigarros. No Village inteiro havia jovens escrevendo, pintando, fazendo análise e fodendo com a burguesia". Onde eles estão agora? A mostra de Fotografia/História Oral transformou as ruas do East Village em terreno tribal. Tive um surto de curiosidade empática pelas vidas dos não famosos, pelos desejos e ambições não registrados de artistas que também haviam estado ali. Qual a relação entre artistas ativos e a soma total de estrelas da arte? Um para cem? Um para mil? A primeira janela exercia a função de arte xamanística, reunindo centenas de pensamentos e associações dispersos (as fotos na exposição; vidas; o fato de que algumas também eram mulheres) numa única imagem. Uma mulher amarrotada pinta e fuma um cigarro. E você não acha que um "espaço sagrado" é sagrado apenas por causa da coletividade que ele evoca?

E também havia uma magia estranha naquela janela: uma magia que a conectava com as situações muito diversas representadas nas outras duas janelas. Depois de vários minutos, entra no quadro, no "quarto" da pintora, uma garotinha trajando um vestido de veludo e um laço grande na cabeça. Seria a filha da mulher? Seria a filha de uma amiga? Logo de cara, é evidente que a garotinha vive num universo metabólico e perceptivo totalmente diverso do da mãe/cuidadora/amiga mais velha. A tela de pintura não lhe atrai em particular, embora ela tampouco pareça totalmente desinteressada. Ela olha para a tela por um instante, depois se afasta para olhar algo (nós?) pela janela. Logo isso também a aborrece (Ela tem tanta energia!). Então ela começa a pular de um lado para o outro. Até esse momento, a pintora tem apenas uma vaga consciência da presença da garotinha. Mas agora ela larga o pincel e se deixa absorver pela brincadeira. A mulher e a garotinha pulam juntas de um lado para o outro. Esse momento também passa, e a mulher mergulha de novo no trabalho.

(Essa instalação fundamenta o fascínio estruturalista com a minúcia dos variados estados de concentração, os momentos passageiros, na única coisa capaz de conferir algum significado a esses momentos: o tempo e a história atravessando a vida de outras pessoas...)

Na segunda janela, ao lado direito da pintora, um casal jovem se diverte na banheira da cozinha de um apartamento. A garota é uma loira pálida, tem uns dezesseis anos e está rindo e espirrando água no parceiro, um negro alto na casa dos vinte. Eles se remexem e escorregam, ora dando abraços molhados, ora se afastando. Não se pode saber qual dos dois mora ali (talvez morem os dois, ou talvez o apartamento seja emprestado). A certa altura, a garotinha some da janela da pintora e aparece nesse apartamento, comendo um sanduíche. Ela senta e fica comendo, observando-os de uma saliência que há acima da banheira.

A aparição da garotinha é um lance estranho de voyeurismo: nós a observamos no ato de observá-los. Mas não há, é claro, pornografia em tempo real. Tampouco há história. Quem essas pessoas são, ou de onde vêm, não é o que nos dá vontade de observá-las. Trata-se de um fato apenas insinuado, que poderá ou não ser revelado. Estamos do lado de fora, escolhendo que medida dessa cena da vida cotidiana, a um só tempo constrangedora e cinematográfica, acompanharemos antes de desviarmos o olhar para outra janela. O casal é alheio a nós e contínuo. Sua existência é muito mais contundente que a nossa.

Algum tempo depois a garotinha vai embora e a jovem sai da banheira, desaparece do quadro e volta vestindo uma saia comprida de lã e uma regata de algodão. Ela veste uma blusa branca (uniforme de colégio católico ou traje boêmio-padrão? De todo modo, a intimidade da cena é bastante casual e nada transgressora) enquanto seu parceiro pega uma toalha e sai da banheira.

Na terceira janela, aquela que você só enxerga se virar a cabeça ou mover a cadeira, um velho europeu, petrificado e em silêncio, mantém o olhar fixo numa gaiola de pássaros ornamental e vazia que está no primeiro plano do seu apartamento do pré--guerra, finamente decorado. As paredes atrás dele são verde-escuras. É evidente que ele passou muitos anos morando entre elas. Acima da gaiola de pássaros há um candelabro de cristal, e uma luz morna percorre seu rosto. A cena é imemorial, concentrada, sua existência não está sujeita à ambivalência ou à emoção. Não vemos nada do que o homem vê ou finge ver, mas sombras se projetam no seu rosto. Das três janelas, esta é a mais chamativa e indefinível. Olhando através dela, observamos alguém totalmente absorvido por algo que não podemos ver: um pássaro fugitivo, o passado de um estranho, os mistérios do envelhecimento.

Mais tarde (talvez em continuidade com o ápice erótico na Janela #2 e a chegada da garotinha no quarto da pintora), o rosto de uma mulher com cabelos dourados como os de Jean Harlow, iluminado pelo candelabro ao estilo dos anos 30, surge acima da gaiola de pássaros que o homem observa com tanto afinco. A mulher é um anjo ou uma dádiva à qual o homem parece não reagir. Será que ela estava ali o tempo todo? A expressão no rosto dele é torpor ou êxtase? O homem apenas continua olhando fixo para a gaiola.

"A forma de uma cidade muda mais rápido que o coração humano", Eleanor Antin cita Baudelaire. A instalação era uma caixa mágica de Cornell, um épico em miniatura: todas as idades e modos de vida existiam juntos e por igual através do buraco de fechadura desse tempo perdido. A instalação era incômoda e arrebatadora.

Dick, são dez e meia da noite, tive que parar hoje de manhã depois de te descrever a primeira janela e agora estou cansada demais para continuar. Hoje à tarde saí para dar um passeio, me sentindo muito leve e lúcida — "Dias límpidos", pensei, lembrando de uma antiga ideia que tive para um filme, em torno do suicídio de Lew Welch, o poeta de San Francisco, outro beneficiário do programa de apoio a veteranos, que saiu andando na direção das Sierra Mountains no meio do inverno, em meados dos anos 70, e nunca mais foi visto... Incrível como essa paisagem de inverno no norte do estado se encaixa perfeitamente com uma cena assim. Cheguei até mesmo a discutir que tipo de câmera deveria usar, que tipo de filme, onde arranjaria o filme e o tripé, e será que haveria outras histórias, algum ator envolvido?... e então a estradinha de terra terminou.

Mas continuei andando, pensando em como prefiro o inverno, segui por uma trilha de cervos, andei sobre o gelo, passei por uma represa de castores, até que me perdi. A terra está congelada mas quase não há neve, de modo que é impossível seguir as pegadas. Encontrei uma velha cerca de arame e depois me afastei dela, caminhando na direção que parecia ser o sul, passei por um córrego e então cheguei a uma clareira, pensando que a High Street devia estar próxima. Mas não estava — havia somente mais floresta para todos os lados, árvores esqueléticas que cresceram numa terra desmatada e violentada dúzias de vezes nos últimos cento e cinquenta anos, com trilhas de cervos desaparecendo no meio das sarças, e percebi que eu estava zanzando em círculos irregulares.

Depois de subir e descer um morro, vi uma perdiz sair de baixo de um tronco. Fiquei sem fôlego, até lembrar que ainda estava perdida. Voltei e encontrei a cerca de arame. Era o meio da tarde de um dia nublado, mas não estava muito frio. Eu tinha levado cerca de meia hora para encontrar a cerca pela primeira vez, e agora eram três e meia. Eu não sabia onde aquela cerca ia dar, mas talvez fosse uma boa ideia segui-la. Ou talvez não. Tentei mais uma vez refazer o caminho da vinda, mas nada me parecia familiar. Floresta-floresta-floresta e solo congelado. Eu não via saída, não encontrava nenhum rastro de animal, que de toda forma eu não saberia interpretar. Então, com todo cuidado, refiz meu caminho de volta até a cerca de arame. Sentia como se meus olhos tivessem abandonado meu corpo. A essa altura, havia deixado tantas marcas de botas na neve rala que não sabia quais pegadas seguir para voltar para casa.

Olhei para o interior da floresta e me senti sozinha e assustada. Tudo podia acontecer. Em uma hora e meia a escuridão seria total. Se eu não encontrasse a estrada até lá, o que aconteceria? Pensei nas histórias de pessoas que se perdem na floresta durante o inverno e me dei conta de que eu não tinha prestado a devida atenção. Será que a hipotermia era inevitável numa noite de inverno a dez graus negativos, sem tempestade? Será que era melhor descansar no meio das sarças ou continuar andando?

Bem nesse momento, escutei o ruído de uma motosserra vindo do que parecia ser o lado norte da floresta: será que eu deveria ir atrás dele? A floresta era densa, o som era abafado e esporádico. Será que eu deveria tentar encontrar o córrego e seguir seu curso, na esperança de ir parar no riacho que passava atrás da minha casa? Mas a extração de madeira do ano passado tinha deixado tantos sulcos que era impossível saber, só de olhar o gelo, o que era um córrego ou água acumulada. E a cerca? Eu não fazia ideia de onde ela levava, se ia longe ou não, mas os vizinhos diziam que demarcava a propriedade do North Country Beagle Club, que é dono de várias centenas de acres dessa terra indesejada.

Três primaveras atrás, meu amigo George Mosher e o cara da fiscalização ambiental tinham ficado nos fundos da minha casa trocando histórias sobre idiotas que desviaram do caminho no meio dessas florestas e se perderam. (Até onde eu lembrava, nenhuma dessas histórias acontecia no inverno.) George, que passou seus oitenta anos de vida nesse lugar, diz: *Para encontrar a saída da floresta, olhe para as pontas superiores dos pinheiros-do-canadá, pois elas apontam para o Norte.* Mas eu não sabia distinguir um pinheiro-do-canadá de um abeto-do-canadá, e eu não sabia em que direção ficava a rua, e de todo modo a floresta era repleta de copas de árvores apontando em todas as direções: Norte? Leste? Sul?

Me dei conta de que a luz diurna que restava era suficiente para agir de acordo com uma única decisão. Se fizesse a escolha errada e continuasse ali depois de escurecer, será que Sylvère chamaria a polícia ao me ligar de Nova York e descobrir que eu não estava em casa? Sem chance, porque Sylvère se comprometeu a apoiar minha independência, minha nova vida. E se ninguém sentisse minha falta até a meia-noite ou mesmo a manhã do dia seguinte? Eu tinha um cachecol de lã, meu casaco preto de inverno e luvas de látex, mas não tinha fósforos nem meias quentes. Será que conseguiria ficar correndo no mesmo lugar do anoitecer até as oito da manhã para me manter aquecida?

Escolhi seguir a cerca: caminhei para a esquerda, pois sabia que o Beagle Club se estendia para a direita e só terminava muitos quilômetros adiante na Lanfear Road, em Stony Creek. Arranquei um galho de árvore em formato de forquilha para marcar o local. A cerca não seguia em linha reta. Para não perdê-la de vista, saltei por cima de árvores caídas e me arrastei por cima de montes de galhos e arbustos espinhentos e congelados.

Comecei a correr pelo meio da floresta, profundamente grata por ter começado a frequentar aulas de aeróbica. O som da motosserra foi ficando mais fraco e distante. Corri por dez ou vinte minutos, pensando menos na morte ou em pactos com Deus, e mais nas horas noturnas que teria pela frente e em maneiras possíveis de sobreviver a elas. Até que enfim avistei, através das árvores, uma encosta limpa e coberta de neve, e mais adiante um trailer.

Fui parar na Elmer Woods Road, uma travessa da Mud Street que tem apenas uma casa, e caminhei alguns quilômetros pela Mud Street até a Smith Road. Não passava nenhum carro. Pensei na história contada por Josh Baker, de nove anos, que mora num trailer da região. Sua mãe estava caminhando sozinha pela Mud Street numa noite de inverno e de repente um fantasma demoníaco pulou na sua garganta. Aquela história, sempre pitoresca, agora já não soava nada improvável.

XXO,
Chris

PS — Dick, agora é quarta à noite e passei a semana toda pensando em te ligar: convicta de que, se é para fazer algo, preciso fazer logo. A essa altura você já recebeu meu recado enviado por remessa urgente na terça, e está partindo — quando? amanhã, sexta? — para ficar dez dias longe de casa. Não me lembro do que escrevi, mas Ann Rower me jurou que não era muito meloso quando li para ela ao telefone. Acho que falei que estava envergonhada pelas noventa páginas de cartas em espaçamento simples. E depois algo como "A ideia de te encontrar a sós é uma visão de pura felicidade e prazer". Meu Deus, agora estou me retorcendo. De todo modo, sei que menti a respeito de "precisar" estar no Art Center de Los Angeles sozinha no dia 23 de fevereiro. Sylvère e eu vamos até lá amanhã para fazer as visitas de ateliê na sexta. E quero que soe espontâneo, mas o telefone é muito cruel. E se eu conseguir falar com você bem no momento em que sua cabeça estiver a milhões de quilômetros de distância? Será que eu saberia lidar com isso tão bem quanto lidei com estar perdida no meio da floresta à noite? Não. Quer dizer, talvez. Estou dividida entre mantê-lo como essa entidade a quem escrevo ou conversar com você enquanto pessoa. Pode ser que eu esqueça tudo isso.

Com amor,
Chris

═══

Nova York
Quinta-feira, 2 de fevereiro de 1995

CD,

Estou aqui sentada no West End Bar, na Broadway, bebendo café e fumando um cigarro antes de ir me encontrar com Sylvère.

Já passei a maior parte do dia me deslocando: saí de casa umas dez e quinze da manhã, dirigi até Albany no meio de nevascas, e tomei o trem interminável.

Depois de falar com você ontem à noite, não consegui dormir até as três da manhã. Os chacras de coração & sexo pulsavam, se misturavam até que os sentimentos sexuais fossem esmagados pelos do coração. Ou talvez fossem mais os sentimentos sexuais bombeando o coração. Enfim, foi uma espécie de delírio de excitação & eu não sentia nada assim há uns dez anos, desde que me apaixonei por Sylvère. Naquela época a coisa não deu muito certo — aqueles sentimentos foram pouco expressados e nunca aceitos. Precisei recorrer a outros estratagemas, como ser a garota mais inteligente e útil do pedaço.

Meu objetivo pessoal aqui — para além do que possa acontecer — é me expressar da maneira mais clara e honesta que eu puder. Em certo sentido, portanto, o amor é como a escrita: viver num estado tão intenso que a precisão e a consciência se tornam cruciais. E isso pode se estender a tudo, é claro. O risco é que esses sentimentos sejam expostos ao ridículo ou à rejeição, & acho que estou *compreendendo* o risco pela primeira vez: estar totalmente preparada para perder ou aceitar as consequências no caso de uma aposta.

Acho que nosso telefonema transcorreu bem ontem à noite, apesar da malícia ambígua da sua pergunta: "E você só quer conversar, né?". Não lembro do que respondi, a resposta simplesmente brotou, mas acho que ficou entendido que estávamos falando da mesma coisa.

Chris

Fillmore, Califórnia
(Reserva Natural do Condor —
fim da tarde, 34 graus)
Sexta, 3 de fevereiro de 1995

CD,

A Arte, como Deus ou o Povo, está bem desde que você acredite nela.

Coisas Para se Fazer Com a Pessoa Com Quem Você Está Tendo Um Caso:

1. Tirar fotografias juntos numa cabine
(Nota: terminar essa lista mais tarde)

O que eu estava pensando no carro:

Que não quero mais ser a pessoa que sempre sabe, que tem a visão de futuro para os dois e planeja tudo. Antes eu nunca entendia as pessoas que faziam isso (ou seja, que davam uma virada na sua vida) — eu achava que era uma coisa desleixada, autoindulgente, só mais um modo de evitar fazer as coisas no mundo. Mas a vontade, a fé, elas se esgotam... & agora eu entendo.

A formulação é esta: fiquei com Sylvère porque vi como poderia ajudá-lo a pôr sua vida em ordem. Me sinto atraída por você porque vejo como você pode me ajudar a desordenar minha vida...

===

Pasadena, Califórnia
Sábado, 4 de fevereiro de 1995

"Maktub", em árabe, significa "está escrito".

Escrever uma narrativa em que o(a) narrador(a) começa a entender que os acontecimentos, da maneira como ocorrem na sua vida, podem ser vistos não como surpresas, mas sim como descobrimentos — a revelação sistemático do destino.

═══

CD,

Estou sentada na biblioteca do Art Center e comecei a ler, sistematicamente, seu ensaio "A mídia e o tempo mágico" no catálogo do Zurich Kunstmuseum, que encontrei aqui na minha última visita. Acho que sou sua leitora ideal — ou que o leitor ideal é aquele que está apaixonado pelo autor & passa um pente-fino no texto à procura de pistas sobre quem é aquela pessoa e como ela pensa...

(Através do amor, estou aprendendo a pensar) — Olhando para o texto como uma *porta de entrada*. A partir dessa abordagem, nenhum texto é difícil ou obscuro demais e tudo se torna um objeto de estudo. (O estudo é uma coisa boa, pois transforma qualquer coisa num microcosmo — se você puder entender tudo dentro das paredes daquilo que estuda, pode identificar também outras paredes, outras áreas de estudo. Tudo fica separado e distinto, e no fundo não há macrocosmo. Quando não há paredes, não há estudo, somente caos. Então você o *decompõe*.)

Acho que naquele ensaio você (e talvez várias outras pessoas, mas como estou apaixonada por você, vou fingir que você é único) estava à beira de uma descoberta muito importante: como inocular um pouco de política no êxtase visionário de Lévi-Strauss, no niilismo extasiado de Baudrillard, sem que o resultado seja um porre. Política significa aceitar que as coisas têm motivo para acontecer. Há uma causalidade por trás do fluxo, e se a estudarmos com afinco suficiente, é possível compreendê-la. Podemos articular a política de maneira estrutural, elétrica, em vez de desencavá-la outra vez, retirar a chatice do fundo do baú? Acho que a pista para conseguir alcançar isso é a simultaneidade, uma noção de espanto em relação a isso: o político pode ser uma FONTE PARALELA DE INFORMAÇÃO & mais é mais: acrescentar à mistura uma consciência política, o motivo das coisas ocorrerem, só pode aprimorar nossa noção de como o presente está explodindo no Agora. Estou pensando na sua citação de Lévi-Strauss — "um universo de informação onde as leis do pensamento selvagem voltem a reinar". Como se a transmissão instantânea de informação pudesse nos fazer voltar à magia cronológica, finita, premeditada do mundo medieval. "A Idade Média foi erigida sobre sete séculos de êxtase que se estendia da hierarquia dos anjos até a lama" (Hugo Ball). Assim, quando você traz a informação política para dentro dos seus textos, não deveria ser em termos de "Mesmo assim...", "E apesar disso...", como se a política pudesse ser a última palavra contestadora. (Estou pensando no ensaio sobre o *camp* retrô pós-moderno no seu livro *O ministério do medo*.) A política deveria ser trazida como "E tem mais isso e isso". De tirar o fôlego, flutuante — quanta informação sobre um mesmo tema você é capaz de manipular com as duas mãos?

Você escreve tão bem sobre arte.

Discordo de você, é claro, quanto ao recorte. Você argumenta que o recorte só traz coerência por meio da repressão e da exclusão. Mas o truque é descobrir *Tudo* dentro do recorte. "Pense Mais", como Richard Foreman costumava bombardear nos alto--falantes nas suas primeiras peças. Ou apenas Olhe Mais de Perto.

Nova York
Terça, 7 de fevereiro de 1995

A língua mais doce tem o dente mais afiado.

CD,

Ontem à noite acordei sobressaltada, depois de uns vinte minutos de sono dentro do avião, no meio de um sonho muito vívido.

Eu tinha saído à noite com Laura Paddock, minha melhor (e, na verdade, única) amiga entre os alunos do Art Center. Estávamos na casa de alguém (um aluno?); um grupo de pessoas jantando & Laura & eu tínhamos planejado sair cedo para que eu pudesse me encontrar com você. Eu tinha ficado de te ligar para confirmar & fiz isso ainda na festa, & quando consegui que você atendesse, você misteriosamente cancelou a coisa toda. E eu coloquei o telefone no gancho & desatei num choro intenso e descontrolado diante daquela sala cheia de estudantes de arte na casa dos vinte anos. Ninguém olhava para mim, a não ser Laura, que entendeu na mesma hora, & eu desabei nos braços dela.

=====

Laura e eu nos encontramos no sábado de manhã em Pasadena para tomar um café, nos sentamos num pátio perto da Colorado, fingindo que estávamos no México ou em Ibiza, e continuamos uma conversa que tínhamos iniciado meses antes, em torno dos temas do misticismo, amor e obsessão. Nossas conversas são menos sobre as teorias do amor & desejo, e mais sobre como eles se manifestam em nossos livros & poemas favoritos. Estudo ao estilo de uma reunião de fã-clube — o único tipo.

Temos um entendimento implícito de que aceitamos tudo isso (amor, extremos, desejo) & podemos compartilhar melhor nossas informações/visões pessoais por meio de uma troca de epigramas e poemas favoritos. Foi Laura quem me falou desse provérbio sobre a língua & o dente — "Que significa, eu acho", ela disse, me encarando com seus olhos grandes e azul-claros, "que a pessoa que você mais ama tem o maior poder de te machucar". E nós duas concordamos com a cabeça, sorrindo de canto, como se soubéssemos muito bem disso. Mas como se trata de estudo, e não de conversa entre amigas, nos esforçamos ao máximo para que a conversa se mantenha num plano referencial, e ao mesmo tempo extremamente sugestivo. Encontrar Laura é sempre como inalar éter; como damas da Corte Heian, sempre temos em mente "a forma".

Quando vi Laura Paddock pela primeira vez, fiquei impressionada com os cadernos grossos com os quais ela andava, cheios de citações favoritas, desenhos & frases próprias. Me lembrou de como eu costumava fazer a mesma coisa anos atrás. E agora...

===

Thurman, Nova York
9 de fevereiro de 1995

... Li ontem o dia todo, no trem, e continuo lendo hoje, seu último livro, *O ministério do medo*, que retirei da biblioteca do Art Center. É tão incrível que o livro só tenha sido lançado em 1988, porque, embora o título venha de Orwell, ainda levaria quatro anos para que o medo colocasse todo mundo de volta na linha. Mil novecentos e oitenta e oito foi o ano em que a *Seven Days*, uma revista sobre o mundo imobiliário e restaurantes, tomou conta de Nova York, e terminar dormindo na praça já não parecia algo impossível. Jantares festivos de Artistas-Famosos incluíam histórias de antigos colegas que foram avistados catando comida no lixo. O dinheiro reescreveu a mitologia, e as vidas de pessoas que eu admirava pareciam agora histórias de advertência. Paul Thek morreu de aids em 1986, David Wojnarowicz estava morrendo, e no mundo acadêmico circulava todo tipo de merda sobre O Corpo, como se ele fosse uma coisa à parte. E, no meio disso tudo, você escreveu algo realmente incrível sobre a necessidade de trazer as coisas AO CHÃO:

"O biológico", você escreveu (citando Emanuel Levinas), com a noção de inevitabilidade que ele implica, torna-se mais que objeto da vida espiritual. Torna-se seu coração. Os misteriosos anseios do sangue [...] perdem a característica de problemas a ser resolvidos por um Eu genuinamente livre. Pois o Eu é feito apenas desses elementos. Nossas essências já não residem na liberdade, e sim em uma espécie de acorrentamento. Ser quem realmente somos significa aceitar a corrente original e inevitável que é única a nossos corpos, e acima de tudo aceitar esse acorrentamento.

E depois, em *Aliens & Anorexia*, você escreveu sobre sua própria experiência física de ser levemente anoréxico — sobre como a anorexia não deriva do narcisismo, de uma fixação com o corpo, e sim da noção de que o corpo é solitário:

Se não sou tocado, fica impossível comer. A intersubjetividade ocorre no instante do orgasmo: quando as coisas entram em dissolução. Se não sou tocado, minha pele fica parecendo o avesso de um imã. É só depois do sexo que, às vezes, consigo comer algo.

E sobre como, ao reconhecer a solidão do corpo, se torna possível ir além dele, tornar-se um Alienígena, escapar do mundo predeterminado:

A anorexia é uma postura ativa. A criação de um corpo intrincado. Como permanecer ao largo dos fluxos alimentares e do estímulo mecânico da refeição? A sincronicidade dá a volta ao mundo em um estremecimento mais rápido que a velocidade da luz. Memórias longínquas de comidas: tortinha de morango, purê de batatas...

≡

Essa é uma das coisas mais incríveis que li em muitos anos.

≡

Agora são duas da tarde, e enquanto eu copiava à mão essas linhas do seu livro, senti um espasmo de conexão com a pessoa que eu era aos vinte e quatro, vinte e cinco anos. Era como se eu tivesse voltado direto para o quarto na East 11th Street, com todas aquelas páginas de anotações que escrevi naquela época, cartinhas sobre George Eliot com esferográfica sobre papel-manteiga amassado, diagramas de movimento e atração das moléculas, Ulrike Meinhof e Merleau-Ponty. Eu acreditava estar inventando um novo gênero, e era segredo, porque eu não tinha com quem compartilhar. Fenomenologia da Garota Solitária. Estava vivendo totalmente sozinha pela primeira vez, e tudo que eu tinha sido antes (jornalista, neozelandesa, marxista) começava a ruir. E todos aqueles textos acabaram misturados ou manipulados (a vingança da mente contra as emoções tolas!) em *Disparate Action/Desperate Action*, minha primeira peça de teatro pra valer.

As artérias da mão & do braço que escrevem levam direto ao coração, pensava eu uma semana antes, na Califórnia, não vendo que através da escrita também é possível revisitar um fantasma da sua existência passada, como se pelo menos a casca de quem você era há quinze anos pudesse ser recuperada de algum modo.

Ontem, quando cheguei aqui, a casa estava coberta por camadas de neve com um metro de altura. Os canos estão congelados, por isso estou cagando no jardim e preparando café com neve fervida. Enquanto eu escrevia isso, Tom Clayfield e sua esposa

Renee pararam o carro aqui e me deram um fardo de lenha. Corte rápido para casaco e luvas de inverno, hálito enfumaçado, arremessando tocos de lenha no chão. E de repente é a Hora da Sobrevivência nas Grandes Florestas do Norte — parte inescapável de viver aqui, nem boa nem ruim, apenas outra realidade com a qual lidar... Mas, embora esse inverno seja real, ele não parece tão real quanto isso... Não por algum tempo, ao menos.

O que eu estava começando a escrever, antes do pobre desse Tom Clayfield aparecer (32 anos, rosto arruinado, os dentes que ainda restam completamente apodrecidos), era sobre A Primeira Pessoa. A diferença entre agora e quinze anos atrás é que eu acho que não teria sido capaz de escrever nenhum dos textos daquela época na Primeira Pessoa. Eu precisava inventar maneiras cifradas de escrever sobre mim, porque ao tentar escrever na Primeira Pessoa eu sempre soava como outra pessoa, ou pelo menos como os aspectos mais banais e neuróticos da minha pessoa, justamente os que eu estava convencida a deixar para trás. Agora não consigo parar de escrever na Primeira Pessoa, com a sensação de que será minha última oportunidade de entender um pouco desse negócio.

Sylvère continua socializando tudo que tenho passado com você. Rotulando dentro da visão de outras pessoas — Adultério na Academia, John Updike encontra Marivaux... Esposa de Docente se Joga nos Braços de Colega do Marido. Isso pressupõe que há algo inerentemente grotesco, inominável, em ser uma mulher, sentir desejo. Mas o que estou passando com você é real e está acontecendo pela primeira vez.

(Há lugar aqui para falar sobre como tenho estado constantemente molhada desde que conversamos ao telefone oito dias atrás? Conversando, dando aulas, malhando e cuidando da casa, essa parte minha está se derretendo & desmanchando.)

De volta à Primeira Pessoa: cheguei a inventar teorias da arte a respeito da minha incapacidade de usá-la. A ponto de dizer que escolhi o cinema e o teatro, duas formas de arte inteiramente construídas em cima de colisões, que só atingem algum significado por meio da colisão, porque nunca pude acreditar na integridade/supremacia da Primeira Pessoa (a minha própria). Que para escrever uma narrativa em Primeira Pessoa é necessário haver um self ou persona fixos, e que ao me recusar a acreditar nisso eu estava me fundindo à realidade fragmentada do nosso tempo. Mas agora penso que ok, tudo bem, não há ponto fixo do self, mas ele existe & com a escrita você consegue mapear aquele movimento, de certo modo. Que talvez a escrita em Primeira Pessoa seja tão fragmentária quanto uma colagem mais impessoal, com a diferença de que é mais séria: ela nos aproxima da mudança & fragmentação, ela as traz para mais perto de onde estamos.

Não sei o que vou fazer com o que estou escrevendo, & não sei o que farei caso, em razão de circunstâncias suas, Dick, se revele impossível travar contato com você. Antes de começar a escrever, avancei ligeiramente no tempo até uma cena que ocorre daqui a duas semanas, durante minha visita a você: estou sozinha na cama no dia seguinte, no Pear Blossom Best Western, com uma garrafa de uísque escocês & duas receitas novinhas em folha de oxicodona. Mas quando tenho (raramente) sentimentos suicidas, é porque estou emperrada, e nesse momento me sinto muitíssimo viva.

Mas tudo que desejo agora, se o resto me for negado, é que você leia isso, para que saiba pelo menos um pouco do que fez por mim.

Com amor,
Chris

Route 126

E então tudo acabou acontecendo mais ou menos como pensei. As luzes e a música decididas de antemão, o beijo fumacento, a cama. Cambaleando na manhã seguinte na entrada da garagem, cegada pelo sol. O uísque escocês do motel, a oxicodona. Mas aquilo era só uma história. A realidade está nos detalhes, e mesmo que possa imaginar o que vai acontecer, você não pode imaginar como vai se sentir. Levei onze meses para escrever esta carta desde a nossa visita. Ela começava assim:

Pear Blossom Best Western
24 de fevereiro de 1995

Caro Dick,
     Ontem à tarde eu estava indo de carro em direção a Lake Casitas em meio a surtos de dor e ódio. Eu ainda não tinha começado a chorar, as lágrimas mal começavam a se acumular nos cantos dos olhos. Mas eu tremia tanto que não conseguia enxergar a estrada à minha frente nem ficar na pista certa...

=====

Ann Rower diz que "Quando você escreve em tempo real precisa revisar muito". Com isso, acho, ela quer dizer que a verdade muda toda vez que você tenta escrevê-la. Acontecem mais coisas. A informação se expande constantemente.

Eagle Rock, Los Angeles
17 de janeiro de 1996

Caro Dick,

Três semanas antes de te conhecer peguei um avião da Sun Charter Jet Vacation para Cancún, no México, e viajei sozinha com destino à Guatemala. Eu estava enrolada em cobertores, com laringite e 39 graus de febre. Quando o avião pousou eu estava chorando: moldes de concreto do aeroporto vistos através de um véu de lágrimas. Passei todo o outono morando em Crestline, na Califórnia, junto com Sylvère, meu marido, um tanto contra a minha vontade. Tinha pensado em passar o mês de setembro em Wellington processando *Gravity & Grace* no laboratório, e depois ir para os festivais em Rotterdam, Berlim e na França. Mas em agosto Jan Bieringa, meu contato na Nova Zelândia, parou de responder às ligações. Em outubro, ela finalmente me ligou de um aeroporto para dizer que o projeto estava cancelado. Os investidores odiaram. Os principais festivais europeus odiaram. Eu estava em Crestline sem um tostão, e ainda faltavam catorze mil dólares para terminar o filme. Michelle, da Fine Cut, mandou um fax de Auckland pra dizer que dez mil números na lista de decisões de edição canadense estavam ferrados. Será que eu não preferia que ela jogasse o filme no lixo de uma vez?

Há três semanas vinha sendo tão comum eu começar a chorar do nada que surgiu uma questão fenomenológica: em que ponto se deve parar de falar em "choro" e começar a descrever os momentos de "não choro" como sinais de pontuação dentro de um fluxo constante de lágrimas? Minha voz tinha sumido completamente e meus olhos tinham inchado até fechar. O médico da clínica em Crestline me olhou como se eu fosse louca quando lhe pedi uma "cura pelo sono".

Eu estava indo para a Guatemala porque tinha escutado Jennifer Harbury falar sobre sua greve de fome na rádio NPR.

Jennifer Harbury, casada por um breve período com o líder rebelde maia Efraim Bamaca, falou: "É minha última chance de salvar a vida dele". Era improvável, a essa altura — três anos depois do desaparecimento de Bamaca e com a greve de fome já durando dezessete dias —, que Harbury, com sua longa experiência no ativismo, nutrisse muitas ilusões de que Bamaca estivesse vivo. Mas o interesse humano da história que criou permitiu que se opusesse ao governo da Guatemala nas revista *Time* e *People*. "A única coisa incomum nesse caso", Harbury disse à imprensa, "é que se um guatemalteco se posicionasse como eu, estaria morto. Estaria morto na hora." A voz de Harbury era rápida e suave, mas formidavelmente embasada. Seu marxismo heroico e sagaz evocava um mundo de mulheres que eu amo — comunistas empunhando rosas e com mentes afiadas. Naquele mês de novembro, dirigindo meu carro, ouvi-la falar me fez considerar, ainda que brevemente, que talvez o genocídio dos índios guatemaltecos (cento e cinquenta mil pessoas, num país de seis milhões, desaparecidas e torturadas ao longo de dez anos) fosse uma injustiça de magnitude superior à minha carreira artística.

Peguei um táxi até uma estação de ônibus fora da zona turística e comprei uma passagem só de ida para Chetumal. Baforadas de rádio e fumaça de diesel. Gostei dos bancos alaranjados e cheios de molas, das janelas quebradas. Imaginei aquele ônibus andando em algum lugar da América, quem sabe há trinta anos. Tulsa, Cincinnati, algum tempo antes da setorização das cidades, uma época em que os ônibus não eram usados somente pelos desamparados e em que as pessoas nos bares e nas ruas transitavam entre modos e estilos de vida variados. Sexo e comércio, transitoriedade e mistério. Os dez ou doze outros passageiros no ônibus para Chetumal pareciam todos empregados. Foi seis semanas antes da queda do peso e o México ainda parecia um país de verdade, não um satélite do mundo livre. Quando o motor a diesel finalmente engatou, eu não estava mais chorando.

A música gritava no rádio. Um cobertor de chumbo saiu de cima do meu peito à medida que rumávamos para o sul atravessando cidades e vilarejos. Bananeiras e palmeiras, gente passando dinheiro e comida pelas janelas toda vez que parávamos numa cidade. Não importava quem eu era. Os ciprestes deram lugar aos bambus enquanto a amperagem do sol ia esmaecendo.

Naquele momento (9 de novembro de 1994), Jennifer Harbury estava no 29º dia da sua greve de fome em frente aos prédios de governo no Parque Nacional, na Cidade da Guatemala. Dormia dentro de sacos de lixo, pois barracas não eram permitidas.

"Aprendi que ao ver estrelas", ela disse mais tarde à jornalista Jane Slaughter, "o que após o vigésimo dia acontecia a cada dez minutos, você deve se agachar e amarrar os sapatos. Depois de um certo tempo você sabe que começou a morrer. Eu não queria deitar. Eles iam me arrastar até um hospital, me amarrar e me alimentar na veia, então eu queria evitar que achassem que eu tinha desmaiado."

Naquele ponto, Bamaca já tinha sido declarado "morto em combate" havia três anos pelo exército guatemalteco. Mas quando Harbury exigiu legalmente a exumação do corpo, descobriram que pertencia a outro homem. Em 1992, Cabrero Lopez, amigo de Bamaca, fugiu de uma prisão militar trazendo a notícia de que vira Bamaca ser torturado por soldados treinados numa base norte-americana. Havia alguma chance de ele ainda estar vivo dois anos depois?

Numa foto tirada logo antes da greve de fome, Jennifer Harbury parecia Hillary Clinton com orçamento reduzido: um rosto proporcional com bons ossos de mulher branca protestante, corte estilo capacete loiro desgrenhado, um casaco de tweed barato, olhar límpido e olhos astutos e circunspectos. Mas quatro semanas mais tarde, faminta, Jennifer lembra mais Sandy Dennis depois de cinco martínis em *Quem tem medo de Virginia Woolf?* A convicção no seu rosto desmoronou, ela está funcionando à base de algo que não podemos entrever em sua franqueza e confusão. Jennifer Harbury era uma fanática com diploma de direito em Harvard, acampada com sacos de lixo num parque da Cidade da Guatemala. Os transeuntes a observam com medo e espanto, um animal estranho como a nativa de Coco Fusco exposta em *Two Undiscovered Amerindians Visit the West*. Mas Jennifer não é uma santa, pois jamais perde a inteligência.

———

Essa carta levou quase um ano para ser escrita, e assim virou uma história. Podemos chamá-la de *Route 126*. Na noite de quinta, desembarquei de um avião de Nova York para Los Angeles. Eu estava indo para a sua casa sem ser convidada, mas tinha, pelo menos, seu consentimento. "Não me sinto radiante, nem maravilhosa, nem capaz de fazer acontecer", escrevi em algum ponto acima do Kansas. "Estou acabada, cansada e insegura. Mas o que tiver de ser, será. Talvez acorde diferente depois de dormir…" Então caí no sono, mas não deu certo.

Nessa visita eu estaria a sós com você pela primeira vez. Onze semanas atrás, me apaixonei por você e comecei a escrever cartas que foram se transformando em — o quê? Não havia lhe contado que, três semanas antes, deixara meu marido e me mudara sozinha para o norte do estado. Mas dois dias antes lhe enviara por FedEx "Toda carta é uma carta de amor", o manifesto no qual me dirigia a você falando sobre florestas nevadas, arte feminina e a descoberta da Primeira Pessoa, então pensei que você estaria a par de tudo. Você nunca chegou a ler o manifesto. E se tivesse lido, você me disse mais tarde, talvez tivesse sido menos cruel comigo. Você era um *rock 'n' roller* do centro da Inglaterra. Como pude pensar que esses assuntos seriam do seu interesse?

Meu amor por você era infundado, como você apontou diante do meu marido naquela noite de janeiro. Pode ter sido a única vez que você arriscou opinar sobre alguma coisa, rompendo para isso seu silêncio sexy e críptico, o silêncio sobre o qual escrevi. Mas o que realmente quer dizer "infundado"? Meu amor por você era baseado num único encontro em dezembro, que você enfim descreveu numa carta exasperada ao meu marido como "afável, mas não particularmente íntimo ou memorável". Mesmo assim, esse encontro me fez escrever a você mais palavras que os números existentes naquela lista de decisões de edição, duzentas e cinquenta páginas, e ainda contando. O que por sua vez levou ao carro alugado, a esse percurso chuvoso na Route 126, a esse plano de te visitar.

Naquela época da vida, você disse, você estava experimentando nunca dizer Não.

Desembarquei do avião às sete, chapada de serotonina por causa do ar quente, das palmeiras e do jet lag, aluguei um carro e peguei a 405 rumo ao norte. Mas ao mesmo tempo eu estava nervosa, como se seguisse um roteiro que já estava escrito, mas cujo desfecho era mantido em segredo. Não era nervosismo do tipo que me dava enjoo. Era nervosismo do tipo que me deixava cega de terror. Minha roupa é pavorosa. Fico de olho na estrada, fumo, não paro de mexer no rádio. Estou vestindo um jeans preto da Guess, botas pretas, uma camisa prateada furta-cor, a jaqueta bolero de couro preto que comprei na França. Era o plano, mas agora me sinto um esqueleto de meia-idade.

Onze semanas antes segui seu lindíssimo carro pela 5 Norte a caminho daquele "encontro afável, mas não particularmente íntimo ou memorável" na sua casa, envolvendo meu marido, você e eu. E tudo parecia diferente naquela ocasião: delicioso, eletrizante. Nós três ficamos muito bêbados e aconteceram coincidências estranhas. Havia apenas três livros na sua sala de estar. Um deles era *A gravidade e a graça*, o título do meu filme. Eu estava usando o pingente de cobra que havia comprado em Echo Park; você contou a história de quando estava filmando algo perto de casa e uma cobra apareceu como por mágica. Fiquei a noite toda fazendo o papel de Esposa Acadêmica, ajudando você e Sylvère Lotringer a trocar ideias, e de repente você mencionou o livro de David Rattray, o que foi muito estranho. Porque eu tinha sentido que o fantasma dele estava a meu lado a noite toda, e David estava morto havia quase dois anos. Você me olhou e disse: "Você parece ter mudado desde que nos vimos. Como se estivesse pronta para se revelar". E então me revelei...

O que mais me comoveu aquela noite foi a liberdade com que você admitia ser solitário. Parecia algo tão corajoso. Como se tivesse aceitado que esse era o preço de limpar todo o lixo da sua vida. Você nos contou como passava a maior parte das noites sozinho, bebendo, pensando, escutando fitas. Quando você está preparado para fazer algo de um jeito ou de outro, não importa se está com medo. Você era o maior dos caubóis. Enquanto Sylvère e eu, com nossas picuinhas do mundo da arte, nossos projetos e nossos tópicos de conversa insignificantes — bem, nós éramos *kikes*. Você me deixou a ponto de pedir desculpas pelos meus quinze anos de estudos nova-iorquinos sobre presença de espírito e dificuldade. Eu tinha virado uma bruxa. E você tinha beleza. Que o deserto a consumisse.

E agora estou indo visitar você novamente pela Route 126, sozinha, mas algo está errado. Nada me livra do meu corpo, magro e sério e com uma cara sem graça, metido dentro desse carro alugado. Sou uma professora de colégio com roupas chamativas. Os jeans estão apertados. Preciso fazer xixi. Começo a pressentir que a sincronia, levada ao extremo, resulta em medo e pavor.

===

Estava quase escuro quando o ônibus chegou a Chetumal. Noite de sexta — uma noite de compras nessa cidade de cinco quarteirões de lojas de eletrodomésticos. Uma cidade criada para que os belizenhos e guatemaltecos que não eram ricos o bastante para fazer compras em Dallas ou Miami pudessem comprar televisores no duty-free. Legado positivo da guerra civil? Peguei um táxi para a embaixada da Guatemala, mas estava fechada. Como não podia deixar de ser, há um novo e imenso Museu dos Índios Maias nos arredores de Chetumal, feito de aço e vidro e com quase nada dentro. Eu tinha passado a tarde no ônibus lendo a autobiografia da líder rebelde guatemalteca Rigoberta Menchú e pensando em Jane Bowles. Dois tipos diferentes de sofrimento e lucidez. Depois disso, me hospedei num hotel com diária de vinte dólares.

Na manhã seguinte, levantei cedo para passear um pouco por Chetumal. De acordo com o mapa, era uma cidade litorânea. O ônibus para a Guatemala só partia no fim da tarde. Embarquei num ônibus local e o tempo ficou mais lento. O subúrbio de Chetumal se parecia um pouco com Mar Vista — bangalôs de estuque e jardins pequeninos —, com a diferença de que não havia paradas, bastava acenar que o ônibus parava em qualquer lugar. E então, onze quilômetros e uma hora depois, os bangalôs foram sumindo e a baía apareceu do nada depois de uma curva da estrada. O tédio sonolento deu lugar ao impactante azul da água, cada partícula de ar fixou posição no quadro cintilante. A selva recobria o litoral. Desci e caminhei por uma trilha no meio da selva até um café com vista para o mar que ficava na ponta de uma península redonda, mas o café estava fechado. Tomei um susto ao ver um macaco amarrado a um poste. Por fim, um homem apareceu e disse em inglês que tinha comprado o café, o terreno à beira-mar e o macaco depois de trabalhar numa revendedora de carros dos Estados Unidos. O macaco não parecia ter nada a reclamar. Observei enquanto ele permanecia agachado desenhando círculos no chão. Sua pelagem era encardida, creme manchado de cinza. Tinha dez dedos perfeitamente articulados nas mãos e dedos do pé atarracados.

Jennifer Harbury tinha 39 anos quando conheceu Efraim Bamaca num campo de treinamento de rebeldes dentro da selva das montanhas da Guatemala. Até aquele momento, a estrada da sua vida tinha sido seca e empoeirada. De Baltimore para Cornell. De Cornell para o Norte da África, depois para o Afeganistão, mochilando nos confins desses países sem objetivo definido. Conheceu palestinos exilados. Viu muita pobreza e se perguntou: as pessoas precisam passar fome para que possamos viver do nosso jeito? É uma pergunta que pode deixar você maluca. Pensar nela levou Jennifer à Faculdade de Direito de Harvard, numa época em que ser feminista significava se recusar a ser uma fracassada que dependia de alguém. Muitas mulheres estavam encontrando empoderamento em carreiras no direito comercial. Mas Jennifer-a-feminista-malvada achou trabalho defendendo imigrantes numa sede da Legal Aid no Leste do Texas. Muitos clientes eram maias guatemaltecos ameaçados de deportação. Pessoas de outra dimensão temporal que aguardavam pacientemente sentadas em cadeiras de plástico, irradiando um carisma denso e estranho. Jennifer queria saber mais. Ao contrário, talvez, dos seus colegas de trabalho ou do advogado texano com quem foi casada por um curto período, "os maias possuem a capacidade de ser completamente comunitários. São muito humildes, doces, generosos". Seu trabalho a levou à Guatemala para documentar alegações de fraude nos pedidos de asilo da guerra. Na Cidade da Guatemala, conheceu membros da resistência clandestina e se afeiçoou a eles. Em 1989, colhia os frutos de uma carreira de vinte anos de ativismo brilhante e apaixonado nas eras Bush e Reagan: uma picape capenga, um apartamento barato pago com empréstimos ou doações de velhos amigos, um contrato com uma pequena editora obscura do Maine para publicar um livro com uma história oral dos ativistas e camponeses guatemaltecos. Como Jennifer é uma garota, é inevitável, ao pensarmos na sua vida, medir a distância entre sua visão urgente e seus dias de tristeza e desamparo. Até mesmo o artigo do *The New York Times* que a coloca nas alturas a chama de "extravagante". "Falando sério", uma velha amiga dos tempos do colégio disse ao *Times* na semana em que Ted Turner adquiriu os direitos para adaptar a história da sua vida, "ela era um *tanque*."

═══

A história da Route 126 pode ser lida como uma história secreta do Sul da Califórnia. Ela vai a Oeste até Ventura County, partindo de Valencia, um antigo cemitério indígena. Nos anos 40, Val Verde e Stevenson Ranch eram resorts para negros de classe média alta. Antes das subdivisões muradas do "condado norte de Los Angeles" serem construídas por lá na década de 80, cadáveres desovados eram comuns no deserto próximos a Valencia. Esses fatos inspiraram o filme de terror *Poltergeist*. Valencia, é claro, também é onde se localiza a escola de artes e animação financiada pela Disney, a CalArts. "Valencia is Smiles, Not Miles Away", comemora um outdoor no centro da cidade, exibindo um leão feliz. Os moradores locais gostam de chamar a Route 126 de "Pista Sangrenta" devido ao número insanamente elevado de acidentes fatais.

Os contornos da geografia e do uso da terra se borram à medida que você avança para o Oeste, passando por laranjais, plantações de cebolas e fazendas de cultivo de flores. Mas está nítido quem trabalha ali: os donos das banquinhas de produtos agrícolas enfileiradas ao longo da estrada são chicanos de segunda geração, "vencendo na América"; mexicanos e centro-americanos ilegais ainda trabalham nos campos seis ou sete dias por semana. Moram em barracos alugados, aquecidos com gás propano. Anos atrás, descobriram algo muito próximo de um comércio de escravos operando em Camarillo. Sombras da infância de Rigoberta Menchú nas plantações na costa da Guatemala: pessoas desesperadas reunidas em vilarejos, em pé nas caçambas mal ventiladas de caminhões, prensadas umas contra as outras — apenas um prelúdio para os horrores à sua espera. Dachau Sul.

A Route 126 é um desvio que os caminhoneiros indo para Ventura tomam para evitar o posto de pesagem na Highway 101. É um bom lugar para comprar anfetaminas. A estrada que passa por trás da cidade de Fillmore, que dá acesso ao que costumava se chamar Reserva Nacional do Condor, é cenário de corridas de arrancada ilegais. Quando a população de Condor ficou reduzida a três pessoas, elas foram recolhidas e mandadas embora. A artista Nancy Barton lembra de um projeto realizado em 1982 por Nan Border: ela rastreou o local da morte não solucionada de oito caroneiras e prostitutas na extensão da Route 126 e fincou placas ao lado das suas covas vazias.

=====

Em 1972, a artista Miriam Shapiro inaugurou um Programa de Arte Feminista na CalArts. O programa foi possível, em grande parte, porque seu marido era o presidente da escola naquela época. Mas a CalArts era uma democracia jeffersoniana, então Shapiro precisou passar seis meses brincando de Sherazade, convidando cada um dos chefes de departamento homens para jantar, em separado, com o objetivo de persuadi-los, encantá-los e garantir seus votos.

As artistas do programa pretendiam, de acordo com Faith Wilding, "representar nossa sexualidade de maneiras diferentes e mais assertivas [...] 'Buceta', para nós, significava um despertar da consciência sobre nossos corpos... [Fazíamos] desenhos e construções de fendas, buracos e feridas vertendo sangue...". O programa durou um ano. "Nossa arte [...] que tinha a intenção de questionar padrões formalistas", continua Wilding, "foi submetida a críticas desdenhosas por muitos integrantes da escola."

Naquela primavera, todo mundo que fazia parte da turma de Judy Chicago colaborou na realização de uma performance

de 24 horas chamada *Route 126*. A curadora Moira Roth recorda:
"O grupo criou uma sequência de acontecimentos ao longo do dia,
espalhados pela rodovia. O dia começava com *Car Renovation*, de
Suzanne Lacy, obra em que o grupo enfeitava um carro abandonado [...] e que terminava com as mulheres em pé numa praia
vendo Nancy Youdelman, enrolada em metros de seda diáfana,
adentrando o mar devagarinho até aparentemente se afogar". Há
uma foto formidável do carro, tirada por Faith Wilding — um ca-
lhambeque rosa-absorvente, abandonado nas rochas do deserto.
A tampa do porta-malas está aberta e pintada por dentro de um
vermelho de sangue de buceta. Feixes de capim do deserto esca-
pam pelo capô amassado como os cabelos arruinados de Rapun-
zel. De acordo com o livro *Performance Anthology — Source Book
For A Decade of California Art*, esse acontecimento singular não
recebeu nenhuma cobertura crítica na época, embora obras con-
temporâneas de Baldessari, Burden e Terry Fox ostentem biblio-
grafias de muitas páginas. Querido Dick, fico me perguntando
por que todo e qualquer ato que narra a experiência de vida das
mulheres nos anos 70 foi lido somente como "colaborativo" e
"feminista". Os dadaístas de Zurique também trabalharam juntos, mas eram gênios e tinham nomes.

Quando finalmente saí da Route 126 e entrei na Antelope Valley
Road, estava apertada para fazer xixi. Você me aguardava às
oito e já eram oito e cinco, e fazer xixi de repente se tornou
algo muito problemático. Eu não queria precisar fazer isso no
momento em que pisasse na sua casa, que *gauche*, um sinal re-
velador de nervosismo feminino. Apesar disso, com tudo que
eu sabia a respeito da Route 126, tive medo de mijar na beira
da estrada. A cada vinte segundos os faróis de um carro passavam: *rednecks* predadores, policiais, trabalhadores itinerantes
espumando de ódio? Encostei na saída para Antelope Valley,

desliguei os faróis, saí do carro. A grama estava molhada de chuva. Foi Marx ou Wittgenstein quem disse que "toda pergunta ou problema contém as sementes da sua resposta ou solução através da negação"? Dentro do carro havia um copo de isopor de café bebido pela metade. Abri a janela, derramei o café, desci o jeans até abaixo dos joelhos e mijei no copo vazio. O copo ficou cheio antes que eu esvaziasse a bexiga, mas que se dane, era melhor segurar o resto. Com as mãos trêmulas, derramei o copo transbordante de urina sobre a grama.

Restavam as evidências. Várias gotas grandes ainda estavam grudadas ao isopor, e se cheirasse mal? Tive medo de jogar lixo na rua. Querido Dick, às vezes simplesmente não existe uma resposta correta. Amassei o copo, joguei-o sob o banco traseiro e limpei as mãos. A essa altura eu já estava um tanto abatida.

―――

Passava da meia-noite quando nosso ônibus finalmente atravessou a fronteira da Guatemala. Holofotes, uma guarita, barricadas e, no fim da Estrada Nacional de Belize, o início de 112 quilômetros de estrada não pavimentada. Fomos separados em grupos por nacionalidade e interrogados enquanto os soldados revistavam a bagagem no ônibus. O agente de imigração, um mestiço de modos delicados e bigode pontiagudo, analisou meu passaporte com ar concentrado, fingindo não me reconhecer na fotografia. Por fim, sorriu e disse: Bem-vinda à Guatemala, Christina. Quando voltei ao ônibus, o livro de Rigoberta Menchú tinha desaparecido.

―――

Centenas de luzinhas de Natal coloridas decoravam os cactos ao redor da sua casa. E lá estava você: sentado em frente à janela panorâmica da sala, avaliando ou fingindo avaliar trabalhos dos alunos, mergulhado em pensamentos. Você levantou e ao nos encontrarmos na porta trocamos um beijo apressado de saudação. Na última vez que estive na sua casa para jantar, em janeiro, você me beijou quando meu marido, Mick e Rachel e os dois sujeitos do Getty estavam a dois metros de distância. Aquele beijo irradiou tanta intensidade que cruzei a entrada com as pernas bambas.

Mais tarde, naquela mesma noite em janeiro, quando todos os outros convidados já tinham ido embora e apenas nós três continuávamos bebendo vodca, eu e Sylvère confessamos que éramos fiéis um ao outro havia doze anos. E de repente aquele conceito parecia tão colegial e absurdo que começamos a rir. "Ah", disse Sylvère, "mas o que é a fidelidade?" Naquela noite, a capa do disco *Some Girls* com as garotas usando sutiãs pontudos ainda estava encostada na parede. Passei onze semanas deliberando se sua escolha em deixar aquele álbum à mostra era séria ou afetada, até decidir que eu concordava com Kierkegaard, para quem o signo sempre triunfará através do véu de um significante irônico.

Mas nesta noite você me aguardava sozinho. Passei os olhos pela sala e reparei que o disco *Some Girls* não estava mais lá. Seria uma reação à minha segunda carta, na qual questionei seus gostos?

Depois do beijo no rosto, você me convidou para sentar na sala. Começamos a beber vinho no mesmo instante. Depois de meia taça, eu te contei como havia abandonado meu marido.

"Hmmm", você disse em tom compassivo, "eu já previa isso."

Eu quis, então, que você entendesse as razões. "Como na noite passada", falei, "encontrei Sylvère em Nova York para um jantar do departamento de francês. Régis Debray, o convidado de honra, não apareceu e todos estavam um pouco tensos e desconfortáveis. Eu estava entediada e com a cabeça em outro lugar, mas Sylvère achou que eu estava sofrendo de alguma deficiência linguística. Ele me pegou pela mão e disse em inglês a Tom Bishop, o especialista em Beckett, 'Chris é uma leitora voraz'. QUALÉ QUE É, sabe? Denis Hollier diz isso em relação a Rosalind Krauss? Posso não ter credenciais nem carreira, mas estou velha demais para ser uma *groupie* acadêmica." Você disse que entendia e emendou, "Bem, acho que agora o jogo terminou".

Como eu poderia fazer você entender que as cartas eram a coisa mais real que eu já tinha feito? Referindo-se a elas como um jogo, você negava todos os meus sentimentos. Mesmo que esse amor que eu sentia por você nunca pudesse ser retribuído, eu queria que fosse ao menos reconhecido. Então comecei a falar pelos cotovelos sobre a Guatemala. Encarnar a mulher que viaja para seduzir me parecia algo indecente e eu não tinha jeito para a coisa. A única maneira que eu conhecia de me aproximar de você, além de foder, era por meio de ideias e palavras.

Então tentei dar alguma legitimidade ao "jogo" expondo a você o que eu pensava sobre Estudos de Caso. Eu estava usando como modelo o livro de Henry Frundt sobre a greve dos trabalhadores da Coca-Cola na Guatemala.

"Percebe como é?", falei. "Está mais para um projeto do que para um jogo. Eu escrevi a sério cada palavra contida naquelas cartas. Mas ao mesmo tempo vi isso como uma oportunidade de finalmente aprender algo sobre paixão e romance. Porque você me lembrava muitas pessoas que amei na Nova Zelândia. Você não acha que é possível fazer uma coisa e estudá-la simultaneamente? Se o projeto tivesse um nome, seria *Eu amo Dick: Um estudo de caso*."

"Ah", você disse, sem muito entusiasmo.

"Escuta", eu disse, "comecei a pensar nessa ideia quando li o livro que Frundt escreveu depois de voltar da Guatemala. Ele é um sociólogo especializado no agronegócio do Terceiro Mundo. Frundt é um marxista estrutural — em vez de ficar praguejando contra o imperialismo e a injustiça, ele quer encontrar as razões. E razões não são globais. Por isso Frundt pesquisou todos os aspectos da greve dos trabalhadores da Coca-Cola na Guatemala durante os anos 70 e 80. Ele gravava tudo. A única maneira de compreender o grande é começar pelo pequeno. É como a ficção em primeira pessoa nos Estados Unidos."

Você ficou escutando, os olhos apontando ora para mim, ora para a sua taça de vinho na mesa. Eu via as reações do seu rosto ao que eu dizia... crípticas, ambíguas, alternando entre a curiosidade e a incredulidade. Seu rosto se parecia com o rosto dos advogados nos bares de topless quando eu começava a narrar contos de fadas budistas com as pernas esparramadas sobre a mesa. *Foi Uma Bizarrice.* Estariam eles se divertindo? Estimando sua capacidade de exercer crueldade? Seus olhos estavam levemente franzidos, seus dedos prendiam o vidro. Tudo isso me encorajou a ir adiante.

(Querido Dick, sempre achei que tínhamos nos tornado políticos pelo mesmo motivo. Ler sem parar e desejar uma coisa com tanta intensidade que passamos a desejá-la para o mundo. Meu deus, como sou Poliana. Talvez eu não tenha nada além de entusiasmo para te oferecer.)

"Quanto mais particular uma informação, maior sua probabilidade de ser um paradigma. A greve dos trabalhadores da Coca-Cola é um paradigma da relação entre franquias multinacionais e governos anfitriões. E como a Guatemala é muito pequena e todas as facetas da sua história podem ser estudadas, ela é um paradigma para muitos países de Terceiro Mundo. Se entendemos o que aconteceu lá, podemos ter uma noção de tudo. E você não acha que a pergunta mais importante de todas é *Como o mal acontece*? No ápice da greve dos trabalhadores da Coca-Cola, em 1982, o exército matou todos os líderes da greve e suas famílias inteiras. Mataram os advogados também, guatemaltecos e americanos. Uma das advogadas, chamada Marta Torres, não foi encontrada, mas acharam sua filha adolescente nas ruas da cidade, deram sumiço nela e a cegaram."

Se passou pela minha cabeça que tortura não era um assunto sexy para aquele nosso primeiro e único encontro romântico? Não, em momento algum. "Você está entendendo? Ao registrar cada mísero relatório, telefonema, carta e reunião ligados de alguma forma à greve, Frundt descreve como o terror pode acontecer de forma *casual*. Se Mary Fleming não tivesse vendido sua franquia da Coca-Cola para John Trotter, um amigo de ultradireita do Bush, a greve poderia não ter ocorrido. Os atos de horror genocida podem apresentar uma semelhança nauseante, mas provêm da singularidade."

Eu ainda não havia conseguido explicar o que o genocídio na Guatemala tinha a ver com as cento e oitenta páginas de cartas de amor escritas por mim e meu marido e depois entregues a você, como uma bomba-relógio, uma latrina ou um manuscrito. Mas eu ia chegar lá, ia sim. Eu tinha a sensação de que estávamos nos olhando de frente nas bordas de uma cratera muito escura e assustadora. Verdade e dificuldade. Verdade e sexo. Eu falava, você escutava. Você testemunhava minha transformação nessa garota maluca e intelectual, o tipo de garota que você e toda a sua geração adoravam caluniar. Mas em todo testemunho não há também cumplicidade? "Você pensa demais", é o que sempre diziam quando a curiosidade se esgotava.

"Quero ser dona de tudo que me acontece agora", eu te disse. "Porque se o único material que temos para trabalhar nos Estados Unidos de hoje são nossas próprias vidas, não deveríamos estar fazendo estudos de caso?"

OH EGITO ESTOU LAVANDO MEU CABELO PARA MELHOR TE CONHECER, e a essa altura estávamos jantando. Era um linguini fresco de pacote, molho pronto e salada. Não consegui engolir nem uma garfada. "Por mim tudo bem", você disse. "Só não me force a ir junto."

=====

"Ele me segurou pelos ombros e me sacudiu." Foi assim que Jennifer Harbury descreveu seu primeiro encontro com Efraim Bamaca.

Jennifer estava entrevistando guerrilheiros na zona de combate de Tajumulco em 1990. Ela se sentia muito branca e alta. "Comparada aos outros, sou enorme, tenho um metro e sessenta. Uma giganta." Bamaca era um camponês maia educado pelo exército rebelde. Aos 35 anos, já era conhecido, um líder. Ela ficou surpresa ao conhecê-lo. "Ele parecia uma corça", disse. "Muito calado e discreto. Nunca dava ordens, mas de algum modo as coisas eram feitas." Quando ela o entrevistou para seu livro de história oral, esse gênero tão de esquerda, em que o autor tanto se apaga, ele lhe devolveu as perguntas e ficou escutando.

Eles se apaixonaram. Quando Jennifer foi embora de Tajumulco, Bamaca prometeu não lhe escrever. "Não existe isso de relacionamento fantasioso." Mas acabou escrevendo, bilhetes levados em segredo das montanhas até um esconderijo seguro, e depois enviados pelo correio do México. Um ano depois, se encontraram de novo e se casaram. "Eu nunca tinha visto esse lado da Jennifer", uma outra amiga da faculdade de direito disse ao *New York Times*. "Ela parecia muito feliz."

====

Depois do jantar, então, você se recostou na cadeira, fixou o olhar em mim e perguntou: "O que você quer?". Uma pergunta direta e com uma pitada de ironia. Sua boca estava espremida e torta, como se você já soubesse a resposta. "O que esperava ao vir até aqui?"

Bem, eu já tinha percorrido uma longa distância e estava pronta para todo tipo de provação. Sendo assim, disse em voz alta o óbvio: "Quero passar a noite aqui com você". E você apenas continuou me encarando com curiosidade, querendo mais. (Embora eu não tivesse dormido com ninguém além do meu marido por doze anos, não lembrava que uma negociação sexual podia ser explícita a um grau tão humilhante. Mas talvez houvesse algo de bom nisso. Um corte brusco do cifrado para o literal?) Então, por fim, falei: "Quero dormir com você". E depois: "Quero fazer sexo".

Você me perguntou: "Por quê?".

(O psiquiatra H. F. Searles lista seis maneiras de levar outra pessoa à loucura em *The Etiology of Schizophrenia*. Método Número Quatro: controle a conversa e mude seus parâmetros de maneira abrupta.)

Na noite em que Sylvère e eu dormimos na sua casa, tive sonhos vívidos em que fazia sexo com você de várias maneiras. Enquanto Sylvère e eu dormíamos no sofá-cama, sonhei que me infiltrava no seu quarto através da parede. O que mais me chamou a atenção era o quanto o sexo que fizemos era intencional e premeditado. O sonho transcorreu em duas cenas separadas. Na Cena Um estamos os dois pelados na sua cama, em ângulo frontal-horizontal, encurtados como hieróglifos egípcios. Estou agachada, com o pescoço e os ombros curvados para alcançar seu pau. Mechas dos meus cabelos vão e voltam, roçando suas coxas e virilha. Era uma chupada um tanto sutil e psicocientífica. A perspectiva se torna vertical na Cena Dois. Estou sentada em cima de você, você está deitado com a cabeça um pouco arqueada para trás, subo e desço no seu pau, cada vez aprendendo algo novo, nossos gemidos são desencontrados.

"O que você quer?", você perguntou outra vez. "Quero dormir com você." Duas semanas antes, eu tinha escrito aquele bilhete para você, dizendo que a ideia de passarmos algum tempo sozinhos era uma visão de puro prazer e felicidade. Ao telefone, você disse "Não vou dizer não" quando perguntei o que você achava, mas todos os motivos, os fatores e o desejo se estilhaçaram numa centena de tonalidades, como a luz do sol atravessando um prisma psicodélico, e desabaram com estrondo no instante em que você me perguntou: "Por quê?".

Falei apenas: "Acho que podia ser prazeroso pra nós dois".

"Estávamos apaixonados", Jennifer Harbury disse ao *New York Times* a respeito da sua vida com Efraim Bamaca. "Quase nunca brigávamos..."

═══

E então você disse: "Mas você nem me conhece".

═══

A Route 126 continua para Oeste acompanhando a base das montanhas de San Padre. Quando chega a Antelope Valley, a paisagem muda de colinas arredondadas para algo mais pedregoso, mais bíblico. Na noite (3 de dezembro) em que Sylvère e eu ficamos na sua casa porque, como você lhe disse numa carta posterior, "a previsão do tempo indicava que vocês talvez não conseguissem voltar para San Bernardino", ficamos espantados com o lugar onde você morava. Era um sonho existencial, uma metáfora zen para tudo que você havia dito sobre si... morar, "completamente sozinho", você sempre repetia, no fim de uma estrada sem saída, nos limites da cidade, diante de um cemitério. Uma placa em frente ao seu terreno dizia Sem Saída. E ao longo da noite, à medida que nós três íamos ficando mais bêbados, você encontrou tantas maneiras de falar sobre si mesmo, tantas maneiras de fazer a solidão parecer uma conexão direta com toda a tristeza do mundo. Se a sedução é um uísque, a infelicidade só pode ser a cerveja.

Você disse "Nunca é prazeroso. Sempre termina em lágrimas e decepção". E quando cometi o erro de insistir falando em amor cego e paixão, você disse "Não é tão simples". Nossas posições eram totalmente opostas. Eu era o Caubói, você era a *kike*. Mas não larguei o osso.

"Às vezes uma coisa pode ser simplesmente fabulosa", falei, olhando pela janela. A situação estava ficando onírica, prolongada, metafísica. Momentos passaram. "Se é pra ser assim", você disse, "você tem alguma droga?"

Eu tinha me preparado para isso. Trouxera um vidrinho de ópio líquido, dois ácidos, trinta oxicodonas e trinta gramas de uma maconha matadora. "Relaxa, você tem um encontro", disse Ann Rower, enquanto jogava fora o ramalhete de flores birmanesas que ganhara de presente. Por algum motivo as coisas não estavam acontecendo como cada um de nós tinha previsto. Mas fechei um baseado e fizemos um brinde a Ann.

O disco terminou e você foi preparar um café. Na cozinha, ficamos como baratas tontas, roçando as mãos aqui e ali, mas era tão forçado e constrangedor que acabamos retrocedendo. Conversamos um pouco mais sobre o deserto, livros e filmes. Até que, por fim, falei: "Olha só, está ficando tarde. O que você quer fazer?".

"Sou um cavalheiro", você respondeu, acanhado. "Me sentiria mal se não fosse hospitaleiro. Caso não esteja bem para dirigir..."

"Não é *disso* que se trata", falei bruscamente.

"Ah, certo... quer dormir na mesma cama? Não vou dizer não."

Ah, por favor, os costumes tinham mudado tanto assim desde que havia me casado?

"Quer fazer sexo ou não quer?"

Você disse: "Não é uma ideia que me desagrade".

Essa neutralidade não era erótica. Pedi entusiasmo, mas você se declarava incapaz de oferecê-lo. Ainda dentro do mesmo espírito, arrisquei uma última tacada: "Olha, se você não está a fim, seria mais — cavalheiresco — dizer isso de uma vez, e irei embora".

Mas você repetiu: "Não é... uma ideia... que me... desagrade".

Bem. Éramos elétrons nadando em voltas dentro de um circuito. Sem saída. *Huis clos*. Você estava nos meus sonhos e pensamentos diariamente desde dezembro. Amar você tinha tornado possível reconhecer o fracasso do meu filme, do meu casamento e das minhas ambições. Route 126, a Estrada para Damasco. Como são Paulo e Buda, que tinham vivido suas grandes conversões ao chegar aos quarenta, eu era Renascida em Dick. Mas isso era bom para você?

Eu entendia as regras assim:

Se você deseja intensamente algo, não há problema em ir atrás, até que a outra pessoa diga Não.

Você disse: *Não vou dizer não.*

Assim, quando você se levantou para trocar o disco, comecei a desamarrar os cadarços. E então as coisas mudaram de figura. Tudo parou.

Você voltou, sentou no chão e retirou minhas botas. Abracei você e começamos a dançar ao som do disco. Você me ergueu do chão e agora estamos parados no meio da sala, estou com minhas pernas em volta da sua cintura. Você me diz que sou "muito leve" e começamos a balançar, roçando rostos e cabelos. Quem será o primeiro a beijar? E então nos beijamos...

Alguns casos de uso da elipse:

- ... a tela escurecendo depois de dez segundos de uma cena de beijo num filme censurado pela Comissão Hays.
- ... Céline separa as frases em *Viagem ao fim da noite* para eliminar a metáfora da linguagem. As elipses crivam a página como disparos. Linguagem automática usada como arma, guerra total. Se o coiote é o último animal sobrevivente, o ódio deve ser a última emoção restante no mundo.

Você me põe de volta no chão e faz um gesto na direção do quarto. E nesse momento o toca-discos começa a tocar "Pat Garrett and Billy the Kid", de Bob Dylan. Perfeito. Quantas vezes cada um de nós fez sexo com esse disco ao fundo? Seis ou sete faixas de cordas de banjo e gemidos fanhos que culminam em torno do Minuto 25 (uma média nacional de acordo com o Relatório Kinsey) com "Knocking At Heaven's Door". Um hino heterossexual.

Então você está deitado na cama, com a cabeça apoiada nos travesseiros, e tiramos nossas blusas. O abajur azul ao lado da cama está aceso. Ainda estou vestindo o jeans preto da Guess e sutiã. Fico olhando você apalpar meus peitos e depois ficamos olhando meus mamilos, juntos, enquanto eles endurecem. Mais adiante você passa o dedo indicador por fora da minha buceta, mas não enfia. Ela está muito molhada, uma Coisa Observada, e mais adiante ainda penso no ato de testemunhar e no terceiro termo kierkegaardiano. O sexo com você é tão maravilhosamente... sexual, e não faço sexo com *ninguém* há uns dois anos. E estou com medo de falar, querendo me afundar em você, e então as palavras saem, como costumam fazer:

"Quero ser sua cachorrinha."

Você fica flutuando como se não tivesse escutado, então repito: "Você me deixa ser sua cachorrinha?".

"Tá bom", você diz. "Vem cá."

Você me acomoda como uma pequena pequinesa até que eu enlace as mãos acima dos seus ombros. Meus cabelos estão para tudo que é lado.

"Se quer ser minha cachorrinha, vai ter que fazer o que eu digo. Não se mexa", você diz. "Fica bem quietinha."

Faço que sim com a cabeça, talvez me escape um gemido, e então seu pau, que estava bem sossegado até o momento, surge com tudo, emitindo ondas que pulsam através dos meus dedos. Sons são produzidos. Você põe os dedos nos meus lábios.

"Ei, cachorrinha. Você precisa ficar bem quietinha. Não se mexa."

Não me mexo, e isso continua pelo que parecem horas. Fazemos sexo até que eu não sinta mais diferença entre respirar e foder. Durmo um sono agitado no seu quarto azul-turquesa.

Acordo perto das seis e você ainda está dormindo. A chuva deixou bem verde a relva que se vê da sua janela. Escolho um livro e me acomodo no sofá da sala. Estou com receio da etapa matinal, não quero que minha presença seja muito invasiva ou desgastante. Mas não demora para que você apareça na entrada do quarto.

"O que está fazendo aí?"

"Descansando."

"Ora, descanse aqui dentro."

Fizemos então um sexo matinal embaçado e aos trancos, os lençóis, a luz clara do dia, tudo mais real, mas de novo aquela enchente, a injeção de endorfinas, e depois que acabou ninguém disse nada por um longo tempo.

E aí tudo começa a ficar bem bizarro.

"*Começa* a ficar bizarro?", Scott B. disse hoje à noite ao telefone, depois que lhe contei a história. "O que você esperava? A coisa *inteira* foi completamente bizarra."

Bem, sim, entendo o que ele quer dizer. Ainda assim...

"Então", falei, enquanto voltávamos à tona depois do sexo, "qual o programa?"

"De que programa está falando? *A Família Sol-Lá-Si-Dó*?"

"Nããão... é que, enfim, fico na cidade até terça e estava pensando se você acha que devemos nos ver outra vez."

Você se virou e disse: "Você quer?".

"Sim", falei. "Com certeza. Definitivamente."

"Com certeza... definitivamente", você repetiu com um toque de ironia.

"Sim. Eu quero."

"Bem, na verdade tem Alguém (você conseguiu, de algum modo, conjugar a palavra no feminino) vindo passar o fim de semana."

"Ah", respondi, a informação despencando na minha cabeça como uma pedra.

"O que foi?", você perguntou, como se aproveitasse uma ideia que tinha acabado de lhe ocorrer. "Estourei seu balão? Arruinei a fantasia?"

Levando em conta que eu estava sem roupa, não foi fácil decidir como responder. "Acho que você estava certo a respeito da decepção. Se eu soubesse, não teria ficado, provavelmente."

"O quê?", você riu. "Você acha que estou te *traindo*?"

Bem, isso era bastante cruel, mas te amar havia se tornado um trabalho fixo e eu não estava pronta para ficar desempregada. "Não", falei. "Não acho. Você só precisa me ajudar a encontrar uma maneira de tornar isso um pouco mais aceitável."

"Aceitável?", você me imitou. "Não preciso fazer *nada* por você."

Você estava assumindo uma postura e o deboche marcava seu rosto como uma máscara. Ultraviolência. Atacar e matar.

"Não te devo nada. Você entrou chutando a porta, esse era o seu jogo, o seu plano, você que lide com isso agora."

Eu não era nada além de choque e decepção naquele instante.

Trocando a marcha, você acrescentou com malícia: "Imagino que agora vá começar a me enviar cartas de ódio. Vai me incluir na sua Demonologia dos Homens".

"Não", falei. "Chega de cartas."

Eu não tinha direito de estar com raiva e não queria chorar. "Você não precisa transformar a insensibilidade em militância."

Você ergueu os ombros e fez questão de olhar para as próprias mãos.

"Militar pela crueldade?" E em seguida, apelando a seu passado marxista: "Militar contra a mistificação?".

Isso provocou um sorriso.

"Olha só", falei, "admito que oitenta por cento disso foi fantasia, projeção. Mas precisava começar com algo real. Você não acredita em empatia, em intuição?"

"O quê?", você disse. "Está me dizendo que é esquizofrênica?" "Não... É só que...", e então cedi ao patético. "É só que senti alguma coisa por você. Uma conexão estranha. Senti isso na sua obra, mas veio de antes. Aquele jantar, três anos atrás, com você e Jane, você flertou comigo, deve ter sentido..."

"Mas você não me conhece! Passamos duas ou três noites juntos! Nos falamos uma ou duas vezes no telefone! E você projeta essa merda toda em cima de mim, me sequestra, me persegue, me invade com seus joguinhos, e não quero nada disso! Nunca pedi isso! Você é uma pessoa ruim e psicótica!"

"Mas e a minha carta? Quando deixei Sylvère, eu a escrevi tentando passar a limpo essa coisa toda com você. Não importa o que eu faça, você pensa que é só um jogo, mas eu estava tentando ser honesta."

("Honestidade dessa ordem ameaça a ordem", David Rattray escreveu certa vez a respeito de René Crevel, e naquela ocasião eu estava tentando chegar a esse ponto.)

Continuei: "Você faz ideia de como foi difícil, pra mim, ligar pra você? Foi a coisa mais difícil que já fiz. Mais difícil que ligar para a William Morris. Você disse que eu podia vir. Devia saber o que eu queria".

"Eu não precisava do sexo", você berrou. E completou com um adendo cavalheiresco: "Embora tenha sido bom".

A essa altura o sol já brilhava alto. Continuávamos pelados na cama.

"Lamento", falei.

Mas como eu podia explicar? "É só que...", comecei a dizer, escarafunchando os quinze anos que vivi em Nova York, a arbitrariedade das carreiras na arte, se é que eram mesmo arbitrárias. Quem tem a chance de falar, e por quê? O livro de David Rattray vendeu apenas quinhentas cópias e agora ele está morto. Penny Arcade é original e real, e Karen Finley é falsa, e quem é mais famosa? Ted Berrigan morreu de pobreza e Jim Brodey foi despejado, foi morar no parque até morrer de aids. Artistas sem plano de saúde que se mataram no começo da doença para não serem um fardo para os amigos... de modo geral, os que mais me tocavam sempre viveram e morreram como cães, a não ser que, assim como eu, fizessem concessões. "Odeio noventa por cento de tudo que me cerca!", eu te disse. "Pelo menos eu amo muito o resto. Talvez demais." "Se fosse você, eu repensaria isso", você disse. Você estava encostado numa parede escura. "Eu *gosto* de noventa por cento de tudo que vejo, e o resto deixo em paz." E eu escutei. Você parecia muito sábio e radiante, e todos os sistemas que eu usava para compreender o mundo se dissolviam.

———

A verdade não era tão simples, é claro. Ainda era sexta de manhã. A viagem de carro até Lake Casitas, o quarto de motel, a oxicodona e o uísque escocês ainda estavam por vir. Perdi minha carteira e dirigi oitenta quilômetros para encontrá-la com apenas um oitavo do tanque cheio. Houve ainda o telefonema de domingo, nosso jantar juntos e depois o encontro no bar na noite de segunda. Um musical com o medley de todos os destaques do show. Apenas quando consegui ligar para Ann Rower, no sábado, pude parar de chorar por tempo o suficiente para dar a volta por cima. Ann me disse: "Talvez Dick tivesse razão". Isso soava radicalmente profundo. Eu poderia aceitar que, ao ser cruel, você estava me oferecendo uma verdade? Poderia chegar ao ponto de aprender a te agradecer por isso? (Todavia, quando mostrei a Ann o rascunho dessa história, ela alegou jamais ter dito isso. Nem de longe.)

Passei a noite de sábado no sofá de Daniel Marlos. José preparou feijões e carne *asada*. Daniel estava trabalhando em três empregos, sete dias por semana, juntando dinheiro para fazer um filme experimental, sem reclamar. Na manhã de domingo, atravessei o bairro de Eagle Rock caminhando pela Lincoln Avenue, até o Occidental College. "Até mesmo aqui", anotei no meu caderno, "nesse bairro amontoado, as pessoas estão fazendo suas caminhadas dominicais pela manhã. O ar tem cheiro de flores."

Na biblioteca, procurei pelo *A gravidade e a graça* de Simone Weil:

"É impossível", ela escreveu, "perdoar quem nos fez mal se esse mal nos rebaixou. Precisamos pensar que ele não nos rebaixou, e sim nos revelou nosso verdadeiro patamar."

=====

Avistei macacos selvagens e tucanos na floresta tropical da Guatemala. Me hospedei num hotel anexo a um casarão de propriedade do ambientalista Oscar Pallermo. Oscar era a ovelha negra de uma das principais famílias da oligarquia guatemalteca... mas não negra o bastante para impedir que ele fosse dono do casarão, de uma casa na Cidade da Guatemala e de um apartamento em Nova York. Oscar me incluiu na rotina da sua grande família, que parecia algo saído de *Beleza roubada* — almoços de duas horas, passeios pelo rio. Três anos antes, uma casa de fazenda na sua propriedade fora incendiada por rebeldes maias.

No 29º dia da greve de fome de Jennifer Harbury, o programa *60 Minutes* pôs no ar um segmento sobre seu drama. No Dia 32, seu advogado veio de Washington num avião trazendo a notícia: "O pessoal da Casa Branca vai falar com você agora". No dia 22 de março, o congressista Robert Toricelli, de Nova Jersey, revelou as descobertas da investigação do Comitê de Inteligência da Câmara a respeito da CIA na Guatemala. Os três anos e dez dias que Harbury gastara tentando encontrar a verdade sobre o desaparecimento de Bamaca a levaram — ou melhor, levaram a mídia e o governo — a descobrir o que ela com certeza sabia desde o início: o assassino do seu marido havia sido contratado pela CIA. O coronel Julio Alberto Alpirez, a resposta da Guatemala a Mengele, também raptou, torturou e matou Michael Devine, um americano dono de uma pousada.

Não foi Alexander Cockburn que disse que para cada americano morto que chega às notícias morreram trinta mil camponeses anônimos? O grupo de Alpirez que era financiado pela CIA, o Archivo, matou e torturou incontáveis padres, enfermeiras, sindicalistas, jornalistas e fazendeiros guatemaltecos. Eles estupraram e torturaram a freira norte-americana Diana Ortiz e esfaquearam até a morte a antropóloga Myrna Mack nas ruas da Cidade da Guatemala, às três da tarde. No dia 24 de março, o governo dos Estados Unidos retirou todo o apoio militar à Guatemala. Vários chefes de departamento da CIA foram demitidos. Jennifer Harbury saiu do seu saco de lixo e foi testemunhar no Congresso. (Porém, há apenas um mês, em Washington, à véspera das primeiras eleições da Guatemala depois da guerra civil, uma bomba explodiu no carro do seu advogado.)

=====

Por meses achei que essa história seria algo sobre como o amor pode mudar o mundo. Mas isso é provavelmente cafona demais.

Fassbinder disse certa vez: "Detesto a ideia de que o amor entre duas pessoas pode levar à salvação. Passei a vida inteira lutando contra esse tipo opressor de relação. Em vez disso, acredito na busca por uma forma de amor que possa envolver toda a humanidade".

Recuperei minha voz dias depois de ir embora da Guatemala.

Com amor,
Chris

A exegese

A entrada 52 mostra que Fat, naquele ponto da sua vida, estava aberto a qualquer esperança desvairada que reforçasse sua confiança de que algum bem existia em algum lugar.

Philip K. Dick, *Valis*

Thurman, Nova York
4 de março de 1995

Caro Dick,

1. Alguns Incidentes na Vida de uma Escrava

Como continuar quando a conexão com a outra pessoa se quebrou (quando a conexão está quebrada para você mesma)? Estar apaixonada por alguém significa acreditar que estar na presença de outra pessoa é a única maneira de ser completamente você mesma.

E agora é manhã de sábado, e amanhã farei quarenta anos, o que faz desta a última "Manhã de sábado nos trinta", para citar o título de um poema de Eileen Myles e Alice Notley no qual pensei com um sorriso na cara umas sessenta vezes enquanto dava telefonemas e resolvia pendências em manhãs de sábado espalhadas nos últimos dez anos.

Na tarde de ontem, voltei dirigindo para cá de Nova York. Estava desorientada e confusa (e agora também estou confusa quanto a me dirigir a você em modo declarativo ou narrativo; em outras palavras, com quem estou falando?). Voltei a Nova York na noite de terça depois de ter passado aqueles cinco dias em Los Angeles "com você". Então Sylvère e eu passamos a quarta e a quinta levando nossas coisas da Second Avenue para a 7th Street. Durante toda a mudança me senti arrependida, e estou tentando não continuar assim.

No final dos anos 70, quando estava trabalhando nos bares de topless de Nova York, havia uma canção disco de Evelyn Champagne King que tocava sem parar, chamada "Shame". Era perfeita para aquela época e lugar, evocando a emoção sem tentar esgotá-la:

Shame!
What you do to me is a shame
I'm only tryna ease the pain...,
Deep in your arms
*Is where I want to be**

Pois vergonha é o que vivíamos sentindo, eu e todas as minhas amigas, por esperar que o sexo semeasse a cumplicidade. ("Cumplicidade é como um nome de mulher", escreveu Dodie Bellamy.)

"É isso que você queria?", você me perguntou na manhã de sexta. Eram quase dez da manhã. Tínhamos passado horas pelados na cama, discutindo. E você tinha acabado, por caridade ou generosidade, de me contar uma história triste da sua vida em compensação por ter me chamado de psicótica. Para tentar consertar. "É isso que você queria? Uma intimidade capenga?"

Bem, sim e não. "Só estou tentando ser honesta", confessei a você naquela manhã, e aquilo soou tão esfarrapado. "Sempre que alguém rompe a barreira da honestidade", disse David Rattray numa entrevista que arranjei para ele com o editor Ken Jordan, "isso gera não apenas autoconhecimento, mas conhecimento do

---

* Tradução livre: "Vergonha!/O que você faz comigo é uma vergonha/Só estou tentando aliviar a dor...,/Afundada em seus braços/É onde quero estar". [N. T.]

que os outros não podem ver. Ser honesto num sentido verdadeiro e absoluto significa ser quase profético, entornar o caldo." Eu só estava tentando promover o livro dele, e agora eu me retorcia enquanto ele proferia um discurso sobre seu ódio por todos que o haviam prejudicado, que estavam fazendo de tudo para silenciar "cada jovem brilhante que aparece com algo original a dizer". A entrevista foi feita apenas três dias antes de ele desabar na Avenue A com um tumor cerebral imenso e inoperável.

"Pois no fim das contas", digitei, acompanhando sua voz aristocrática, grave e inconfundível, "o caldo é apenas uma série interminável de refeições indigestas e compromissos sociais que são inúteis e provavelmente nem deveriam ser honrados, e conversas fúteis e sem sentido, gestos, tudo para que, ao final, se morra abandonado, tratado como lixo por pessoas vestindo casacos brancos que não são mais civilizadas que os encarregados pela limpeza... é isso que o caldo significa para mim."

Vergonha é o que você sente ao ser fodida sob efeito de barbitúricos por um companheiro do mundo da arte que fingirá que aquilo nunca aconteceu, vergonha é o que você sente depois de chupar paus no banheiro do Max's Kansas City porque Liza Martin quer cheirar pó de graça. Vergonha é o que você sente depois de permitir que alguém a leve para um lugar que está além do seu controle — para três dias depois sofrer dividida entre o desejo, a paranoia e a etiqueta, sem saber se a pessoa vai te ligar. Querido Dick, você me falou duas vezes, na semana passada, sobre o quanto adora os livros de John Rechy e como adoraria que sua escrita incluísse mais sexo. Já que eu te amo, e já que você não consegue ou é impedido pelo pudor, que tal me deixar fazer isso por você?

De todo modo, para não sentir essa impotência toda, esse arrependimento, me incumbi da missão de solucionar a heterossexualidade (ou seja, de terminar esse projeto de escrita) antes de completar quarenta anos. O que acontecerá amanhã.

Porque de repente me pareceu, depois de chegar de Los Angeles, carregando caixas de um apartamento a outro sob efeito do jet lag, que ainda havia tanto a entender e a dizer. Eu já tinha chegado ao fundo daquele ninho de cobras? Segunda à noite, no restaurante, conversamos sobre nosso filme favorito do Fassbinder, *As lágrimas amargas de Petra von Kant*. Eu estava usando uma camisa de alfaiataria branca, de mangas longas e propositalmente recatada, a vagabunda jogando uma carta inesperada, e de repente tive a sensação de haver compreendido algo. "Fassbinder era um homem muito feio", falei. "Este é o verdadeiro tema dos seus filmes: um homem feio sentindo uma lacuna, querendo ser amado."

O subtexto ficou na mesa à nossa frente, ao lado do sushi. Porque eu, é claro, também era feia. E o modo como você recebeu aquilo, entendendo de cara, sem maiores explicações, me fez perceber como tudo que havia ocorrido entre nós desembocava em sexo, feiura e identidade.

"Você estava tão molhada", Dick ____ havia dito a mim no bar naquela noite de segunda-feira, se referindo ao sexo que tínhamos feito na quinta. Meu coração se abriu e me senti abaixo da trégua educada que havíamos alcançado no restaurante, sua jaqueta italiana preta, minha camisa abotoada de mangas longas. Você estava me seduzindo de novo ou apenas aludindo ao que eu havia escrito no meu manifesto "Toda carta é uma carta de amor", que você finalmente havia lido naquela tarde? Eu não sabia muito bem como interpretar aquilo. Mas então Dick olhou para o relógio de um jeito rude e se virou para observar outra pessoa no recinto. Aí eu soube que você não queria fazer sexo comigo nunca mais.

Voltei do fim de semana devastada, implorando a Sylvère que me desse conselhos. Embora o lado teórico de Sylvère esteja fascinado pelo modo como essa correspondência e esse caso amoroso me transformaram e me sexualizaram, todos os seus outros lados estão raivosos e confusos. Como posso culpá-lo, então, por ter respondido como um terapeuta barato? "Você nunca vai aprender!", ele disse. "Você insiste em ir atrás da rejeição! É o mesmo problema que tem com os homens desde sempre!" Mas acredito que esse problema é mais amplo e mais cultural.

Nós estávamos lindos, segunda à noite, entrando juntos no Ace of Diamonds Bar. Altos, anoréxicos e com jaquetas combinando. "Lá vem o Mod Squad", disse o barman. Todos os frequentadores ergueram a cabeça para nos olhar. Que hilário. Você é um *mod* e eu sou uma modernista. "Posso te pagar um drinque?" "Claro." E de repente estou de volta a 1978 no Nightbirds Bar, bebendo fumando paquerando, jogando sinuca muito mal com meu namorado da época, Ray Johannson. Rá rá rá. "Você não pode sentar na mesa de sinuca! Os dois pés precisam estar no chão!" Minutos depois de chegar, mandamos aos ares o acordo de neutralidade madura que havíamos traçado no sushi bar. Você estava dando em cima de mim, tudo parecia possível. De volta às regras do cavalheirismo.

Mais tarde, com as pernas amontoadas debaixo daquelas mesinhas apertadas de bar, conversamos de novo sobre nosso fantasma predileto, David Rattray. E eu queria explicar como tolerava o mau comportamento de David, todos aqueles anos de álcool e heroína, como ele foi ficando cada vez maior enquanto sua esposa, que participava da cena com ele, ia encolhendo até quase desaparecer. "Ele fez parte da geração que arruinou a vida das mulheres", eu te disse. "Não foi só aquela geração", você respondeu. "Os homens ainda arruínam a vida das mulheres." E naquele momento não respondi, não tive opinião, aceitei.

Mas na noite da última quarta-feira, às três da manhã, saltei da cama e peguei o laptop. Percebi que você estava certo.

"J'ACCUSE", comecei a digitar, "Richard Schechner."

Richard Schechner é um professor de Estudos de Performance na New York University, autor de *Environmental Theater* e de vários outros livros sobre antropologia e teatro, e editor da *The Drama Review*. Ele me deu aulas de atuação. E na noite da última quarta, às três da manhã, me dei conta de que Richard Schechner tinha arruinado minha vida.

Portanto, eu ia escrever um panfleto acusatório e colar lambe-lambes em toda a vizinhança de Richard e na NYU. Eu o dedicaria à artista Hannah Wilke. O tremendo esforço de Hannah em transformar tudo que a incomodava em tema da sua arte foi motivo de muito constrangimento quando ela estava viva, e por isso me ocorreu, às três da manhã, que Hannah Wilke é um modelo para tudo que pretendo conseguir fazer.

"J'ACCUSE RICHARD SCHECHNER, que através de privação do sono, TERAPIA GESTALT amadora e MANIPULAÇÃO SEXUAL tentou exercer CONTROLE MENTAL sobre um grupo de dez estudantes em Washington, D.C."

Bem, era um plano. E naquele momento eu acreditava nele tanto quanto no plano que fiz com Sylvère certa noite na 7th Street, quando eu estava deprimida e ele se uniu à minha tentativa de suicídio. Bebemos um pouco de vinho, cada um de nós engoliu dois comprimidos de oxicodona e decidimos ler o capítulo 73 de *O jogo da amarelinha* de Julio Cortázar em voz alta na sua secretária eletrônica. "Sim, mas quem nos curará do fogo surdo, do fogo sem cor que corre, ao anoitecer, pela Rue de la Huchette..." Na época parecia muito ousado, pertinente e genial, mas Dick, como quase sempre ocorre na arte conceitual, o delírio pode acabar se tornando autorreferente demais...

No Workshop de Tempo do Sonho Aborígene de Richard Schechner em Washington, D.C., ele e eu éramos os únicos do grupo a despertar antes do meio-dia. Bebíamos café, dividíamos as páginas do *Post* e do *New York Times* e conversávamos sobre política e assuntos internacionais. Como nós, Richard possuía alguma espécie de posição política, e naquele grupo eu era a única outra pessoa interessada no noticiário. Eu era uma Jovem Séria, encurvada e introspectiva, que corria até a biblioteca para consultar livros sobre os aborígenes — burra demais para perceber que, naquela situação, os aborígenes não tinham a menor importância.

Richard parecia gostar das nossas conversas matinais sobre Brecht, Althusser e André Gorz, porém mais tarde ele fez o grupo se voltar contra mim por eu ser intelectual demais e me comportar como um garoto. E será que todos aqueles interesses e convicções apaixonadas não passavam de subterfúgios para uma verdade maior, no caso minha buceta? Eu era uma inocente, uma esquisitona sem gênero, pois, ao contrário de Liza Martin, que era tão fogosa que se recusava a descalçar as plataformas para praticar ioga kundalini, eu não tinha aprendido o truque de incluir o sexo na receita.

Por isso, na Noite da Jornada Arriscada fui até o centro da cidade e tirei a roupa num bar de topless. Balança balança balança. Naquela mesma noite, Marsha Peabody, uma suburbana esquizofrênica e acima do peso que Richard tinha deixado entrar no grupo porque a esquizofrenia, como o Tempo do Sonho Aborígene, quebra o contínuo espaço-tempo, decidiu abandonar sua medicação. Richard passou a Noite da Jornada Arriscada no campo de futebol americano, atrás dos vestiários, ganhando uma chupada de Maria Calloway. Maria não estava no nosso grupo. Ela tinha vindo de Nova York apenas para estudar com Richard Schechner, mas foi escanteada para o workshop de Corpo/Som de Leah porque não era "boa o suficiente" como performer. No dia seguinte, Marsha desapareceu e ninguém mais perguntou ou soube nada a seu respeito. Richard encorajou Liza Martin e eu a trabalharmos juntas em Nova York. Entreguei meu apartamento barato e fui morar no loft de Liza em Tribeca, dançando de topless várias vezes por semana para pagar o aluguel dela. Eu estava investigando o fosso entre o pensamento e o sexo, ou pelo menos era o que eu pensava enquanto deixava que advogados cheirassem minha buceta e eu falava. Isso se estendeu por vários anos, e Dick, acordei no meio da noite de quarta me dando conta de que você estava certo. Os homens de fato *ainda* arruínam a vida das mulheres. Completando quarenta anos, posso vingar o fantasma de quem eu era na juventude?

—

Enxergar como você era dez anos atrás pode ser realmente muito estranho.

—

Na manhã de quinta, andei até a Film/Video Arts na Broadway para fazer uma cópia da fita de *Readings from The Diaries of Hugo Ball*, uma performance que eu havia encenado em 1983. Embora seja lembrado como a pessoa que "inventou" o dadaísmo no Cabaret Voltaire de Zurique em 1917, as atividades artísticas de Ball duraram cerca de dois anos. Todos os outros anos foram fragmentados e turbulentos. Ele foi estudante de teatro, trabalhador de fábrica, funcionário de circo, jornalista de um semanário de esquerda e um teólogo amador que descreveu a "hierarquia dos anjos" antes de morrer de câncer de estômago aos 41 anos. Ball e sua companheira Emmy Hennings, uma artista de cabaré, titereira, romancista e poeta, ziguezaguearam pela Suíça e Alemanha durante vinte anos, abjurando e revisando suas crenças. Eles não tinham nenhuma fonte de renda estável. Se deslocavam pela Europa à procura de uma base com aluguel baixo e que fosse perfeita para que vivessem com pouco e trabalhassem em paz. Romperam com Tristan Tzara porque não conseguiam entender seu carreirismo — por que passar a vida toda promovendo uma única ideia? — e se não fosse a publicação dos diários de Ball, *Flight Out of Time*, todos os traços da sua existência teriam provavelmente desaparecido.

Morphine

What we are waiting for is one last fling
At the dizzy height of each passing day
We dread the sleepless dark and cannot pray.
Sunshine we hate, it doesn't mean a thing.

We never pay attention to the mail.
The pillow we sometimes favor with a silent
All-knowing smile, between fits of violent
Activity to shake the fever chill.

Let others join the struggle to survive
We rush helplessly forward through this life,
Dead to the world, dreaming on our feet.
The blackness just keeps coming down in sheets. *

Emmy Hennings escreveu esse poema em 1916 e, Dick, foi tão empolgante descobrir que no passado existiram pessoas como Ball e Hennings, fazendo arte sem qualquer validação ou plano de carreira, quando meus amigos e eu vivíamos no East Village de Nova York em 1983.

Ler a respeito deles salvou minha vida, e para encerar os diários convoquei as nove pessoas mais interessantes que eu conhecia para vasculhar seus escritos até encontrar a parte que

---

* Tradução livre: "Morfina // O que estamos esperando é um último lance / no ápice voraz de cada dia / Tememos a escuridão insone e não podemos rezar. / Odiamos a luz do sol, ela não tem sentido. // Nunca prestamos atenção no correio que chega. / O travesseiro às vezes favorecemos com um silencioso / Sorriso onisciente, entre ataques de violenta / atividade para afastar o frio da febre. // Deixe os outros se juntarem à luta pela vida / Nós avançamos desamparados por essa existência, / Mortos para o mundo, sonhando eretos. / A escuridão apenas segue caindo torrencialmente.." [N. T.]

178

melhor as descrevesse. Participaram os poetas Bruce Andrews, Danny Krakauer, Steve Levine e David Rattray. E também as performers Leonora Champagne e Linda Hartinian, a atriz Karen Young, o crítico de arte Gert Schiff e eu.

Já que três dessas pessoas estão mortas agora, e já que eu tinha lido recentemente o relato sobre Ball no livro *The Nervous System*, de Mick Taussig (que lamenta a ausência histórica das mulheres dadaístas, mas não se esforça muito para encontrá-las — Querido Dick, Querido Mick, não passo de uma amadora, mas encontrei três: Emmy Hennings, Hannah Hoch e Sophie Tauber), quis dar outra olhada no texto da peça.

Como instigadora da montagem, fiz o papel de hostess/guia de visita, dando aos meus amigos a chance de falar e preenchendo os buracos entre uma exposição e outra. Para fazer isso, roubei a personagem de Gabi Teisch, uma professora de ensino médio alemã criada por Alexandra Kluge para o filme do seu irmão, *The Patriot*. Infeliz no tempo presente, Gabi Teisch decide desenterrar toda a história alemã para descobrir o que deu errado. Eu também estava infeliz. E até que sejamos donas da nossa história, ela pensava, e eu pensava, não há mudança possível.

Para entrar no papel, encontrei uma saia de tweed comportada, salpicada de pedrinhas falsas, e uma blusa rendada de mangas compridas: um figurino que remetia a um arquétipo arcano, a Professora de Ensino Médio Hippie e Intelectual, a ela, a mim.

Então lá estava eu, na tarde de quinta, na sala de edição de som do Film/Video Arts, assistindo a mim mesma com 28 anos no papel de Gabi Teisch: um espantalho com cabelos horrorosos, pele ruim e dentes estragados, curvada sob o peso de toda aquela informação, cada palavra um esforço, mas um esforço que valia a pena fazer porque havia tanta coisa a dizer.

Representar a si mesma dentro de um papel é muito estranho. As roupas e as palavras nos levam a lugares inominados, e os desdobramos na frente de outras pessoas, ao vivo.

Chris/Gabi era caótica, sem persona, tentava esquecer de si mesma falando. Seus olhos eram atentos, porém assustados, fixos em modo neutro, sem saber se olhavam para dentro ou para fora. Enquanto ensaiava para a peça, Chris tinha começado a praticar sexo sadomasoquista com Sylvère Lotringer, a celebridade do Downtown de Manhattan. Isso acontecia umas duas vezes por semana, na hora do almoço, e era bem confuso. Chris chegava ao loft de Sylvère na Front Street depois de resolver pendências na Canal Street. Era conduzida até o quarto de Sylvère, com suas paredes revestidas de livros, bolsas d'água africanas e chicotes, e empurrada para cima da cama, completamente vestida. Ele a abraçava e apertava seus peitos até que ela gozasse. Ele nunca permitia que ela o tocasse, com frequência nem a fodia, e depois de um certo tempo ela nem tentava mais entender quem era aquela pessoa, se contorcia na cama dele e percorria túneis do tempo que levavam a memórias de infância. Amor, medo, glamour. Mexendo nos livros dele, ela percebeu que a competição era dura ao ler certas dedicatórias: "Para Sylvère, A Melhor Foda do Mundo (Pelo Menos Que Eu Saiba), Com Amor, Kathy Acker". Depois eles comiam sopa de marisco e conversavam sobre a Escola de Frankfurt. Por fim, ele a levava até a porta...

Que papel, então, Chris estava desempenhando? Naquele momento ela era um retrato da Jovem Séria que tinha saído dos trilhos, exposta, sozinha, andrógina e pairando no palco entre os homens-poetas, apresentadores de ideias, e as mulheres-atrizes, apresentadoras de si mesmas. Não era bela como as mulheres; ao contrário dos homens, não possuía autoridade. Assistindo às imagens de Chris/Gabi, eu a odiei e quis protegê-la. Por que o mundo no qual transitei desde a adolescência, o underground, não podia simplesmente deixar aquela pessoa em paz para ser o que era?

"Você não é bonita, mas é muito inteligente", o gigolô mexicano diz para a judia nova-iorquina de 38 anos que é a heroína do filme *A Winter Tan*. E é nesse momento, é claro, que você sabe que ele irá matá-la.

Todos os atos sexuais eram formas de degradação. Algumas lembranças aleatórias: East 11th Street, na cama com Murray Groman: "Engole esse desgraçado até engasgar". East 11th Street, na cama com Gary Becker: "Seu problema é que você é superficial demais". East 11th Street, prensada na parede por Peter Baumann: "Você só me excita quando finge que é uma puta". Second Avenue, na cozinha, Michael Wainwright: "Para ser franco, mereço uma namorada mais bonita e mais instruída". O que você faz com a Jovem Séria (cabelos curtos, sapatos sem salto, corpo ligeiramente curvado, a cabeça zanzando pelos livros que leu)? Você dá tapas nela, come o cu dela, trata ela como se fosse um cara. A Jovem Séria buscava o sexo em toda parte, mas, quando o encontrava, ele sempre se tornava um exercício de desintegração. Qual era a motivação daqueles homens? O que ela evocava era ódio? Ou seria um tipo de desafio, tentar feminilizar a Jovem Séria?

—

2. A Festa de Aniversário

> *Inside out*
> *Boy you turn me*
> *Upside down and*
> *Inside out**
> Canção disco do final dos anos 70.

A festa de aniversário de cinquenta anos de Joseph Kosuth, ocorrida em janeiro passado, foi notícia no dia seguinte na *Página 6* do *New York Post*. E tudo foi perfeito como disseram:

* Tradução livre: "Do avesso / Rapaz você me deixa / De ponta-cabeça e / Do avesso". [N. T.]

cerca de cem convidados, número grande o suficiente para encher o salão, mas pequeno o suficiente para que todos se sentissem no grupo dos íntimos, dos escolhidos. Joseph, Cornelia e sua filha tinham acabado de chegar da Bélgica; a equipe de Joseph e Marshall Blonsky, um de seus amigos mais próximos, vinham planejando a festa havia semanas.

Sylvère e eu saímos de Thurman e fomos dirigindo. Parei para que ele descesse em frente ao loft, estacionei o carro e cheguei diante da porta do prédio de Joseph ao mesmo tempo que outra mulher, que também estava entrando sozinha. Demos nossos nomes ao porteiro de Joseph. Nossos nomes não estavam lá. "Procure Lotringer", falei. "Sylvère." Como era de se esperar, eu era a "Acompanhante" de Sylvère Lotringer, e a outra mulher era a Acompanhante de um outro. Subindo no elevador, arrumando a maquiagem, as golas e os cabelos, ela sussurrou "A última coisa que você quer sentir quando vem a um negócio desses é que não foi convidada", e então sorrimos, desejamos sorte uma à outra e nos separamos ao passar pelo guarda-volumes. Mas sorte não era algo de que eu precisasse muito, pois não tinha expectativa nenhuma: era a festa de Joseph, os amigos de Joseph, pessoas (em sua maior parte homens, excetuando algumas galeristas e nós, as acompanhantes) do mundo das artes do início dos anos 80, de modo que eu esperava ser tratada com paternalismo ou ignorada.

As bebidas ficavam numa ponta do loft; o jantar, na outra. David Byrne perambulava pela sala, alto como um rei mouro, usando um chapéu de pele magnífico. Parei ao lado de Kenneth Broomfield no bar e arrisquei dizer oi; ele bufou com desprezo e virou a cara. Os dedos apertaram mais o copo de uísque escocês e continuei ali parada no meu vestido japonês de lã verde-escura, salto alto e maquiagem… Mas veja só! Ali está Marshall Blonsky! Marshall vem ao bar me cumprimentar e diz que nosso encontro o faz recordar da festa a que fomos juntos onze anos antes, na qual fui o par dele. E é claro que ele lembraria, pois a festa foi oferecida por Xavier Fourcade para comemorar a publicação do primeiro livro de Marshall, *On Signs*, na casa de Xavier em Sutton Place. Era fim de inverno, começo de primavera, aquário ou peixes, e lembro dos convidados passando pelos garçons e funcionários para caminhar pelo grande campo de narcisos e pela grama idílica que nos separava do rio. David Salle estava lá, Umberto Eco estava lá, junto com uma penca de modelos de Fourcade e um crítico do *New York Times*.

Naquela época eu morava num prédio na Second Avenue e estava investigando o charme como uma possibilidade de fuga. Será que eu poderia ser o par perfeito de Marshall Blonksy? Eu havia desistido de tentar ser sexualmente atrativa como Liza Martin, mas eu era fisicamente delicada, magra, e além disso tinha um sotaque neozelandês que puxava para algo no meio-termo entre Inglaterra e Estados Unidos. Talvez fosse possível explorar isso de alguma forma. Eu já tinha lido o bastante para que ninguém suspeitasse que eu nunca havia estudado. Marshall e eu havíamos sido apresentados por Louise Bourgeois, nossa amiga em comum. Eu a adorava, e ele era fascinado pela sua determinação de aço e fama crescente. "O que faz um artista é sua capacidade de sublimar", ela me disse certa vez. E também: "Sua única esperança é se casar com um crítico ou acadêmico. Ou então passará fome". E com o objetivo de me salvar da pobreza, Louise tinha me fornecido o vestido perfeito para aquela ocasião: um tubinho de lã buclê cor de abóbora, historicamente importante, pois ela o usara ao acompanhar Robert Rauschenberg na sua primeira abertura na East 10th... Quase todos os amigos de Marshall eram homens — críticos, psicanalistas e semioticistas do sexo masculino — e ele gostava de poder me conduzir pelo ambiente enquanto eu desempenhava meu papel diante deles, escutando, contando piadas no idioma especial de cada um, guiando a conversa de volta para o livro de Marshall. Era tão Nouvelle Vague... Ficar ali sendo superficial e atrevida, cuspindo com propriedade nas regras e instituições, um cão falante sem a chatice de uma posição a defender.

Caro Dick, você me magoa quando diz que sou "insincera". Certa vez Nick Zedd e eu fomos entrevistados a respeito dos nossos filmes para a televisão inglesa. Todo mundo que assistiu ao programa na Nova Zelândia me disse que gostou mais de Nick porque ele era mais sincero. Nick era uma coisa só, uma linha reta e nítida: *Whoregasm*, carnificina e pornografia do East Village; eu era várias coisas. E-e-e. E a sinceridade não é apenas a negação da complexidade? Você como Johnny Cash, dirigindo seu Thunderbird rumo ao Coração da Luz. O que acabou me afastando do feminismo do mundo dos filmes experimentais, além dos grupos de estudos enfadonhos sobre Jacques Lacan, era sua investigação sincera a respeito do dilema da Garota Bonita. Enquanto Garota Feia, aquilo não me interessava muito. E Donna Haraway não resolveu a questão de uma vez por todas, ao dizer que toda a vivência de uma mulher não passa de uma série de improvisos completamente falsos, e que portanto deveríamos nos reconhecer como Ciborgues? Mas o fato permanece: você foi morar sozinho no deserto para limpar o entulho da sua vida. Você vê a ironia com ceticismo. Está tentando viver de uma maneira na qual realmente acredite. Invejo isso.

Jane Bowles descreveu esse problema da sinceridade numa carta a seu marido Paul, o "melhor escritor":

Agosto de 1947

Querido Bupple,
[...] Quanto mais me envolvo nisso [...] mais isolada me sinto vis-à-vis os autores que considero possuírem uma mínima

seriedade mental [...] estou enviando junto esse artigo chamado "Novos heróis" da Simone de Beauvoir [...] Leia as partes marcadas como as páginas 121 e 123. É o que tenho pensado lá no fundo esse tempo todo, e só Deus sabe como é difícil escrever do jeito que escrevo ao mesmo tempo que penso do jeito deles. Você nunca terá de enfrentar esse problema porque sempre foi uma pessoa verdadeiramente isolada, então tudo que escrever será bom, pois será verdadeiro, o que não se aplica ao meu caso [...] Você ganha reconhecimento imediatamente porque aquilo que escreve tem uma relação verdadeira com você, o que é sempre reconhecível pelo resto do mundo [...] No meu caso, vai saber? Quando, assim como eu, só se consegue abordar a escrita de maneira séria, torna-se quase insuportável ficar duvidando sem parar da própria sinceridade...

Ler as cartas de Jane Bowles me deixa mais triste e furiosa que qualquer assunto relacionado a você. Porque ela tinha um talento incrível e estava disposta a dar a cara a bater — a dizer a verdade sobre sua vida difícil e contraditória. E porque ela achou o jeito de fazer isso. Mesmo que, a exemplo da artista Hannah Wilke, ela não tenha encontrado, em vida, quase ninguém que concordasse com ela. Você é o Caubói, eu sou a *kike*. Verdadeiro e fiel aos princípios, escorregadia e maliciosa. Não somos nada além das nossas circunstâncias. Por que os homens acabam se tornando essencialistas, sobretudo na meia-idade?

E na festa de Joseph o tempo congela e podemos fazer tudo de novo. Marshall me conduz até dois homens de terno, um lacaniano e um banqueiro internacional das Nações Unidas. Conversamos sobre a Microsoft, Bill Gates e os brunches de Timothy Leary em Los Angeles, até que uma alta e lindíssima mulher branca-anglo-saxã-protestante se junta a nós e afasta as piadas sobre transferência e taxas de juros para abrir mais espaço para Ela...

(Enquanto escrevo isso, me sinto muito impotente e assustada.) Mais tarde, Marshall fez um discurso de aniversário acadêmico para Joseph, depois de passar a noite mexendo nas suas anotações. E Glenn O'Brien, se parecendo com Steve Allen ao piano, apresentou um recitativo engraçadinho com vocais *scat* a respeito das lendárias proezas de Joseph nos campos da sedução, dinheiro e arte. Todo mundo batendo palmas e rindo, ao mesmo tempo com afetação e seriedade, bêbados como no filme *Sabes o que quero*, homens de terno fazendo papel de beatniks de televisão, mas onde estava Jayne Mansfield como ajudante de palco? Depois David Byrne e John Cale tocaram piano e guitarra e as pessoas foram dançar.

Sylvère ficou bêbado e provocou Diego, alguma coisa sobre política, e Diego se irritou e jogou seu drinque no rosto de Sylvère. E Warren Niesluchowski estava lá, e também John e Anya. Mais tarde, Marshall convocou uma trupe de homenzinhos, o banqueiro, o lacaniano e Sylvère, para ir à sala de jogos beber uísque escocês e debater o Holocausto. Os quatro pareciam aquela famosa pintura em veludo dos cães jogando cartas.

Ficou tarde, alguém botou música disco antiga para tocar, e todo mundo que era jovem o bastante para não ter escutado aquelas canções na época em que surgiram se levantou para dançar. "Funky Town", "Le Freak, c'est Chic" e "Upside Down"... as músicas que tocavam nas boates e bares de topless no final dos anos 70, enquanto aqueles homens se tornavam famosos. Enquanto eu e minhas amigas, as meninas, pagávamos o aluguel e financiávamos nossas exposições explorando "questões de sexualidade", rebolando para eles a noite inteira nos bares de topless.

=====

A vida de Gabi Teisch foi muito difícil.

Ela mal tinha tempo para comer e dormir, esquecia de pentear os cabelos. Quanto mais estudava, mais difícil era falar ou ter certeza sobre alguma coisa. As pessoas a temiam; ela foi perdendo a capacidade de dar aulas. Tornou-se aquela palavra que as pessoas usam para tornar superficiais as mulheres difíceis e obstinadas: Gabi Teisch era "peculiar". Na noite de Ano-Novo na Alemanha, em 1977, nevava forte. Gabi Teisch convidou várias amigas suas para celebrar na sua casa. A câmera mantém uma distância, circulando em torno da mesa de mulheres que bebem, fumam, riem e conversam. É felicidade. Uma ilha de luz na noite de neve. Uma verdadeira cabala. Esta é a manhã do meu aniversário, e fui dirigindo até o lago Garnet. No norte do estado, março é a época mais melancólica e desolada do ano. O frio cintilante de fevereiro fica abalado. A água dos córregos e riachos começa a se mover por baixo do gelo que derrete: ao ficar parada na rua, você consegue ouvir o rumor. *As torrentes da primavera*. Mas o céu permanece completamente cinza e todo mundo sabe que a neve não irá a lugar algum pelo menos até o fim de abril. O clima é maçante e ressentido. Passei de carro por Thurman, Kenyontown, pela "loja incendiada" (um ponto turístico e piada epistemológica — para que signifique algo, você precisaria ter estado ali há vinte anos, quando a loja ainda estava de pé), pela igreja metodista e escola à qual, até meros trinta anos atrás, vinham a pé e a cavalo crianças entre cinco e dezessete anos que viviam num raio de treze quilômetros. "Qual você diria que foi a maior conquista da sua vida?", uma adolescente do Grupo da Juventude de Thurman perguntou a George Mosher, um caçador, agricultor, lenhador e faz-tudo de 72 anos. "Ter ficado aqui", respondeu George. "Não ter me afastado mais do que três quilômetros do lugar onde nasci." Querido Dick, o sul das montanhas Adirondack nos permite entender a Idade Média.

Havia dois caras pescando no lago Garnet, peixes delgados e pintadinhos, carpas ou cavalas. Meu casaco preto e comprido estava aberto e se arrastava pela neve enquanto eu percorria o perímetro do lago. Quando eu tinha doze anos, me ocorreu pela primeira vez que podia ser possível ter uma vida interessante. Ontem, quando liguei para Renee no seu trailer querendo saber se seu irmão Chet poderia vir até minha casa para descongelar os canos da cozinha, ela disse Arrã, mas não quero marcar uma hora pra isso porque estou chapada.

Em todos os livros sobre Margaret Fuller, a transcendentalista da Nova Inglaterra no século XIX, conta-se uma história a respeito dela e do crítico inglês George Carlyle. Aos 45, ela fugiu para participar da revolução liberal italiana de 1853 e se apaixonou por Garibaldi. "Aceito o universo", Margaret Fuller escreveu numa carta enviada com selo italiano. "Bem, melhor que o faça mesmo", respondeu Carlyle. Ela estava se distanciando cada vez mais num bote no mar Cáspio. Hoje vou a Nova York.

Com amor,
Chris

Arte *kike*

14/3/95
East Village

CD,

Hoje à tarde fui ver a mostra de R. B. Kitaj no Met. É um pintor com o qual você deve ter alguma familiaridade, pois ele viveu muitos anos em Londres.

Fui ver a exposição porque minha amiga Romy Ashby mandou. Ela gostou dos desenhos a carvão de dois gatos pretos transando (*My Cat and Her Husband*, 1977). A exposição, inaugurada no ano passado em Londres, foi espinafrada por todos os críticos locais com base em critérios estranhamente enganosos. Kitaj fez coro a Arnold Schoenberg quando proclamou que "Faz muito tempo que decidi ser um judeu... considero isso mais importante que minha arte". E sua obra foi descrita com vários adjetivos frequentemente aplicados a judeus: "abstrusa, pretensiosa"; "rasa, falsa e narcisista"; "hermética, árida e livresca"; "difícil, obscura, ardilosa, de última categoria". Mergulhado demais no diálogo com as ideias e os livros para ser um pintor, ele foi chamado de "bibliófilo peculiar... poético e alusivo demais como um todo... literário um pouco além da conta".

É difícil entender exatamente por que Kitaj foi criticado dessa maneira. Suas pinturas têm um pouquinho de Francis Bacon, um pouquinho de Degas, um pouquinho de pop art, mas são em sua maioria estudos. O pensamento se acelera a ponto de se tornar puro sentimento. Diferente dos expressionistas abstratos ou artistas pop com quem foi comparado em posição desvantajosa, suas pinturas nunca carregam um único enunciado ou elemento transcendental. É como se ele estivesse consciente de que é o Último Humanista Remanescente, usando a pintura como arena para manipular ideais que já não se sustentam tão bem. Ao contrário de pintores dos anos 50 cujas obras celebram a desagregação, as pinturas de Kitaj reconhecem a desagregação ao mesmo tempo que a lamentam em certo sentido. Melodias flutuando pelo pátio de uma cafeteria que evoca outro mundo. Walter Benjamin fumando ópio em Marselha para desfrutar dos prazeres sutis da sua própria companhia. Um rigor intelectual que autoriza a nostalgia.

Na Paris dos anos 50, judeus do gueto com mobilidade social ascendente, como Sylvère Lotringer, enfrentavam um terrível dilema nos jantares festivos: anunciarem que eram judeus para neutralizar possíveis insultos e piadas racistas, sendo então acusados de "se vangloriar"; ou ficarem quietos e serem acusados de "esconder o jogo" por motivos pérfidos. Kitaj, o *kike* evasivo, nunca é uma coisa só, portanto as pessoas pensam que ele as está ludibriando.

Eu me divertia ao constatar que Kitaj havia se afeiçoado à ideia de criar "exegese" para a sua arte, escrevendo textos paralelos a cada pintura. "Exegese": o louco que busca provar que não é louco. "Exegese" foi a palavra que usei na tentativa de me explicar a você. Já te contei, Dick, que penso em chamar essas cartas todas de "O Caubói e a *kike*"? De todo modo, senti que precisava ir conferir a exposição.

A mostra foi apresentada pelo Met com uma quantidade enorme de explicações que visavam distanciar ainda mais Kitaj dos seus pares e apreciadores. Uma curadoria em que a exaltação se misturava ao receio: como tornar acessível essa obra "difícil"? A solução foi introduzir o artista como uma aberração admirável.

Ao entrar na exposição, o visitante dá de cara com o primeiro de uma série de painéis que explicam a estranha carreira de Kitaj. Um retrato nostálgico do artista ainda vivo, feito em bico de pena, está posicionado ao lado de um texto que descreve momentos-chave da sua biografia. Kitaj cresceu em Troy, Nova York, e fugiu aos dezesseis anos para trabalhar na marinha mercante. Alistou-se no exército e depois cursou artes em Oxford com o benefício para veteranos da Segunda Guerra. Formado, se mudou para Londres, onde começou a pintar e expor. Depois da morte inesperada da primeira esposa, em 1969, Kitaj deixou de pintar por vários anos. Esse fato é descrito com um tom de surpresa incrédula. (Por que será que toda existência que se desvia da norma corporativa — do ensino médio para uma graduação em artes na Costa Leste, seguida por um mestrado em escola de artes da Califórnia, seguido por um fluxo de produção artística alegre e contínuo — passou a ser vista como algo tão estranho e singular?)

Os painéis da segunda sala continuam amplificando a esquisitice de Kitaj. Ele é um "leitor voraz de literatura e filosofia", "um bibliófilo". As informações sobre a vida de Kitaj são tão reduzidas ao mínimo que ele se torna exótico, mítico. O texto nos diz que, embora possa ser impossível adorar o artista ou sua obra, devemos admirá-lo. Embora seu trabalho seja "difícil", possui uma substância e uma presença; não pode ser inteiramente desconsiderado; fica em pé. Assim, aos 62 anos, na sua primeira grande retrospectiva, Kitaj passa a ser reverenciado/rebaixado. Tudo que está certo no seu trabalho acaba solapado pela singularidade. Ele é um cão falante domesticado até se tornar mito.

(Estou sendo sensível demais? Talvez, mas sou uma *kike*. E já não está suficientemente documentado que as *kikes* que não se dedicam ao tráfico de influência e ao rentismo só podem ser barraqueiras incorrigíveis?)

Mais adiante os painéis se dedicam a lastimar/explicar a prosa de Kitaj. Depois de anos de interpretações chinfrins da sua obra, ele se viu forçado a escrever as suas próprias. O painel sugere que você gaste dinheiro para ter acesso aos textos de Kitaj (compre o catálogo, alugue a fita de áudio), mas na realidade isso não é necessário. Porque no meio da segunda sala você encontra várias cópias do catálogo expostas em duas mesas de biblioteca compridas, com direito a suaves lâmpadas de leitura e cadeiras. Nada mais perfeito — uma pequena fatia arquitetônica da Biblioteca Pública de Nova York ou do grandioso American Hotel de Amsterdã. (Você também pode ser um *kike*!) Esse display era tão arcaico que os catálogos não estavam sequer acorrentados, e pensei em roubar um, mas acabei não roubando. Isso porque, embora Kitaj seja amigo de alguns dos maiores poetas do mundo, não gostei tanto assim dos seus textos. Eles se dirigiam a alguém que não parecia real, "o espectador perplexo, mas simpatizante". Você pode gostar ou não das pinturas dele. Sua escrita cedia às exigências, portanto decepcionava.

Mas as pinturas de Kitaj nunca cedem às exigências e não decepcionam.

Minha primeira favorita, pintada em 1964, se chamava *The Nice Old Man and The Pretty Girl (With Huskies)*. Que pintura incrível para se ter em casa! Quanta coisa ela diz sobre sua vida nos idos de 1964, se você era alguém importante no mundo da arte! É uma pintura que foi seduzida pela energia desvairada e pelo glamour daquela época, mas que ao mesmo tempo debocha dela.

As cores dessa pintura — amarelo-mostarda, vermelho-vivo e verde-bandeira — estavam na moda naquele tempo. O velho legal está nos olhando, em perfil 3/4, das profundezas de uma poltrona malva inspirada em Le Corbusier. A cabeça do Velho Legal foi substituída por uma peça de presunto que faz com que ele pareça o Papai Noel. Por cima dela, ele usa uma máscara de gás. A poltrona é adequadamente correta, Roche-Bobois, mas nada nela é bonito ou chama a atenção. Podia ter sido escolhida por um decorador pouco inspirado. O corpo do Velho Legal se estende por quase toda a largura do quadro, terminando numa daquelas botas nórdicas com borda de pele que às vezes entram na moda, mas em geral são démodés. E essa bota acerta em cheio o joelho (*O joelho de Claire*, de Eric Rohmer?) da Garota Bonita, que está completamente sem cabeça. O casaco dela é vermelho-chanel, quase o mesmo tom da roupa surrada de Papai Noel vestida pelo Velho Legal. A maior diferença é o corte superior — justo no topo e mais largo embaixo. O vestido dela é cor de mostarda.

Chegamos então *aos huskies*, visitantes de uma obra de David Salle que viajaram no tempo, resfolegando, sorrindo, se movendo, embora cada um esteja preso dentro do seu retângulo branco, em direção a um banco de neve que surge do canto inferior direito do quadro. Entre eles há um quadrado vermelho mostrando alguns de seus pertences: um modelo de monólito para ele, um lenço Gucci para ela. Que duplinha estilosa. E o que poderia ser mais estiloso do que o retrato ácido que Kitaj fez deles? Mas a acidez parece ir além do esperado, ultrapassando o ceticismo efervescente do período em direção a uma ironia moral que o desnuda.

E, de maneira perfeitamente apropriada àquele primeiro surto de adrenalina da arte & comércio que caracterizou o mundo das artes de 1964, a esfera de significado da pintura se completa com seus proprietários. *Nice Old Man* foi emprestada à exposição pelos donos Susan e Alan Patricof, membros destacados da cena social e artística de Nova York/East Hampton em meados dos anos 60. Alan Patricof, um investidor em capital de risco, colecionador de arte e dono da revista *New York* em seus primórdios, é um grande apoiador de Kitaj. De acordo com o escritor Erje Ayden, ele e Susan Patricof davam festas inesquecíveis no East Hampton, nas quais escritores, luminares do mundo artístico e seus capachos se misturavam a socialites famosas.

E que escolha arrojada esse quadro deve ter sido: uma pintura que ao mesmo tempo deprecia e contém a efervescência espirituosa daquela cena cultural. Como se dissesse que eles eram capazes de assumir um distanciamento irônico dos seus valores e da sua fama, daquela cena que haviam criado; poderosos e seguros o bastante para estapear a boca que morde a mão que os alimenta. É um espírito de humor seco, enraizado em cinismo. E não é o cinismo que acumula dinheiro, enquanto o entusiasmo o gasta? Ao comprar esse cinismo, Patricof confirma que não é um consumidor, e sim um criador extremamente autocrítico dentro daquela cena. *Nice Old Man* desenha um círculo de exclusividade ao redor da frivolidade e do espírito de humor que caracterizaram a pop art, um movimento entendido por alguns como o mais próximo que a arte jamais chegou de uma Utopia Sofisticada. É uma pintura, concluindo, para os vitoriosos, nos lembrando de que há vencedores e perdedores em todo e qualquer jogo.

MAIS TARDE

Ai, D, são nove horas da manhã de domingo e me sinto muito afetada pelo que ando escrevendo. Na noite passada "substituí" você por uma vela cor de laranja porque senti que você não me escutava mais. Mas ainda preciso que você me escute. Porque — já não deu pra perceber? — ninguém escuta, não tenho a menor legitimidade.

Neste exato momento, Sylvère está em Los Angeles, na sua escola, ganhando dois mil e quinhentos dólares para falar sobre

James Clifford. Hoje à noite, mais tarde, vocês vão beber juntos e ele o levará até o aeroporto, pois você vai dar uma palestra na Europa. Alguém se interessou pelas minhas ideias sobre Kitaj? Elas têm alguma importância? Não é como se eu tivesse sido convidada, paga para palestrar. Não há muita coisa que eu leve a sério, e como sou frívola e sou mulher, a maioria das pessoas acha que sou burra. Não entendem que sou uma *kike*.

QUEM TEM A CHANCE DE FALAR, E POR QUÊ, escrevi na semana passada, SÃO AS ÚNICAS QUESTÕES QUE IMPORTAM.

Sylvère está passando uma semana na Califórnia e escrevo para você da 7th Street com a Avenue C, onde vivo na pobreza independente que, desde os doze anos, acredito ser minha sina. Não preciso passar meus dias pensando em dinheiro ou sonhando em multiplicá-lo da noite para o dia. Não preciso trabalhar em cargos subalternos e degradantes (se você é uma garota, subalterno sempre acaba sendo degradante) ou fingir acreditar na minha carreira no mundo de terceira categoria do cinema experimental. Depois de apoiar a carreira acadêmica/cultural do meu marido e investir todo o seu dinheiro, tenho o suficiente para seguir vivendo, desde que não desperdice. E, por sorte, meu marido é um homem muito razoável.

E tenho amigos brilhantes com quem conversar (Eileen, Jim e John, Carol, Ann, Yvonne) sobre ideias e a escrita, mas não tenho (nunca terei?) (essa escrita é tão pessoal que é difícil imaginar) qualquer outro tipo de público. Mesmo assim, não consigo ficar um único dia sem escrever — faço isso para salvar minha vida. Com essas cartas, pela primeira vez estou tentando discutir ideias porque preciso disso, não apenas para agradar ou entreter.

E agora é primavera, e quero lhe falar um pouco sobre este bairro, o mundo lá fora: os minúsculos jardins espanhóis construídos em terrenos baldios, com pavilhões caindo aos pedaços, as ruas sulcadas pelas rodas dos veículos, o Adela's, um café nacionalista porto-riquenho. Tem uma *panadería* e uma *carnicería*, as bananas custam quinze centavos cada e os brancos que moram aqui o fazem sem muita avareza ou ostentação. A *panadería* na C com a 9th vende bolos das cores mais vibrantes que já vi. Comecei a usar roupa de baixo verde ou rosa, como na Guatemala. E embora haja lufadas de tristeza no que escrevo, estou muito feliz aqui.

═══

Quero lhe falar sobre duas pinturas na segunda sala da exposição, que foram penduradas lado a lado: *The Autumn of Central Paris (After Walter Benjamin)* 1972/1973 e *If Not, Not*, uma pintura sobre o Holocausto que foi feita anos depois, entre 1975 e 1976. Questiono o senso de historiografia que implica exibi-las dessa maneira. Como se houvesse qualquer correlação entre os nacos de história, acontecimentos passados. Como se observando com atenção suficiente pudéssemos, de algum modo, discernir uma causalidade imanente entre os Anos do Outono de Paris nos anos 20 e início dos 30 e sua subsequente aniquilação na guerra. O grande feito do modernismo não foi destruir a noção de progressão? Mas ela continua voltando nos livros de história, no materialismo dialético, no confucionismo reciclado pelo New Age — a esperança de que estamos todos viajando através de círculos concêntricos de conhecimento em direção a uma verdade superior. Por trás daquela esperança, a grande mentira: a noção de que as coisas estão *melhorando*. A grandiosidade é apenas retrospectiva.

Em *Walter Benjamin*:
Essa pintura é um dicionário de tudo que sabemos sobre o brilhante mundo dos cafés em Paris e Viena nos anos 20. Todas as imagens e tropos que lemos sobre essa época são

flanqueados de perto e amontoados juntos, escorregando do canto superior esquerdo para o inferior direito do quadro. A história como brechó. Na parte de baixo da pilha, Kitaj pinta silhuetas vermelhas de ícones da Revolução Comunista: martelos e foices vermelhos erguidos pelas mãos do Trabalhador Vermelho. Logo acima, Walter Benjamin está sentado diante de uma mesinha de café ao lado de um jovem de costas para nós e uma jovem bela, séria e com olhos esbugalhados. Ela é uma das poucas figuras femininas atraentes na obra de Kitaj que merece alguma dignidade — a maioria das garotas bonitas são criaturas nuas e felinas sem qualquer barreira de resistência ao olhar do pintor, e as mulheres sérias de Kitaj são quase todas assexuadas e de meia-idade. Acho que ele gosta de nos caracterizar, como é típico dos *kikes*, como irmãs, mães, tias ou putas. A jovem olha com atenção para Walter e escuta. Embora sua boca esteja fechada no momento, Walter está evidentemente Dando um Discurso, e ele está ótimo de óculos com lentes coloridas, brandindo um cigarro diante do rosto cheio e bem talhado, fazendo pose. E acima desses dois, no canto superior esquerdo, a pintura corta para EXTERIOR CALÇADA MESMO DIA, mostrando um punhado de JUDEUS COM NÍVEL DE INSTRUÇÃO que abrange o espectro da classe média transplantada da Europa para Long Island, Skokie e Canarsie: temos as mulheres de meia-idade fumando, usando chapéus grandes e maquiagem básica (as tias bem de vida, as boas na canastra); e um carinha tímido e acanhado, de boina e em mangas de camisa (o trabalhador capacitado, envolvido com o sindicato).

Mas há uma ruptura terrível na pintura, entre o mundo da cafeteria, insuficientemente protegida pelo seu esplêndido toldo com zigue-zague cinza e mostarda, e o mundo lá fora. Nas mesas externas da cafeteria, e para além delas, ao longo da rua que leva a um subúrbio residencial, vemos pessoas de outra categoria, um pouco mais mirradas, liminares, postadas em relação a um futuro indefinido que se abre no canto direito da tela.

Numa mesa da calçada está sentada sozinha uma figura desocupada e lasciva (eu!), de casaco amarelo e cabelos de um vermelho-vivo impactante. Essa pessoa poderia ser homem ou mulher e está virada de costas para nós, de maneira a enxergar claramente o futuro no canto superior do quadro. E mais perto do futuro está uma jovem loira de vestido preto comprido (uma irmã mais velha ou babá), segurando uma criança pequena no colo. Ela está de frente para nós, é claro, para proteger a criança.

E o que dizer desse futuro? Suas ruas são ladeadas por choupos verde-escuros que encontram um céu parcialmente nublado e azul como ovo de passarinho. Esse futuro é puramente europeu: o céu é emprestado de Magritte, os choupos recendem a segredos e opacidades à moda de Alain Resnais e Robbe-Grillet. E como em Magritte, há um homem caminhando de frente para esse futuro, um homem europeu genérico com boina e casaco surrados. E assim como o futuro, mas em contraste com as pinturas de Magritte, essa imagem é a um só tempo libertadora e extremamente apavorante. Ele é como as heroínas fodidas do *Lola* de Fassbinder ou do *Variety* de Betty Gordon, que cambaleiam de salto alto rumo a um destino que o espectador já intuiu há muito tempo, mas do qual elas estão completamente alheias. Porém, ao contrário daquelas heroínas fodidas, esse homem não parece ter nenhuma expectativa.

Acho que o fluxo descendente de imagens no interior da cafeteria — a história, nosso inconsciente popular coletivo — realiza uma sabotagem irônica do mesmo modo que *Huskies* celebra e subverte a atmosfera da pop art e da New York School. Somos tocados pela nostalgia, vendo Walter no centro da nossa família europeia estendida, mas nosso lado mais sagaz obtém mais satisfação sabendo que a história, como a entendemos, não passa de uma avalanche de lixo desmoronando.

FRANGO À MARENGO

Vou à sua casa no fim da tarde, levando uma sacola de compras. Faz um lindo sol californiano. Entro na sua cozinha e começo a preparar um frango à Marengo.

(Refogue o alho no azeite, depois acrescente o frango por vinte minutos enquanto pica as cebolas, cenouras e batatas. Quando o frango estiver dourado, acrescente tomates amassados e depois os vegetais. Tempere com folhas de louro, pimenta...)

A situação toda é relaxante, e você fica entrando e saindo. Quando está tudo pronto, ponho numa panela para cozinhar. Saio e te digo que precisa ficar 45 minutos em fogo baixo. Vamos para a cama. O que mais poderia preencher tão bem esse tempo? Cozinhar em fogo baixo não serve justamente para isso?

Depois de fazer sexo, comemos o frango à Marengo e conversamos um pouco.

Depois vou embora...

COSMOPOLITAS DESENRAIZADOS

Ultimamente tenho imaginado também outras situações belas. Percorrendo a Second Avenue ontem na minha caminhonete, planejando o melhor trajeto para evitar o tráfego até a 8th com a 5th, de repente me vêm à mente as festas que frequentei em Nova York e East Hampton: todo mundo bêbado e arrasando, parecendo sair de uma cena de cinema, todas aquelas pessoas se confundindo à medida que a noite avançava, drogas, ambição, dinheiro, eletricidade... Lembra do filme horrendo de Oliver Stone sobre a vida de Jim Morrison? De acordo com Oliver, Jim era um Garoto Californiano sadio — namorada loira e bonitinha, cogumelos alucinógenos, leitinho com pera — até conhecer as Bruxas *Kike* Doidonas de Nova York. As Bruxas o arrastaram para o mau caminho com suas drogas exóticas, festas selvagens e demonologia pirada. Mas elas entendiam a poesia dele. As bruxas foram responsáveis por Jim ter morrido de overdose na banheira de um hotel em Paris.

Perceba, D, que eu sou uma daquelas Bruxas Judias Doidonas e entendo seu medo.

E por que a vida de Janis Joplin é entendida como uma espiral de autodestruição? Tudo que ela fez passa pelo filtro da sua morte. Roger Gilbert-Lecomte, Kurt Cobain, Jimi Hendrix, River Phoenix, todos cometeram suicídio também, mas entendemos sua morte como a consequência de vidas que passaram do limite. Mas é só uma garota escolher a morte — Janis Joplin, Simone Weil — e essa morte passa a defini-la, passa a ser o resultado dos seus "problemas". Ser mulher ainda significa estar aprisionada num estado puramente psicológico. Não importa quão ampla ou imparcial seja a visão de mundo formulada por uma mulher, sempre que essa visão inclui suas próprias experiências e emoções, o telescópio acaba sendo apontado para ela. Porque a emoção é tão aterrorizante que o mundo se recusa a acreditar que ela possa ser aplicada como disciplina, como forma. Caro Dick, quero fazer o mundo parecer mais interessante que meus problemas. Por isso, preciso tratar meus problemas como sociais.

A correspondência entre Gustave Flaubert e Louise Colet se assemelha a um teatro de fantoches de Punch & Judy. Louise Colet, escritora do século XIX, tinha bochechas rosadas e cachinhos. Diferente da sua inimiga George Sand, que escolheu "viver como um homem" até que a idade a protegesse na figura de grande matriarca, Louise queria escrever e queria ser feminina. Louise transformou a dificuldade de combinar essas duas ocupações em tema da sua arte. Flaubert pensava: "Você é uma poeta acorrentada a uma mulher! Não vá imaginar que pode exorcizar o que te oprime na vida usando a arte como válvula de escape. Não! O refugo do coração não é bem recebido pelo papel". Durante anos, eles se encontraram em Paris nos dias e locais escolhidos por ele — sexo e jantar uma vez por mês, sempre que Flaubert precisava de alívio na sua rotina de escrita em Rouen. Certa vez, Louise pediu para conhecer a família dele. E aqui dou a palavra ao biógrafo de Flaubert, Francis Steegmuller: "A maneira como Flaubert descreve a veemência de Emma Bovary foi sem dúvida alimentada até certo ponto pelas exigências estridentes de Louise". Quando Flaubert finalmente partiu seu coração, ela escreveu um poema a respeito e ele respondeu: "Você transformou a Arte num escoadouro para as paixões, uma espécie de penico para recolher o transbordamento de sei lá o quê. Não cheira bem! Tem cheiro de ódio!".

Ser mulher na França do século XIX era ter acesso vedado ao impessoal. E ainda assim...

===

Tive dificuldade para escrever sobre a segunda pintura, a que estava disposta em par com *Walter Benjamin* e que todos dizem tratar do Holocausto, então voltei no domingo para dar mais uma olhada. Dirigi até Nova York depois de passar o sábado com minha velha amiga Suzan Cooper, uma Bruxa *Kike* Doidona da Primeira Ordem. Depois de passar muitos anos em Nova York, Suzan foi exilada pela família em Woodstock, onde é dona de uma galeria.

Suzan sempre está tocando vários esquemas. Um deles é vender fotos tiradas por Billy Name nas imediações da Factory de Andy Warhol. Comprei uma cópia em preto e branco de John Cale, Gerard Malanga e Nico encarando o vazio, chapados, trajando jaquetas Nehru, num parque que lembra a cena de assassinato em *Blow Up*. Não sei se o nome de Billy Name em marcador prateado na margem inferior da fotografia foi assinado por Suzan ou Billy, mas não dei bola.

Há dois grupos de três pessoas (homens) reunidos em *If Not, Not*, a segunda pintura. Cada grupo está acompanhado de uma mulher nua. O primeiro grupo está reunido no canto inferior esquerdo do quadro, ao lado de uma poça enegrecida com objetos flutuantes. O subconsciente é um oásis escuro. Os homens são soldados feridos. Os objetos na piscina são os seguintes:

— Uma ovelha embaixo de uma oliveira frondosa

— Dois livros de capa azul, descartados

— O rosto de uma garota olhando para o céu por baixo da superfície

— Um pilar quebrado

— Um homem nu sentado na cama depois de acordar

— Um corvo negro empoleirado num pergaminho

— Um cesto de lixo de cozinha, vermelho e cilíndrico

O segundo grupo de homens está descansando num palmeiral na parte superior direita. As palmeiras se movem e se dobram como as costas de uma pessoa. Por entre os homens que descansam, surge do chão uma sombra ou nuvem que parece uma ratazana ou porco selvagem. Esses homens já visitaram a poça ou procuram alcançá-la? De todo modo, estão exaustos, num estado (*"onde o rio não se curva"*) que lembra algo como o maravilhoso cover de Richard Hell para "Going Going Gone", de Bob Dylan.

O céu acima dessas pessoas é estriado de roxo, laranja, uma explosão nuclear havaiana saindo de uma fenda cor de tangerina no meio da pintura. Mas o céu no lado esquerdo da fenda é bastante diferente — nuvens de tempestade preto-esverdeadas envolvendo um prédio institucional com ares de celeiro. Dachau, Auschwitz. Uma porta escancarada: uma boca, um canal de acesso. Podemos interpretar de qualquer maneira as diferenças entre os dois lados do céu — são céus que evocam os séculos, a geografia? Embora todo mundo saiba que "não há nada que possa modificar o céu ou produzir algo que sequer se aproxime de uma dobra na sua pele... nem um grito de terror ou desespero ou ódio ou os olhos suplicantes de sessenta milhões de santos e crianças inocentes foram capazes de movê-lo" (*O anjo*, David Rattray). A natureza de um céu é ser implacável.

Uma estradinha cor de titica de pato, que conduz a um arco contraposto ao céu, divide esses dois lados do quadro. Mas através do arco, numa abertura em que o céu estriado de tangerina deveria continuar, vemos o único gesto de sobreposição na pintura. Na estradinha, há uma árvore azul posicionada logo na entrada do arco, apontando para essa passagem. É a porta para o paraíso. E o paraíso aqui consiste num amontoado de árvores e flores, uma paisagem de Fra Angelico em verdes e rosas. E essa cena em miniatura contém, ela mesma, outra sobreposição: o céu por trás das árvores foi substituído por um close-up abstrato: uma massa borrada de rosa e verde enfiada atrás dessa paisagem quase bíblica.

Não gostei muito dessa pintura. Seu problema me parece ser o mesmo que muitos judeus têm quando querem "posicionar" o Holocausto, encontrar algum sentido e redenção. Um fim para o cosmopolitismo desenraizado. Essa pintura, principalmente em relação a *The Autumn of Central Paris (Walter Benjamin)*, nos diz que o sofrimento extremo pode ser redimido porque nos leva, de volta ou além, para o Reino do Subconsciente. *If Not, Not* sugere que o subconsciente é o que reside atrás de nós e à nossa frente. É todo o baralho de tarô comprimido numa única carta. A história foi reduzida ao subconsciente. *If Not, Not* é uma das únicas pinturas de Kitaj em que a dissociação é usada para unificar o quadro. As ferramentas de estudo (ruptura) são usadas nesse caso para concretizar um estado ou união mística. Todas as pessoas (homens) habitam o espaço apenas em relação àquela poça turva: aproximam-se dela ou a evitam, ou buscam conforto com uma mulher nua depois de vê-la. Mas será que o subconsciente é realmente irredutível?

Acho que a visão que Kitaj tem do subconsciente é mais melosa que o frango à Marengo requentado no segundo dia, e também que a pequena cena que escrevi para você sobre o ato de cozinhá-lo. Por quê?

(Porque foi extraída do tempo.)

———

Eu não sabia que era uma *kike* até que fiz 21 anos e conheci meus parentes, depois de me mudar para Nova York. Ah, havia indícios: escolhi Wendy Winer, uma das seis ou sete judias, para ser minha melhor amiga no meio das duas mil crianças da nossa cidade caipira. Meus únicos namorados neozelandeses dignos de nota tinham os sobrenomes Rosenberg e Meltzer. O único judeu fora do armário no meu ensino fundamental, Lee Nadel, sofria deboche da escola inteira com o apelido "Nariz de Agulha". Talvez meus pais, que frequentavam a igreja cristã, só estivessem tentando me proteger.

A única pessoa que eu admirava no meio dos poucos parentes e amigos da minha família era a tia Elsie (sobrenome Hayman), uma mulher elegante e independente, com pele morena e cabelos grisalhos e compridos presos num coque. O sotaque de Elsie era uma mistura fascinante de raízes e erudição. Ela falava "num é" e "*vis*tido" em vez de "vestido", usava gírias que tinham saído direto do bairro de classe trabalhadora no qual crescera em Nova York, mas falava sobre balé, sinfonias e livros com uma precisão nada menos que espantosa. O marido de Elsie era de uma família de corretores da bolsa, o que lhe garantiu uma quantia modesta de dinheiro — que ela gastou com tremendo estilo depois da morte do marido — sem nunca manter um apartamento "bacana" no Central Park como os outros membros da família. Elsie morava num flat de três quartos na região entre as avenidas East 70th e 80th e usava seu dinheiro para viajar pelo mundo — Índia, Europa, Bali, Indonésia. Aos 67, quando era budista, ela escalou o Himalaia.

Os cristãos acreditam no poder redentor do sofrimento. É a base de toda a religião. Jesus era a fragilidade em pessoa, sua vida é o ur-texto do sofrimento, traição e sonhos abandonados. O sofrimento de Jesus nos ensina que Deus é compreensivo. Não vejo vantagem alguma em acreditar nisso. *Kikes* preferem se esquivar completamente da questão da redenção. Acreditam que o sofrimento acarreta conhecimento, mas o conhecimento é apenas uma forma de acessar o mundo. A redenção não faz sentido porque não há outro lugar para ir, estamos todos presos, como seres humanos, na órbita de uma vida em conjunto.

"Judeus não gostam de imagens", falei aquela noite no restaurante, explicando uma parte do trabalho de Sylvère a você, "porque as imagens têm carga. Elas privam as pessoas da sua força. Acreditar na força transcendental da imagem e na sua Beleza é como querer ser um Expressionista Abstrato ou um Caubói." E não podemos dizer que o esforço de desmontar isso é a base das obras mais celebradas de Kitaj? Suas melhores pinturas subvertem a força das suas imagens, chacoalhando-as dentro de uma mistura crítica e intelectual. É por meio de um ato de vontade — colisão, contradição, que essas pinturas obtêm sua força. Kitaj se infiltra na imagem da mesma maneira que certos judeus sobreviveram à Segunda Guerra Mundial com seus passaportes falsos. Kitaj, o *Kike* Malandro, penetra à força na Cultura Hospedeira, a Pintura, e a volta contra si mesma. Ele pinta para contestar a iconografia.

O escritor favorito do meu pai é William Burroughs.

Hoje cedo, depois de ter sonhado com tartarugas mortas, escrevi o seguinte no meu caderno:

Todo o meu estado de ser mudou porque me tornei minha sexualidade: fêmea, hétero, querendo amar homens, ser fodida. Existe uma maneira de viver com isso à maneira dos gays, com orgulho?

———

Uma das pinturas dessa exposição talvez traga a resposta. Há um conto de Peter Handke em que um jovem casal alemão dirige pelo deserto norte-americano procurando John Ford, o famoso diretor de Hollywood. Eles já não lembram bem por que estão juntos, não fazem ideia de como seguir com suas vidas. (No verão passado, em Idaho, Sylvère e eu sentimos a mesma coisa.) O casal alemão achava que John Ford teria a resposta. (Sylvère e eu, por outro lado, nunca recorremos a outra pessoa em busca de respostas, exceto, talvez, à ideia que fazíamos de você.) John Ford achou que eles eram loucos. Ele não queria ser o santo de ninguém, embora nesse conto particularmente sentimental ele acabe sendo.

Peter Handke e Kitaj devem ter conhecido o mesmo John Ford, um falastrão feioso e cativante, o tipo de sujeito que acha que estar vivo é estar no comando.

Em sua pintura *John Ford on his Deathbed* (1983/84), John Ford está sentado na cama e presidindo o próprio leito de morte, completamente vestido, segurando o rosário como se fosse um cronômetro e fumando um charuto.

É uma pintura admirável e teatral, cuja direção de arte remete a um western filmado no México, com suas paredes de um azul intenso e piso de tábuas cor de palha, cores tão fortes que reconfiguram o roteiro euro-americano da pintura.

Há várias cenas distintas dentro da pintura. As cenas são dissonantes, mas não estão em oposição estratégica umas às outras. A pintura é a crônica dos acontecimentos de uma vida, como as pinturas medievais narrativas que antecederam as histórias em quadrinhos, mas os acontecimentos aqui estão esparramados como na vida, caóticos, abstratos. Toda essa dissonância está reunida dentro de um quarto que pode contê-la não por mágica, mas através da vontade própria formidável de Ford.

Na parte inferior da pintura, vemos uma cena do passado de John Ford: um homem em sua meia-idade incontida, falando num megafone com atores fantasiados de imigrantes pobres no que deve ser um western do Texas — sapateiros fabricando botas de caubói. Suas pernas estão cruzadas, seu rosto largo, alheio à própria feiura, está parcialmente coberto por óculos escuros e um chapéu preto achatado. No meio da pintura, um toureiro, maître ou mordomo segura uma moldura vazia atravessada por uma barra rosa-salmão, do tipo que se vê nos jardins de restaurantes ou salões de dança. Um casal de dançarinos enlaça a barra com os braços, Fred Astaire e Ginger Rogers (ou algo assim) pintados por Chagall. E há cordões de luzes pendurados na pintura, invadindo o quarto com um cor-de-rosa tom de pele, como nos restaurantes de lagosta ao ar livre em La Bufadora, no México. A moldura do quadro acima da cama de Ford tem algo de mexicano também, uma moldura verde, vermelha e amarela, um pouco torta na parede, embora o tema do quadro seja definitivamente europeu: um homem de preto, solitário, carregando alguma coisa pela neve azul-cinzenta. É um território de pogrom, um filme antigo na televisão.

Nessa pintura, a dissonância desaparece e renasce como esquete de comédia sofisticado. É um final bombástico, a cena principal, na qual todos os temas do espetáculo reaparecem como piadas. E Kitaj-enquanto-Ford oferece, como se espera dos filmes, um lance final estonteante: no centro superior da parede azul de Ford há uma imitação de Ed Ruscha com moldura preta, dizendo

THE END

e, logo abaixo dela, uma pintura ou janela pequenina que se abre do azul intenso da parede para o azul intenso do céu. Não há estrada para a imortalidade, mas há uma escotilha. Nessa pintura, os objetos e as pessoas dançam e se movimentam, mas ainda assim há corpo e peso. A transcendência não é somente leveza; ela é alcançada por meio da vontade.

E por que desejamos tão intensamente a leveza?

A leveza é uma mentira dos anos 60, é a pop art, o Godard do começo, *The Nice Old Man and The Pretty Girl* (*With Huskies*). A leveza é o êxtase da comunicação sem a ironia, é a mentira do ciberespaço desincorporado.

Usando John Ford como meio, Kitaj está nos dizendo que a matéria se movimenta, mas não podemos escapar do seu peso. Os mortos voltam para dançar, não como espíritos, mas como esqueletos.

CD,
Em 3 de dezembro de 1994, comecei a te amar.
Ainda amo.

Chris

Sylvère e Chris escrevem
em seus diários

ANEXO A: SYLVÈRE LOTRINGER

Pasadena, Califórnia
15 de março de 1995

Dei o seminário sobre Proust e a primeira palestra hoje na faculdade de Dick. Falta mais uma. Dick foi direto e amistoso, embora no carro eu tenha imaginado, de repente, cenas da sua mão esfregando a buceta de Chris. Imagens. A situação como um todo é muito estranha. De todo modo, Chris conseguiu passar a perna em todo mundo mais uma vez. Embora Dick a tenha rejeitado, ela não deixou ponto sem nó: ela não precisa que ele responda para que seu amor prospere. Ela pode manter um relacionamento comigo, usar Dick como inspiração para o seu trabalho e até mesmo engavetar seu filme sem insistir mais no assunto.

Chris me enviou por fax seu texto sobre Kitaj, o pintor *"kike"* com o qual ela se identifica. É inebriante, girando em torno da sua vida idiossincrática, a rejeição da crítica, o East Hampton dos anos 60. Nunca ouvi falar dele, mas ela consegue costurar tudo ali, inclusive as aflições pelas quais está passando.

O texto me tocou muito, fiquei empolgado. Chris acredita agora que o fracasso de *Gravity & Grace* foi "obra do destino", forçando-a a buscar uma explicação mais profunda para as emoções contidas nos seus filmes. Ela está escrevendo sem direção nem autoridade, ao contrário de Dick, que foi dar mais uma palestra em Amsterdam e não escreve nada a não ser que lhe peçam; ao contrário de mim, que estou prestes a dar minha palestra sobre o *Mal*, pegar meu cheque e ir para casa.

Apesar disso, Chris estava muito triste, sentindo-se desligada de Dick, e também fiquei triste depois de conversar com ela. A situação era sem saída: ela o amava, precisava dele, não podia suportar a ideia de não estar perto dele ou se comunicando com ele. Decidi conversar com Dick amanhã à noite, no nosso trajeto de carro até o aeroporto. Não sei como ele vai receber isso; afinal, ele deixou bem clara sua intenção de encerrar essa situação ambígua. Por outro lado, se ele acabasse me ouvindo, isso me mataria: a ideia de uma conexão intensa entre os dois, da qual eu estaria excluído. Acabei tendo uma crise de choro até as duas da manhã, não consegui dormir, fiquei me sentindo muito deprimido e angustiado.

ANEXO B: CHRIS KRAUS

Los Angeles, Califórnia
31 de março de 1997

Encontrei a entrada no diário de Sylvère ontem à noite enquanto fazia uma pesquisa nos arquivos desse computador, em busca de alguma ligação entre "Arte *kike*", que escrevi naquele mês de março, e os dois últimos ensaios no livro. Porque eu tinha decidido, e todo mundo concorda, que a única maneira de transformar esses textos num romance era tornar o enredo bem claro. Ao ler a entrada no diário de Sylvère ontem à noite, porém, fiquei aturdida e sensibilizada. O quanto ele me ama. O quanto ele assume para si minhas questões.

Hoje de manhã, ao telefone com Sylvère, que está em East Hampton, falei a respeito da leitura. Sobre como gosto de mergulhar nos livros dos outros, absorver o ritmo dos seus pensamentos, enquanto escrevo meus próprios livros. Escrever nos moldes de Philip K. Dick, Ann Rower, Marcel Proust, Eileen Myles e Alice Notley. É melhor que sexo. A leitura cumpre a promessa que o sexo propõe mas quase nunca dá conta de realizar — expandir seu tamanho ao fazer você entrar na linguagem, na cadência, no coração e na mente de outra pessoa.

Em 9 de abril de 1995, estive a sós com Dick em Los Angeles pela última vez. Demos um passeio atrás da Lake Avenue. Em 20 de abril, telefonei para ele do norte de Nova York. Eu estava incomodada e ansiava por um desfecho. A conversa foi longa e complicada. Ele me perguntou por que eu me colocava numa posição tão vulnerável. Será que eu era masoquista? Eu lhe disse que Não. "Você não entende? Tudo que aconteceu comigo nessa história aconteceu porque eu quis." No dia 23 de abril, encontrei John Hanhardt, então curador do Whitney Museum, para conversar sobre meus filmes. Eu esperava que John me oferecesse uma mostra; em vez disso, ele queria me envolver num diálogo a respeito do "fracasso" dos meus filmes.

Em 6 de junho de 1995, me mudei permanentemente para Los Angeles.

O filósofo Ludwig Wittgenstein escreveu no seu diário: "Compreender ou morrer".

Naquele verão, eu esperava compreender a ligação entre a visão equivocada de Dick de que eu era uma "masoquista" e o juízo de John Hanhardt a respeito dos meus filmes. Os dois homens admitiam que, embora achassem minha obra repugnante, também a consideravam "inteligente" e "corajosa". Eu acreditava que, se pudesse compreender essa ligação, seria capaz de estendê-la às leituras críticas equivocadas de certo tipo de arte feita por mulheres. "Acabo de perceber que o que está em jogo sou eu mesma", Diane di Prima escreveu nas suas *Cartas revolucionárias*, em 1973. "Uma vez que rejeitamos certo tipo de linguagem crítica, as pessoas simplesmente deduziram que éramos burras", a genial Alice Notley disse quando a visitei em Paris. Por que a vulnerabilidade das mulheres segue sendo aceitável apenas quando é neurotizada e pessoal; quando se alimenta de si mesma? Por que as pessoas insistem em não sacar quando tratamos a vulnerabilidade como filosofia, a uma certa distância?

Hoje comprei um livro novo de Steve Erickson na Barnes & Noble. Os elogios na capa, que o incluíam num novo cânone inteiramente masculino, me ofenderam. "Erickson veio para ficar", alardeou o *Washington Post*, matizes de Norman Mailer nos anos 50, "ocupando um posto elevado ao lado de contemporâneos como Richard Powers e William Vollman, os porta-vozes da geração do caos."

"Caro Dick", escrevi em alguma das muitas cartas, "o que acontece entre as mulheres agora é a coisa mais interessante do mundo, porque nenhuma outra coisa é tão pouco descrita."

Monstruosidades

El Paso Drive
21 de junho de 1995

CD,

Essa carta chega até você de Eagle Rock, Los Angeles —
são sessenta quilômetros de onde você está morando, mas a
sensação de distância é muito maior. Cheguei a Los Angeles
há duas semanas, parece uma eternidade. Estados de ânimo
se alternando sem parar, solidão e otimismo, medo, ambição...
Você sabe o que significam aqueles outdoors de montanha-
-russa que se vê ao dirigir pela cidade? Uma foto em preto e
branco, levemente borrada, de algumas pessoas passeando na
montanha-russa, com um círculo de proibição vermelho bem
no meio, dizendo "Não"? Não sei se não é alguma espécie de
arte pública. Se for isso, é uma tentativa fracassada de ameaça.
Em Nova York, na 7th Street, entre as avenidas B e C, há placas de compensado pregadas como se fossem um toldo dos an-
daimes que ficam acima da porta de um refúgio de usuários de
crack. Alguém colou ali um cartaz com dois homens vestindo
roupas pretas e folgadas, apoiados na balaustrada do terraço
de um prédio alto, segurando armas de fogo. É bem assusta-
dor: a realidade da guerra sobreposta à imagem de um filme
futurista de vanguarda dos anos 60. Isso não é um filme, o cartaz parece dizer. É Beirute, aqueles caras são pra valer, e assim é a vida de bandido. Se você está andando para o Leste na

direção do cartaz, seus olhos dão uma cambalhota dupla — a imagem do terraço parece se projetar do prédio, parece uma ilusão de tridimensionalidade, mas quando você finalmente consegue interpretar o que está vendo, a porta fortificada já ficou para trás.

Meu Deus, quanta diversão. Me sinto motivada a falar sobre arte com você porque acho que você será capaz de compreender, e acho que compreendo a arte melhor do que você...

... Porque o que me motiva na escrita é ser irreprimível. Escrever para você é como uma causa sagrada, porque mulheres irreprimíveis fazem falta na escrita. Fundi meu silêncio e minha repressão com o silêncio e a repressão de todo o gênero feminino. Acredito que o simples fato de haver mulheres falando, existindo, paradoxais, inexplicáveis, impertinentes, autodestrutivas, mas acima de tudo *públicas*, é a coisa mais revolucionária do mundo. Pode ser que eu tenha chegado vinte anos atrasada, mas epifanias e estilo nem sempre estão em sincronia.

Mas falando sério, Dick, minha vontade de escrever para você agora é diferente, pois tudo está diferente. Penso muito em você, agora que nos esbarrarmos em eventos sociais parece inevitável. Nós dois pertencemos ao mundo artístico de Los Angeles, e ele é pequeno.

A imagem que guardo de você está congelada num único instantâneo: 19 de abril, na abertura da mostra de Jeffrey Vallence/ Eleanor Antin/Charles Gaines no Santa Monica Museum. Você está parado na maior sala dedicada a Jeffrey Vallence, drinque na mão, conversando com uma turminha de pessoas mais jovens (alunos?). Alto, camisa preta e jaqueta preta de corte europeu, traje-padrão de artista em abertura de exposição. Você está parado bem ereto, com o rosto esmagado contra si; se movendo-sorrindo-falando, mas de certa forma implodindo para o fundo, em direção à imobilidade do enquadramento. Você está trancado. Você é um território. Um estado separado dos outros.

Visível, intransponível. E eu estou no meio de outro grupinho próximo ao seu, um trio, Daniel Marlos e Mike Kelley e, assim como você, estou insegura — meu corpo treme de leve ao se deslocar no espaço. Mas também estou muito presente. A Superação do Medo é como uma performance. Você reconhece seu medo e anda ao lado dele.

Até agora, contei "nossa" história duas vezes, tarde da noite, da maneira mais completa possível, para Fred Dewey e Sabina Ott. É a história de duzentas e cinquenta cartas, minha "degradação", pulando de cabeça da beira de um penhasco. Por que todo mundo acha que as mulheres se degradam quando expõem as condições da sua própria degradação? Por que as mulheres sempre devem confessar tudo? A magnificência do último grande trabalho de Genet, *Um cativo apaixonado*, reside na sua disposição em estar errado: um velho branco safado batendo punheta nos músculos definidos dos árabes e Panteras Negras. A maior liberdade que existe no mundo não é a liberdade de estar errado? O que me fascina na nossa história são as diferentes leituras que fazemos dela. Você acha que ela é pessoal e privada; minha neurose. "O maior segredo do mundo é NÃO HÁ SEGREDO", Claire Parnet e Gilles Deleuze. Eu acho que nossa história é filosofia performativa.

A artista Hannah Wilke se chamava na verdade Arlene Butter, nasceu em 1940 e cresceu em Manhattan e Long Island. Ela morreu de câncer aos 52 anos. A produção de Wilke foi prolífica e consistente. Por meio de um esforço contínuo, ela conseguiu manter uma carreira visível. A certa altura, talvez no início dos anos 70, seu trabalho começou a investigar a seguinte pergunta:

Se as mulheres fracassaram em produzir arte "universal" porque estão aprisionadas no "pessoal", por que não universalizar o "pessoal" e torná-lo objeto da nossa arte?

Fazer essa pergunta, estar disposta a vivê-la até as últimas consequências, continua sendo ousado.

Em 1974, depois de produzir desenhos, cerâmicas e escul-
turas de parede — muitas das quais envolviam uma "represen-
tação difícil e ambígua de uma imagética tradicionalmente feminina" (Douglas Crimp, 1972) — durante onze anos, Hannah
começou a inserir sua própria imagem nas suas obras de arte.
Não sei que experiências ou condições da sua vida incentiva-
ram isso. Talvez tenha sido levada a esse caminho por críticos
como Phyllis Derfner, que escreveu o seguinte em reação à sua
exposição de bucetas esculpidas com fiapos de roupas retirados de máquinas de lavar, na Feldman, em 1972:

> Há uma certa argúcia aí, mas ela vem soterrada de ideolo-
> gia agressiva [...] A ideologia é a da liberação das mulheres.
> Corpos femininos sempre foram expostos, porém de ma-
> neira opressiva ou "sexista". Wilke expõe de maneira repe-
> titiva e sem rodeios a imagem mais íntima da sexualidade
> feminina como se isso pudesse ser a cura para essa questão
> toda. Não entendo bem como isso deveria funcionar. É en-
> fadonho e superficial.

Ao contrário de Judy Chicago, com suas versões vaginais dilata-
das das Grandes Bucetas da História — uma exposição à qual as
mães do mundo inteiro poderiam levar suas filhas —, Hannah
nunca teve medo de sacrificar a dignidade, de se maltratar, de
chamar uma buceta de buceta. "Quero jogar de volta ao público
tudo que o mundo joga em mim" (Penny Arcade, 1982). Mais
tarde, Hannah revelou ao *Soho Weekly News* como havia coletado "material" para esse trabalho ao longo de vários anos, lavando as roupas de Claes Oldenburg, então seu companheiro.
Já naquela época, Hannah era uma neodadaísta. Claes Oldenburg, Grande Artista Homem Universal, forçado a servir à causa.

Em 1974, Wilke fez sua primeira fita de vídeo, *Gestures*. Criada
um dia depois da morte do marido da sua irmã, *Gestures* era,

entre outras coisas, uma expressão de luto e consternação, um gesto em direção ao corpo após a morte. O crítico James Collins fez uma crítica positiva na *Artforum*. "Toda vez que vejo seu trabalho, penso em xexeca", ele declarou. Defensor da obra de Wilke desde o começo, Collins descreveu *Gestures* da seguinte maneira:

> Em termos eróticos, o vídeo de Wilke foi mais bem-sucedido — mais "safado" — que a escultura. Por quê? Bem, para começar, ela aparece nele. O vídeo é provavelmente a melhor coisa da exposição, pois ao se fazer presente na obra, usando somente a cabeça e as mãos, ela confere mais significado aos gestos de dobrar, em especial. Acariciar, amassar, enfeitar e estapear o próprio rosto foram interessantes, mas os gestos de dobrar a boca foram os mais sacanas. Porque ela está quebrando, sensualmente, uma regra cultural, e isso é uma das definições do erótico. Apertar os lábios e depois desdobrá-los... Fazer a boca substituir a vagina e a língua substituir o clitóris, no contexto do seu rosto, com todo seu histórico psicológico, aquilo era fortíssimo! [...]
>
> A posição que Wilke ocupa no mundo da arte é um estranho paradoxo entre sua própria beleza física e sua arte um tanto séria. Ela anseia por saciar sua sexualidade; mas sua tentativa de lidar com esse dilema dentro do movimento das mulheres carrega um toque comovente de páthos.

Mas entenda, os paradoxos na obra de Hannah Wilke não são patéticos, e sim polêmicos. (É como naquela noite, Dick, em que você me chamou de "passivo-agressiva" ao telefone. Errado!) *Gestures* escancara a estranheza da reação masculina à sexualidade feminina.

Enquanto isso, a Hannah-dentro-da-obra estava explorando um território muito mais pessoal e humano.

"Ree Morton me disse que quase chorou ao ver o vídeo", Wilke recordou muitos anos depois. "Me expus para além das poses, e ela enxergou o que havia por trás. Ela viu o páthos para além das poses."

Desse ponto em diante, Hannah se tornou, voluntariamente, uma obra de arte autocriada.

Em *SOS Starification Object Series* (1974-1979), ela se vira para a câmera em perfil 3/4, com os peitos de fora, o jeans aberto e uma das mãos sobre o púbis. Seu olhar é franco e pesado. Seu cabelo longo está enrolado em bobes de dona de casa, claramente algo feito em casa. Oito pedaços de chiclete mascado, moldados como vaginas, estão grudados no seu rosto como se fossem cicatrizes ou espinhas. "O chiclete tem uma forma antes de você mastigá-lo. Mas ao sair, ele já se tornou lixo", ela disse mais tarde. "Nessa sociedade, usamos as pessoas como usamos o chiclete." Ao vivo, Hannah era sempre extremamente bonita.

Em 1977, ela fez outro vídeo chamado *Intercourse with...*, no qual mensagens de secretária eletrônica deixadas pelos seus namorados, amigos e familiares são reproduzidas, enquanto ela remove, do seu corpo nu, as letras decalcadas formando os nomes das pessoas por trás das mensagens mais perturbadoras. "Torne-se o seu próprio mito", ela começava dizendo.

Como qualquer outra obra de arte, Hannah se transformou num pedaço de carniça para os chacais da imprensa artística. Foi literalmente despedaçada. Seu corpo nu aguentando interpretações dos homens hippies que a enxergavam como um avatar da liberação sexual e das feministas hostis como Lucy Lippard, que entendia qualquer exposição voluntária do corpo da mulher como fantoche do patriarcado.

Hannah passou a usar como material a impossibilidade da sua vida, das suas obras e da sua carreira. Se a arte é um projeto sismográfico, quando esse projeto é mal compreendido, seu fracasso também deve passar a fazer parte do seu tema. Em 1976, ela produziu um cartaz imitando o famoso anúncio da School for Visual Arts no metrô, no qual se lia:

"Ter talento não vale muita coisa, a não ser que você saiba o que fazer com ele." Hannah o reproduziu usando uma foto de si em péssima situação. Retrato da Artista Enquanto Objeto: ela está vestindo um avental de crochê que deixa seus peitos aparecendo e abraçando um boneco do Mickey Mouse. As já então famosas vaginas de chiclete estão espalhadas como feridas por todo o seu corpo. Num cartaz posterior, intitulado *Marxism and Art*, Hannah está vestindo uma camisa masculina aberta, deixando à mostra seus seios, as vaginas mastigadas e uma gravata masculina larga. "Cuidado com o Feminino Fascista", diz o cartaz.

Desde o começo, os críticos de arte entenderam a disposição de Hannah para usar o próprio corpo no seu trabalho como um ato de "narcisismo" ("Uma atmosfera inofensiva de narcisismo permeia a exposição...", *New York Times*, 20 set. 75). Essa estranha descrição ainda a persegue no túmulo, apesar de escritoras como Amanda Jones e Laura Cottingham terem feito esforços veementes para refutá-la. Na sua crítica de *Intra-Venus*, a exposição póstuma de Hannah, Ralph Rugoff descreve as fotografias impressionantes que a artista fez do seu corpo tomado pelo câncer como "uma incursão eletrizante nas profundezas do narcisismo". Como se a única razão possível para uma mulher se expor publicamente fosse a autoterapia. Como se o objetivo não fosse expor as circunstâncias da sua própria objetificação. Como se Hannah Wilke não retroalimentasse o público, de maneira brilhante, com seu próprio medo e preconceito, convidando-o para um almoço nu.

Alguns homens inteligentes, como Peter Frank e Gerrit Lansing, identificaram a estratégia e a sagacidade da obra de Hannah, embora tenham lhes escapado, talvez, a ousadia e o preço a pagar por ela. O fato de que ela era genial. De todo modo, a controvérsia em torno da sua obra nunca se aglomerou a ponto de levá-la ao estrelato. Em 1980, Guy Trebay estava alfinetando no *Village Voice* que a vagina de Hannah "já nos parece tão familiar quanto um sapato velho". Alguém já disse algo parecido sobre o pênis de Chris Burden?

Ninguém, além dos familiares e amigos mais próximos de Hannah, reconheceu a afetuosidade e o idealismo que embasavam seu trabalho. Sua ternura. O lado humano da sua persona feminina.

Num texto maravilhoso, escrito em 1976, Hannah demonstrou ser a melhor crítica da própria obra:

> Reacomodar o toque da sensualidade com uma mágica residual feita de fiapos de máquina de lavar roupas ou látex, trabalhados de maneira displicente, como amor exposto e vulnerável [...] me expor continuamente a toda situação que apareça [...] jogando e ao mesmo tempo brincando [...] Existir em vez de ser uma existencialista, fazer objetos em vez de ser um. O modo como meu sorriso simplesmente brilha, o modo como bebo o chá. Dar açúcar em vez de ser um saleiro, não me vender [...]

Hannah Wilke Wittgenstein era puro intelecto feminino, expandindo todo o seu ser deslumbrante numa proposição paradoxal.

Certo dia, em 79, Claes Oldenburg, parceiro de Hannah desde os anos 60, trocou as fechaduras quando ela não estava em casa e se casou com outra. Ela recriou a coleção de cinquenta armas de brinquedo que havia coletado para o trabalho dele e posou nua com elas numa série de "autorretratos performalistas", intitulados *So Help Me Hannah*, nos quais ela "demonstra" e subverte suas citações clássicas favoritas da filosofia e da arte masculinas.

Hannah Wilke sobre Ad Reinhardt: sentada nua no canto, sentindo-se imprestável, a cabeça entre as mãos, de salto alto e com as pernas abertas. Ela está cercada de pistolas e bazucas de brinquedo. "O QUE ISSO REPRESENTA / O QUE VOCÊ RE-PRESENTA", diz o título.

Hannah Wilke sobre Karl Marx: em posição instável sobre os pistões de um motor a combustão, de sandálias de tira e salto alto, o corpo nu como parte da máquina, Hannah se inclinando à frente, de perfil, arminhas de brinquedo nas mãos. VALORES DE TROCA. (*Valores* de troca? Valores de quem?)

A inserção da complexa presença humana de Hannah Wilke põe em dúvida todos os slogans. Sua beleza é estimulante, mas, assim como em *Gestures*, sua presença ultrapassa a pose.

"Decidi, há muito tempo, ser um judeu... considero isso mais importante que minha arte", declararam R. B. Kitaj e Arnold Schoenberg. Hannah Wilke disse: "O feminismo em sentido amplo é intrinsecamente mais importante para mim que a arte". Ninguém nunca chamou esses homens de maus judeus.

A ironia mais amarga na carreira de Hannah Wilke é que suas imitadoras, que arriscaram bem menos, se tornaram estrelas do mundo da arte no começo dos anos 80.

A projeção que Wilke faz de si contrasta notavelmente com as personificações mais impessoais do trabalho recente de Cindy Sherman, cujas caracterizações "à fantasia" são, em essência, igualmente narcisistas, mas de certa forma mais fáceis de aceitar ou digerir enquanto arte, pois disfarçam o self e parodiam o sofrimento, a dor e o prazer que experimentamos como reais na arte de Wilke,

argumentou Lowery Sims num catálogo do New Museum, em 1984. Mas àquela altura a história da arte já havia rotulado Wilke como burra, e suas imitadoras como inteligentes:

Judith Barry e Sandy Flitterman, 1980: [Já que a arte de Hannah Wilke] "não apresenta uma teoria das representações da mulher, ela mostra as imagens da mulher de maneira conivente. Ela não leva em conta as contradições sociais da 'feminilidade'" (*Screen*, pp. 35-9).

Catherine Liu, 1989: "Wilke é bem conhecida por aparecer nua em seu trabalho. Ela projeta um conforto meio hippie com sua nudez. Mas sua exposição do corpo, que se traduz numa espécie de retórica da liberdade sexual das mulheres, é uma formulação fácil e simples demais. O trabalho de artistas como Cindy Sherman e Aimee Rankin mostrou que a sexualidade feminina abriga dor e prazer na mesma dose" (*Artforum*, dez. 98).

"Uma vez que rejeitamos certo tipo de linguagem teórica, as pessoas simplesmente deduziram que éramos burras", a poeta Alice Notley me disse no ano passado, em Paris. Hannah Wilke dedicou um bom bocado de energia ao longo de toda a sua vida para provar que estava certa. Se a arte é um projeto sismográfico, quando esse projeto é mal compreendido, seu fracasso também deve passar a fazer parte do seu tema. Caro Dick, foi isso que percebi quando me apaixonei por você.

"É claro, Hannah se tornou um monstro", eu disse a Warren Niesluchowski. Warren é meu amigo, uma personalidade das artes e crítico, um cara inteligente e erudito. Estávamos num churrasco na casa de Mike Kelley, pondo a conversa em dia. Warren conhece todo mundo no universo da arte. Conhecia Hannah desde 1975, quando se encontraram num restaurante do Soho chamado Food.

Warren deu uma risadinha. "Sim, ela se tornou. Mas do tipo errado. Não um monstro da magnitude de Picasso, ou..." (e então ele citou vários outros homens famosos). "O problema é que ela começou a levar tudo muito para o lado pessoal. Se recusou a dar um salto de fé. Seu trabalho não era mais arte."

Em 1985, Claes Oldenburg entrou com uma liminar contra a University of Missouri Press. Eles estavam preparando um livro sobre a obra e os escritos de Hannah Wilke para acompanhar sua primeira grande retrospectiva.

Para proteger sua "privacidade", Claes Oldenburg exigiu que os seguintes itens fossem removidos: 1) uma fotografia de *Advertisements for Living* que retratava Claes ao lado da sobrinha de oito anos de Hannah. 2) Qualquer menção a seu nome nos escritos de Hannah. 3) A reprodução de um cartaz colaborativo, "Artistas fabricam brinquedos". 4) Citações de uma correspondência entre ele e Hannah que faziam parte de um texto de Hannah Wilke, "I Object".

A fama de Claes e a falta de disposição da universidade em defendê-la tornaram possível que Oldenburg apagasse uma porção enorme da vida de Hannah Wilke. *Eraser, Erase-her* — o título de uma das últimas obras de Wilke.

Expliquei a Warren a diferença entre monstros e monstras. "Monstras levam as coisas para o pessoal na medida em que elas são pessoais. Estudam fatos. Mesmo que a rejeição as faça sentir como a garota que não foi convidada para a festa, elas precisam entender o porquê disso."

Monstruosidade: o self enquanto máquina. *A bolha assassina*, engolindo e devorando tudo sem distinção, deslizando pelo corredor do supermercado, absorvendo massa de panqueca, geleia e toda a população da cidade. Insensata e irrefreável. O horror da *Bolha assassina* é um horror daquilo que é destemido. Tornar-se *A bolha assassina* exige uma certa força de vontade.

Toda pergunta, uma vez formulada, é um paradigma, contém sua própria verdade interna. Precisamos parar de desviar nossa atenção com perguntas falsas. E eu disse a Warren: meu objetivo também é ser uma monstra.

Com amor,
Chris

Faça a conta

Eagle Rock, Los Angeles
6 de julho de 1995

Caro Dick,

No fim de semana passado, fui a Morro Bay e tomei um ácido pela primeira vez em vinte anos. Na noite anterior eu tinha sonhado com a pobreza. Não importa o que digam os ricos, a pobreza não é apenas uma questão de falta, é uma *gestalt*, uma condição psicológica.

Sonhei com Renee Mosher, uma artista-carpinteira-tatuadora que vive no Norte de Nova York, na cidade de Thurman, a mesma cidade em que nasceu. Renee tem duas filhas crescidas, que ela criou sozinha. Ela tem uns 39 anos, e no sonho, como na vida, ela parecia velha e assustadora. No sonho, éramos melhores amigas e contávamos tudo uma para a outra. Ao acordar, porém, a impossibilidade disto — de voltar a um estado adolescente em que você escolhe os amigos por aquilo que são, e não pelas suas circunstâncias — me impregnou como um sangue contaminado. Quando você fica velha, o essencialismo morre. Você se torna suas circunstâncias. A casa de Renee será tomada no mês que vem porque ela não paga os impostos há três anos. As notificações vão se empilhando, às vezes ela abre alguma. E vale fazer algum esforço? Mesmo que ela dê um jeito de pagar, os impostos vão se acumular de novo. Ela não tem condições de manter a casa. Vai se mudar para um trailer. Vai embora. Um vaso sanguíneo estourou no olho de Renee enquanto ela instalava uma janela de cozinha na minha casa. O médico na clínica disse que era a vesícula biliar. Isso custou sessenta dólares. Quando Renee adoece, ela falta ao trabalho e não recebe. Os pobres não escrevem mensagens de fax, contratam advogados ou negociam impostos atrasados com o município de Warren. Eles adoecem, perdem a cabeça, vão embora.

"Ricos não passam de pobres com dinheiro", minha chefe *socialite* me disse quinze anos atrás em Nova York. Mas não é verdade. Existe uma cultura da pobreza, e ela não é transponível.

John & Trevor estavam viajando com uma equipe de tosquiadores de Wairarapa na ilha Norte da Nova Zelândia desde setembro. O trabalho era lucrativo e difícil: começava às cinco, terminava às cinco, todos os dias da semana, exceto quando chovia. John e Trevor passaram a primavera inteira falando sobre a viagem que fariam no Natal, depois que o trabalho terminasse. Iriam pôr o velho V-8 Holden ano 61 de John na estrada e fazer uma viagem por toda a Nova Zelândia, dirigindo, bebendo e comendo putas. Falavam tanto sobre essa viagem que todos tinham a sensação de que também participariam dela. Partiram de Pahiatua na véspera de Natal. Mas no dia 26 o carro teve perda total depois de um acidente causado por embriaguez. Eles gastaram todo o dinheiro que tinham ganhado na tosquia só para pagar o fiador.

"O privilégio mais importante", acho que você escreveu, "continua sendo o direito de falar a partir de uma posição."

O ácido veio de San Francisco e era bom, num sentido californiano. Os raios solares amarelo-mostarda se refletindo como um visor digital na rebentação; o capim alto dançando nas dunas. Seria a pobreza a ausência de associação? O LSD destrava o mecanismo de congelamento de imagem no fundo dos nossos olhos, nos permite enxergar que a matéria está sempre se movendo. Ou pelo menos é o que dizem. Mas enquanto o capim e as nuvens ondulavam de maneira agradável, eu me mantinha consciente de que só estavam ondulando daquela maneira agradável havia sete horas. Ao contrário de todos os usuários de LSD famosos da Califórnia, fiquei decepcionada, pouco impressionada, porque as alucinações geradas pelas drogas são muito visuais e temporais.

O que são as imagens comparadas aos túneis infinitos da vida, pobreza & dor & tristeza? Experimentar a intensidade não significa saber como as coisas vão terminar. Hoje de manhã, um veterano do Vietnã que mora com um bando de crianças sujas num barraco ao lado da lavanderia de Eagle Rock me ofereceu dois mil dólares, ali mesmo, pelo meu carro que vale mil dólares. Por quê? Porque o carro (um Rambler 67) o fazia lembrar da falecida mãe, era o carro que ela dirigia. Nos agarramos a símbolos, talismãs, gatilhos de associação com o que se perdeu para sempre.

(Tentei escrever durante anos, mas os compromissos da minha vida me impediam de habitar uma posição. E "quem" "sou" "eu"? Aceitar você & o fracasso mudou isso, porque agora sei que não sou ninguém. E há muito a dizer...)

Quero escrever para você sobre a esquizofrenia — ("O esquizofrênico acredita que não é ninguém", R. D. Laing) —, embora eu não tenha base nenhuma para falar do assunto, já que não o estudei nem vivi em primeira mão. Mas estou usando você para estabelecer uma certa atmosfera esquizofrênica, OU, o amor é esquizofrenia, OU, senti um gatilho esquizofrênico na nossa confluência de interesses — quem é mais maluco que quem? A esquizofrenia é um estado pelo qual me sinto atraída como uma maria-purpurina desde que tinha dezesseis anos. "Por que todas as pessoas que amo são loucas?", dizia uma canção de punk rock de Ann Rower. Por muitos anos,

226

fui a melhor amiga e confidente de esquizofrênicos. Sobrevivi a eles, eles conversavam comigo. Na Nova Zelândia e em Nova York, Ruffo, Brian, Erje e Michelle, Liza, Debbe e Dan foram canais de aproximação. Mas como essas amizades sempre terminam em desaparecimentos, armas de fogo, roubos e ameaças, na época em que nos conhecemos eu já havia desistido. Quando te perguntei se você tinha feito faculdade, você reagiu como se eu tivesse perguntado se você ainda gostava de foder com porcos. "*É claro* que fiz faculdade." Afinal, seu emprego atual depende disso. Lendo as notas de rodapé nos seus textos, porém, concluí que não era verdade. Você gosta demais dos livros e os vê como amigos. Um livro leva a outro, como uma monogamia em série. Caro Dick, nunca fiz faculdade, mas sempre que entro numa biblioteca sinto um barato, como nos primeiros minutos depois de fazer sexo ou tomar um ácido. Meu cérebro fica cremoso com os pensamentos associativos. Aqui vão algumas das minhas anotações sobre esquizofrenia:

1. Silvano Arieti escreve, em *The Interpretation of Schizophrenia*, que os esquizofrênicos funcionam no âmbito da "paleológica": um sistema de pensamento que insiste, contra qualquer racionalidade, que "A" pode ser ao mesmo tempo "A" e "não A". Se o LSD revela o movimento, a esquizofrenia revela o conteúdo, ou seja, padrões de associação. Os esquizofrênicos ultrapassam a "cadeia significante" (Lacan) para adentrar o âmbito da pura coincidência. O tempo se propaga em todas as direções. Experimentar o tempo dessa maneira é como estar permanentemente chapado de uma droga que combina os efeitos visuais do LSD com a onipotência e a lucidez da heroína. Como num mundo borgeano, em que cada momento pode se desdobrar num universo. Em 1974, Brion Gysin e William Burroughs registraram seus experimentos com viagem no tempo por meio da percepção de coincidências no livro *The Third Mind*. É um livro de autoajuda. Seguindo os métodos propostos pelos autores

(por exemplo, "divida um caderno em três colunas. Registre a todo momento o que está fazendo, o que está pensando, o que está lendo..."), qualquer um pode fazer a mesma coisa, ou seja, abandonar seu "self" e acessar o tempo fraturado.

2. Ruffo era um homem de 42 anos que aguardava uma lobotomia frontal em Wellington, Nova Zelândia. Era uma figura inconfundível da seleta lista de "personagens" de Wellington — grandalhão como um urso, com tufos de cabelos pretos e lisos, dentes arruinados, sorriso largo e uma energia e franqueza nos olhos castanhos que não tinha nada de inglesa ou "europeia". Não importava a estação do ano, Ruffo sempre estava usando um sobretudo de tweed marrom que parecia uma batina e calças de alfaiataria em tecido impermeável. Diagnosticado como incurável pelo Sistema Psiquiátrico da Nova Zelândia, Ruffo era do tipo mais civilizado de "esquizofrênico". Ele nunca se exaltava; na verdade, nunca dizia nada sem antes considerar com muito cuidado o impacto das suas palavras. Embora pudesse delirar em privado, não se mostrava inclinado a transmitir qualquer mensagem específica. Não tinha descoberto nenhuma conspiração, e se alguma voz falava com ele através do rádio, da TV ou das árvores, ele nunca a traduzia. Seus amigos eram seu eleitorado, mas, ao contrário de outros políticos, Ruffo tinha uma paciência suprema. Se tinham planos para ele, talvez esses planos fossem para o seu bem. O órgão da Previdência Social que lhe enviava cheques esperava que, depois de perder metade do cérebro, Ruffo pudesse ter um emprego e se sustentar sozinho. Ele não se ressentia de nada disso.

Os ventos e a chuva que vinham do Sul fustigavam Wellington durante seis meses do ano. Os invernos eram descomunais e míticos. Em determinados anos, eram instaladas cordas de apoio no centro da cidade para que os residentes de menor peso não fossem arrastados; pessoas magras usando casacos impermeáveis, voando por cima dos carros na Taranaki Street, flutuando como balões da cidade até o porto, atravessando todo o estreito de Cook até a ilha Sul, sobrevoando a balsa de Picton. De ano em ano, mais ou menos, um artigo escrito por alguma conceituada celebridade local (um escritor ou locutor que tinha viajado "para fora") aparecia no *New Zealand Listener* comparando Wellington a Londres ou Manhattan. A cidade inteira era delirante.

Às vezes, depois das enchentes, um dia resplandecente aparecia do nada, como se fosse o Oitavo Dia da Criação, e nesses dias Ruffo ressurgia da sua quitinete em Ohaka Terrace, de sobretudo, como um animal saindo da toca. Eu sempre me sentia melhor depois de cruzar com ele na rua. Ao contrário da maioria das pessoas naquela cidadela afetadamente provinciana, Ruffo era inteligente e curioso. Ao olhar para você, ele realmente te enxergava. Ele tinha uma presença civilizadora, capaz de transformar Wellington na Dublin de Joyce.

Se confiasse em você, Ruffo te convidava para conhecer o quarto dele, uma quitinete escavada no subsolo de uma casa de madeira que o proprietário devia ter abandonado há anos nas mãos da Previdência Social. Para chegar a ela, você caminhava por um acesso de concreto rachado, ladeado por arbustos. Na verdade, Ruffo era um artista talentoso. Naquela época, quase ninguém na Nova Zelândia pintava sem sanção institucional, três anos de faculdade de artes, depois uma galeria, mas era o que Ruffo fazia: ele pintava serigrafias, cenários e cartazes com desenhos cartunescos para seus amigos que integravam bandas e grupos de teatro.

Ao voltar a Wellington depois de anos, fiquei sabendo que Ruffo havia sido agraciado com sua lobotomia oito anos antes, e que ele ainda morava na cidade. Na verdade, ele estava com uma exposição na Willis Street Community Center Gallery. Comprei minha obra preferida com o dinheiro que havia ganhado palestrando na universidade a respeito dos semifamosos com quem havia trabalhado em Nova York. No quadro, um executivo ao estilo anos 80, trajando um belo terno cinza, sorri no fone de uma cabine telefônica vermelha na esquina da Aro Street com Ohaka Terrace. O receptor do fone é uma orelha humana. A rua está tomada pela balbúrdia do tráfego, mas restam algumas nesgas de vegetação no meio das bolotas coloridas dos automóveis. Nuvens amarelas deslizam por um céu azul-rosado como um peixe. Na Wellington pós-moderna de Ruffo, o Homem Unidimensional ainda encontra Katherine Mansfield.

O privilégio de fazer uma visita a Ruffo sempre vinha misturado com uma certa tristeza. Seu quarto no subsolo era escuro e cheio de lixo. Enquanto remexia os jornais e as roupas sujas em busca do que precisava para preparar um chá, ele não demonstrava otimismo a respeito de nada. Era um realista esquizofrênico. Nunca teve falsas esperanças em relação à carreira de artista. Quando se sentia muito mal, desaparecia, dizia que não estava em casa, mas nunca era indelicado. As visitas transcorriam de acordo com suas regras, seguindo um modelo continental. Ele não falava sobre si e não se metia na sua vida ou nos seus problemas. Visitá-lo era como viajar a outro país. Isso não me incomodava, pois eu queria que ele me ensinasse a viver. Eu o amava. Eu tinha dezesseis anos e era estrangeira.

3. De acordo com David Rosenhan, a esquizofrenia é um diagnóstico que se autoconfirma. No seu experimento, oito pessoas sãs foram aceitas em hospitais psiquiátricos alegando ouvir vozes. Embora daquele ponto em diante elas tenham agido "normalmente", os funcionários usavam tudo que elas faziam e diziam como prova daquela "psicose" inicial.

4. Como os esquizofrênicos se habituam a múltiplas realidades, contradições não se aplicam a eles. Como químicos cubistas, eles desmontam as coisas e dispõem os elementos de outra maneira.

5. Gosto da expressão "paleológica" porque soa egípcia. No final de *AC/DC*, uma peça de Heathcote Williams, o personagem Perowne se submete a uma operação conhecida como autotrepanação. Perowne, um matemático errante, apenas se entedia com as travessuras sexuais e alterações mentais dos seus amigos drogadinhos. Como não sente falta de "calor humano", não se mete com psicologia. Perowne está mais interessado no fluxo dos sistemas. A trepanação, que teve como pioneiros Bart Hughes e Amanda Fielding, em Londres, envolve a perfuração de um buraco no crânio. O sangramento da ferida expande os vasos capilares em torno da glândula pituitária do sujeito trepanado. O Terceiro Olho se abre. Não sei como eles localizam o ponto ou a profundidade exata da incisão, mas Amanda Fielding fez um filme no qual submete a si mesma ao processo numa cozinha. E na peça, quando Perowne finalmente realiza a própria trepanação, sua fala explode. Ele discursa efusivamente, canta em hieróglifos.

6. Félix Guattari, coautor, com Gilles Deleuze, de *O Anti--Édipo: capitalismo e esquizofrenia*, questionou o uso que Arieti fez da palavra "paleológica" para descrever a esquizofrenia. "Paleológica", Félix disse, "implica o regresso a um vago estado primitivo. Mas é o contrário — a esquizofrenia é altamente organizada." Félix, é claro, estava desenvolvendo sua analogia entre capitalismo e esquizofrenia. Os dois são sistemas complexos baseados no paradoxo, nos quais partes desconectadas operam de acordo com leis ocultas. Os dois racionalizam a fragmentação. A ética do capitalismo é completamente esquizofrênica; ou seja, é contraditória e enganosa. Compre Barato, Venda Caro. A psiquiatria procura ao máximo esconder isso, remontando todos os distúrbios ao Triângulo Sagrado de Papai-Mamãe-e-Eu. "O inconsciente precisa ser criado", escreveu Félix em *A viagem de Mary Barnes*. Um modelo brilhante.

Ainda assim, a suavidade de Perowne me lembrava a de Ruffo.

7. A esquizofrenia consiste em pôr a palavra "portanto" entre dois *non sequiturs*. Dirigindo até Bishop na semana passada, eu tinha duas crenças: não levaria multa por excesso de velocidade; morrerei nos próximos cinco anos. Não levei multa por excesso de velocidade, portanto...

(Quando sua cabeça está explodindo de ideias, você precisa encontrar um motivo. Portanto, o estudo e a pesquisa acadêmica são formas de esquizofrenia. Se a realidade é insuportável e você não quer desistir, torna-se necessário compreender os padrões. "A esquizofrenia", escreveu Géza Róheim, "é a psicose mágica". Uma busca por provas. Uma orgia de coincidências.)

Duas horas atrás, fiz uma pausa deste texto para dar um passeio antes que o sol baixasse. Tive muita vontade de escutar "Crazy", no CD *Red Hot Country* de Willie Nelson, antes de sair, mas não o fiz. Quando virei a esquina na 49th Terrace, minha caminhada de sempre, uma versão de "Crazy" cantada por Patsy Cline estava explodindo, e falo *explodindo* mesmo, pelas janelas de uma casa. Me encostei numa cerca do outro lado da rua e vi a casa levantar do chão. Um momento operático, cinematográfico, tudo encaixado num único *frame* que te deixa chapada. Ah, Dick, quero ser uma intelectual como você.

8. Você lembra daquela noite em fevereiro, na sua casa, quando você estava preparando o jantar e eu te contei como havia me tornado vegetariana? Eu estava num jantar no loft de Félix, com Sylvère. O muro de Berlim tinha acabado de cair. Ele, Félix, Tony Negri e François, um jovem seguidor de Félix na rádio e TV francesa, estavam planejando um programa de debates na TV sobre "o futuro da esquerda". Sylvère seria o moderador de uma conversa ao vivo entre Félix, Tony e o dramaturgo alemão Heiner Müller. Eles precisavam de mais um debatedor. Parecia estranho pensar que as pessoas se interessariam por qualquer debate realizado por uma turma tão homogênea: quatro homens europeus, brancos e héteros, na casa

dos cinquenta, todos divorciados e agora parceiros de mulheres de trinta e poucos anos e sem filhos. Às vezes a coincidência não passa de uma deprimente inevitabilidade. Não importa o que digam esses quatro homens, é como se já o tivessem dito. No livro *Chaosophy*, de Félix, há uma grande discussão sobre esquizofrenia entre ele, Deleuze e oito dos maiores intelectuais franceses. Todos são homens. Se queremos que a realidade mude, por que não mudá-la? Ah, Dick, no fundo eu sinto que você também é um utopista.

"E que tal Christa Wolf?", perguntei. (Na época, ela estava fundando um partido neossocialista na Alemanha.) E todos os convidados de Félix — os homens culturalmente importantes e suas papadas, bem como suas esposas mais jovens, mudas, arrumadas à moda parisiense, todos só ficaram me olhando em silêncio. Por fim, o filósofo comunista Negri respondeu, gentil: "Christa Wolf não é uma intelectual". De repente, chamou minha atenção o menu do jantar: um assado sangrento, preparado naquela mesma tarde pela *bonne femme*, flutuando no centro da mesa.

9. Existe muita loucura na Nova Zelândia. Um poema famoso de Alistair Campbell, "Like You I'm Trapped", foi escrito para a sua esposa suicida e anônima, que havia sido diagnosticada como esquizofrênica. "Like You I'm Trapped" reivindica o direito do poeta de se projetar na situação psíquica de outra pessoa. É um poema lindo, mas não sei se acredito nele. Existe muita loucura na Nova Zelândia porque é um pequeno país rude e isolado. Qualquer um que tenha sentimentos em excesso ou irradie extremos sente-se muito sozinho.

Inverno, em algum momento dos anos 70, no conjunto habitacional de Boulcott Terrace, centro de Wellington: estou visitando minha amiga Mary McCleod, que entrou e saiu várias vezes de hospitais psiquiátricos sem motivos claros. Mary é estudante em meio período e residente em período integral do centro de reabilitação para "esquizofrênicos" de Paul Bryce. A não ser pelos silêncios respeitosos que sucedem cada platitude dita por Paul (ele é um terapeuta licenciado), Boulcott Terrace funciona mais ou menos como qualquer outra comunidade hippie neozelandesa. Qualquer pessoa pode entrar ou sair quando quiser, desde que pague o aluguel e contribua para a caixinha da comida para o gato. Talvez Paul tenha lido sobre R. D. Laing e Kingsley Hall, embora no fundo seja improvável. Boulcott Terrace é menos um experimento e mais uma válvula de escape para um altruísmo hippie mal direcionado. É uma ramificação de Jerusalem, a comunidade rural católica de James K. Baxter. O vento e a chuva castigam as ruas. Cada rajada de vento sul estremece as janelas de vitrais quebrados. Um grupo de residentes, quase todos homens, está sentado na sala de estar ao redor de um aquecedor elétrico com três barras, bebendo chá e cerveja. Uma típica noite em Boulcott Terrace.

Mary tem 22 anos, uma loira beiçuda e grandalhona, envolvida com bruxaria. Cabelos compridos e emaranhados despencam sobre o casaco folgado de brechó que ela usa para disfarçar as gordurinhas. Mary me atrai por ser tão deliberadamente infeliz. Fora isso, não temos muita coisa em comum, mas isso não é problema, porque nesse mundo quase não existem conversas privadas. De repente, um barulho nas moitas mascara o vento sacudindo as janelas francesas. É o Nigel Pancadão, o mais louco de dar nó da turma, esfregando o rosto na janela e lambendo o vidro. Um coro de "Aaarrgh, Que Nojo! Sai Daqui" ecoa na sala. Paul me põe a par da triste história de Nigel. Mais tarde, na mesma noite, Nigel atravessa a janela com o punho.

Anos depois, vejo Paul numa loja de ferragens na Second Avenue. Beirando os quarenta, bem vestido e arrumado, ele parece inferior ao que era antes. Paul está visitando Nova York para participar de um curso de psicodrama. Ele mora em Sydney. Me atiro sobre ele, e ao abraçá-lo sinto que estou entrando numa sala de espelhos que conduz ao passado. Encontrar qualquer resquício de Wellington na cidade de Nova York é mágico, uma sincronicidade cinematográfica. Quero contar a Paul tudo que aconteceu desde que parti. Fico embasbacada. Mas como Paul nunca foi embora de verdade e Wellington, para ele, não permaneceu congelada num passado mítico, ele não fica.

10. No inverno passado, quando me apaixonei por você, abandonei Sylvère e me mudei sozinha de novo para o campo, encontrei o segundo conto que escrevi na vida, vinte anos atrás, em Wellington. Foi escrito na terceira pessoa, o narrador que a maioria das garotas usa quando querem falar de si mas acham que ninguém vai querer ouvir. "Tarde de domingo, de novo e de novo", começava. "As possibilidades não são infinitas." Nomes e acontecimentos reais foram cuidadosamente omitidos, mas o conto descreve o coração partido e o abandono que senti depois de ter passado a véspera de Natal com o ator Ian Martinson.

Conheci Ian tarde da noite numa festa na casa da BLERTA, em Aro Street. BLERTA era uma comunidade rock 'n' roll itinerante — um bando de caras com seus amigos e esposas. Eles faziam turnês pelo país num velho ônibus pintado com cartuns de Ruffo. Ian Martinson tinha acabado de dirigir um curta para a TV baseado no poema de Alistair Campbell, "Like You I'm Trapped", e eu o resenhara para o jornal. Eu era a única garota que tinha ido sozinha à festa, a única jornalista, a única não hippie e a única pessoa com menos de 21 anos, um conjunto de sérias desvantagens, então fiquei incrivelmente lisonjeada quando Ian sentou na beirada da poltrona próxima a mim. Fane Flaws rolava por cima do carpete como uma centopeia bêbada e Bruno Lawrence mantinha a festa viva com uma sequência de piadas sujas. Ian Martinson e eu ficamos conversando sobre poesia neozelandesa.

Por volta das três da manhã, subimos a rua aos tropeços em direção à minha casa para trepar. "Aro" Street significa "Amor" em maori. Não houve mais palavras desde o instante em que saímos da festa. Éramos apenas duas pessoas caminhando pela rua, fora dos nossos corpos. Estávamos muito bêbados, e não havia como fazer aquela transição da conversa para o sexo, mas de todo modo tentamos. Tiramos a roupa. No começo, Ian não conseguiu ficar de pau duro, o que o irritou, e quando finalmente conseguiu, ele me fodeu como se fosse um robô. Ele era bem pesado, a cama era velha e rangia. Queria que ele me beijasse. Ele virou de lado, desmaiou, e talvez eu tenha chorado. Às oito da manhã ele levantou sem dizer palavra e se vestiu. "Esse deve ter sido o Natal mais sórdido que já passei em toda a minha vida", resmungou o católico Ian, antes de partir.

Seis semanas depois, estreou *Douglas Weir*, o primeiro drama televisivo produzido pelo recém-inaugurado segundo canal da Nova Zelândia. O aviador Douglas Weir era interpretado com sutileza, brilhantismo e convicção... por Ian Martinson. Naquela noite, sentada em frente à máquina de escrever no meu quarto, digitando uma resenha para o *Evening Post* de Wellington, me senti como Faye Dunaway sendo estapeada por Jack Nicholson em *Chinatown*. Eu era uma jornalista... uma garota... uma jornalista... uma garota. O ódio e a humilhação foram se acumulando e cresceram no meu peito, até sair pela garganta, enquanto eu escrevia dez parágrafos elogiando Ian Martinson. Naquele ano, ele ganhou o prêmio de Melhor Ator.

Aquele incidente se sedimentou numa filosofia: a Arte sobrepuja o pessoal. É uma filosofia que serve muito bem ao patriarcado e eu a segui por mais ou menos vinte anos.

Ou seja: até conhecer você.

11. Em 19 de abril, liguei para você às dez da noite e à uma da manhã do meu apartamento no East Village. Você não estava em casa. Na noite seguinte, tentei mais três vezes entre as onze e a meia-noite, horário de Nova York. Cobranças de longa distância preenchem as lacunas deixadas nos meus diários. No

dia seguinte, 20 de abril, uma quinta-feira, parti de Nova York e dirigi para o norte, até Thurman. Vento congelante, árvores desfolhadas, nuvens de tempestade cinzentas. Era o início do fim de semana da Páscoa. Naquela noite, entre as nove e meia e as onze e meia do meu fuso, a Zona de Tempo Oriental, tentei ligar para o seu número mais quatro vezes, mas desliguei na sua secretária eletrônica sem deixar mensagens. Cada telefonema para você, de acordo com minha conta telefônica, era antecedido por um telefonema desesperado para Sylvère em Nova York. Esses telefonemas tiveram durações de seis, dezenove, um, e meio minuto. À 1h45 (22h45 para você), tentei de novo. Dessa vez sua linha estava ocupada. Sentei em frente à minha escrivaninha e fumei compulsivamente por vinte minutos. E quando disquei seu número outra vez, às 2h05, tocou e você atendeu, finalmente consegui falar com você.

12. Num conto de ficção científica de cujo título e autor não me recordo, um grupo que se organiza em torno de sentimentos utópicos sanciona e santifica o sexo grupal, descrevendo os elementos do sexo como Dádivas dos Alienígenas... "a dádiva do toque", "a dádiva do sussurro". Estou convencida de que recebei de você "a dádiva da escrita".

13. Os esquizofrênicos têm um talento para atingir a mente dos outros. Uma corrente direta flui sem linguagem falada. Como o robô de *Guerra nas estrelas* que consegue destravar qualquer código apenas acessando uma máquina, os esquizofrênicos conseguem localizar uma pessoa instantaneamente: seus pensamentos e desejos, suas fraquezas e expectativas. Aliás, "local" e "localizar" não são palavras um tanto esquizofrênicas? "De repente, o esquizofrênico [...] sai falando sobre detalhes incríveis da sua vida privada, coisas que você nunca imaginava que alguém pudesse saber, e ele lhe diz, das mais abruptas maneiras, verdades que você acreditava serem absolutamente secretas", disse Félix numa entrevista com Caroline

Laure e Vittorio Marchetti (*Caosophy*). Os esquizofrênicos não vivem fechados em si. No que diz respeito às associações, são hiperativos. O mundo fica cremoso como uma biblioteca. E os esquizofrênicos são os mais generosos acadêmicos, pois estão emocionalmente *presentes aqui mesmo*, não se limitam a formular e observar. Estão dispostos a se tornar a expectativa da pessoa localizada. "O esquizofrênico tem acesso fulminante a você", continuou Félix. "Ele internaliza todas as ligações existentes entre você e ele, tornando-as parte de seu sistema subjetivo." Isso é empatia à última potência: o esquizofrênico se torna um vidente, e então concretiza essa visão através do seu devir. Mas em que ponto a empatia se transforma em dissolução?

14. Quando minha conta telefônica chegou em maio, me surpreendi ao ver que naquela noite — a noite de 21 de abril, a noite da nossa conversa derradeira — conversamos por oitenta minutos. Não pareceram nem vinte.

15. Ninguém, e menos ainda os esquizofrênicos, entre aqueles que são os melhores nisso, conseguem viver para sempre nesse estado elevado de receptividade refletiva. Como essa empatia é involuntária, ela gera terror. É uma perda de controle, uma vazão. É um tornar-se outro alguém, ou pior: tornar-se nada além de um campo vibratório entre duas pessoas.

"E quem é você?" A pergunta de Brion Gysin, feita para ridicularizar a autenticidade da autoria ("Desde quando palavras pertencem a alguém? 'Suas próprias palavras', sei. E quem é você?"), vai ficando mais assustadora quanto mais se pensa nela. Em Minneapolis, quando tive um colapso de doença de Crohn depois de compreender que Sylvère não me amava, fiquei deitada no sofá de um estranho, febril e me retorcendo de dor, tendo alucinações com um rosto atrás do meu rosto no meio de um turbilhão de partículas. Antes de enfiarem os tubos no meu nariz, eu soube que "eu" "não estava" "em lugar nenhum".

16. Ligar para você aquela noite foi uma tortura com a qual eu havia me comprometido. "Preciso que você saiba", falei, "como me senti no fim de semana passado, em Los Angeles, depois de te ver." (Dez dias haviam passado e meu corpo continuava travado da doença.) "Se não puder te dizer isso, não terei outra escolha a não ser te odiar no meu coração, e talvez em público." Você disse: "Estou farto da sua chantagem emocional".

Mas fui em frente e te contei que, ao voltar para Nova York naquela quarta, 12 de abril, eu estava com três tipos diferentes de erupção: uma erupção que fez meus olhos fecharem de tão inchados, uma erupção que atravessava meu rosto inteiro e uma outra erupção no corpo todo. Você disse: "Não sou responsável por isso".

Durante o voo de terça à noite, de algum modo consegui exorcizar a dor de estômago que tinha começado na noite anterior em Los Angeles, na noite em que liguei para dizer adeus, como você havia pedido. Andando em círculos no espaço diminuto atrás da cabine, gritando com Sylvère no Airphone enquanto o avião sobrevoava Denver, eu havia erguido uma barricada contra mais um surto da doença de Crohn, mas o corpo somático não aceita recusas, ele é como uma rodovia. Se você acrescenta uma pista de tráfego, ela também vai encher. Na manhã de quarta, sucumbi com erupções, lágrimas, candidíase e cistite. Uma moléstia difusa o bastante para que o dr. Blum me prescrevesse cinco medicamentos diferentes. Comprei os remédios e fui para o Norte de carro. E agora era uma Sexta-Feira Santa nublada.

17. Já que uma identificação tão completa com outra pessoa só é possível mediante um abandono de si, o esquizofrênico entra em pânico e recua abruptamente dessas conexões. *Connect and cut.* Connecticut. Os esquizofrênicos ultrapassam os parâmetros da linguagem e penetram no reino da pura coincidência. Liberto da lógica representativa, o tempo se espalha

em todas as direções. "Pense na linguagem como uma cadeia significante" (Lacan). Sem o mapa da linguagem, você não está em lugar nenhum.

"Mesmo que tudo que houve entre nós esteja oitenta por cento dentro da minha cabeça", eu te disse, "vinte por cento precisam ter vindo de você." Você discordou; insistiu que tudo que houve entre nós foi invenção minha. Fiquei pensando se isso é possível. É verdade que a idolatria é uma psicose maquinada. Mas o que houve entre nós foi singular e privado. E ao final de oitenta minutos, a conversa deu uma volta. Você escutou; você foi gentil. Você começou a falar em porcentagens. Esquizofrenia é metafísica bruta. O esquizofrênico deixa o corpo, transcende a si mesmo, fora de qualquer sistema de crenças. A liberdade equivale ao pânico porque sem crença não há linguagem. Quando você é consumido pela empatia, o único caminho de volta é um desligamento total.

E quando a empatia se transforma em dissolução?

18. Na quarta-feira, 5 de abril, saí de Nova York para "dar uma semana de aula" no Art Center de Los Angeles, na esperança de te ver. Passei o inverno e a primavera indo e vindo entre a pobreza rural do Norte do estado de Nova York, a Avenue D em Nova York e Pasadena. Naquela tarde de quarta-feira, peguei um táxi para o JFK, fiz *upgrade* da minha passagem no Lounge do Admiral's Club, peguei o voo das cinco e cheguei às oito em Los Angeles. Aluguei um carro e dirigi até um motel em Pasadena. Toda a minha situação existencial-financeira era esquizofrênica, se aceitássemos os termos de Félix: a esquizofrenia como paradigma das contradições internalizadas do capitalismo tardio. Eu não estava viajando como Chris Kraus. Estava viajando como esposa de Sylvère Lotringer. "Você pode ser corajosa", você me disse naquele fim de semana, "mas não é sábia." Mas, Dick, se sabedoria é silêncio, está na hora de fazer papel de boba...

Naquela noite, me perdi na 405 e de repente estava dirigindo rumo à sua casa em Piru. Dei a volta e cortei caminho pela 101 até Pasadena. Não precisava comparecer à faculdade antes de sexta, mas cheguei na noite de quarta porque achava que isso aumentaria as chances de te ver. Além disso, tinha sido convidada na quarta para a festa de aniversário de quarenta anos do meu amigo Ray Johannson.

Às dez da noite, peguei um quarto no Vagabond Motel em Colorado. Preparei um banho, desfiz a mala e telefonei para você. Seu telefone tocou oito vezes e ninguém atendeu. Lavei e arrumei os cabelos, e então telefonei de novo. Dessa vez sua secretária eletrônica estava acionada. Não deixei mensagem. Fumei um cigarro e fiquei pensando no que vestir para a festa de Ray. Sabiamente, não optei pela jaqueta emborrachada dourada da Kanae & Onyx. Mas depois de me vestir (camisa de chiffon preta, calças militares inglesas, jaqueta de couro preta), me vi em outro impasse. Se deixasse uma mensagem na sua secretária, não poderia telefonar de novo. Não, eu precisava conversar com você diretamente. Mas fazia sentido deixar de ir à festa de Ray para ficar sentada ao lado do telefone? Por fim, decidi aguardar até as dez e meia. Se você não estivesse em casa, eu sairia e ligaria de novo pela manhã. Às 22h35, liguei mais uma vez. Você atendeu.

"A experiência vivida", disse Félix Guattari em *Chaosophy*,

não tem a ver com qualidades sensíveis. Tem a ver com intensificação. "Eu sinto isso" significa que algo acontece dentro de mim. Acontece o tempo todo com os esquizofrênicos. Quando um esquizofrênico diz "sinto que estou me tornando Deus", é como se ele estivesse ultrapassando um limiar de intensidade com seu próprio corpo [...] O corpo do esquizofrênico é uma espécie de ovo. É um corpo catatônico.

Você não pareceu surpreso quando eu disse que estava ligando de Los Angeles. Ou talvez tenha soado evasivo. No começo sua voz estava fria, distante, mas depois ela amansou. Você disse que não estava podendo falar muito... Mas quando falou, falou. Não lembro de qual conferência em qual país europeu você tinha acabado de voltar. Você disse que estava exausto e deprimido. Duas noites antes, você havia escapado por pouco de ser pego dirigindo bêbado na Route 126 e decidira parar de beber. "Nunca me senti tão lúcido quanto agora", você disse, depois de 36 horas de sobriedade. Meu coração bombeava ondas de remorso até meus dedos. Agarrei o fone com força, me arrependendo de todo aquele projeto esquizofrênico que havia iniciado no momento em que te conheci. "Nunca tinha sido alvo de um *stalker* antes", você disse em fevereiro. Mas aquilo era *stalking*? Amar você foi como tomar uma droga da verdade, porque você sabia tudo. Você me fez pensar que podia ser possível reconstruir uma vida, pois você havia deixado a sua para trás. Se eu pudesse te amar conscientemente, tomar uma experiência que era tão completamente feminina e submetê-la a um sistema analítico abstrato, então talvez eu tivesse a chance de compreender algo e seguir vivendo.

"Nunca pedi isso!", você disse. E naquele momento, ao telefone, senti vergonha. Minha vontade havia atropelado todos os seus desejos, sua fragilidade. Ao amá-lo dessa maneira, eu tinha violado todos os seus limites, magoado você.

Então você me perguntou como eu estava. Sua maneira de fazer perguntas sociais rotineiras me faz pensar em Ruffo; está muito além de uma escuta ordinária. É como se você realmente quisesse saber. Sua atitude atenciosa e imune ao choque torna possível dizer qualquer coisa. "Estou realmente bem", falei. Mas queria que você soubesse todo o bem que me fizera. "É como se — eu finalmente tivesse saído de dentro da minha cabeça — não acho que voltarei atrás", falei. Três dias antes, eu tinha anotado no meu caderno: "Desde que conheci D. meus olhos foram parar na caixa torácica. Meu corpo se transformou em vidro líquido e todas as partes se encaixam...". E citando Alice Notley, que cita Donne: "Nenhuma mulher é uma ilha".

E de novo, remorso. Queria que você entendesse que eu nunca usaria minha escrita para te "expor". "Olha só", falei. "Vou mudar os nomes, as datas, os locais. Será uma narrativa no passado a respeito de um amor caubói. Vou chamar você de 'Derek Rafferty' em vez de Dick."

Você não pareceu animado. Havia alguma chance de redimir aquilo, aquela situação?

(Um mês antes, eu havia te enviado o primeiro rascunho de um conto chamado "A exegese". Na página 1 havia uma frase: "'Você está tão molhada', Dick ____ havia dito, consultando o relógio...". Você ficou possesso. "Mas é o meu NOME!", você urrou no telefone. E então você havia me contado que, ao escrever seu primeiro livro, fez tudo que pôde para proteger as pessoas sobre as quais escrevia, ocultando suas identidades. "E aquelas eram pessoas que eu *amava*", você disse. "Você nem me conhece.")

O que eu sentia por você era tão forte que eu precisava encontrar uma maneira de fazer o amor soar desprendido. Assim, mesmo que eu tivesse viajado até ali só com essa esperança, se ver você era algo que te faria mal, eu não veria. Era abril, a temporada das laranjas-sanguíneas, a emoção corria como o riacho nos fundos da minha casa no Norte, descongelando turbulenta. Pensei em como as pessoas ficam frágeis quando se privam de qualquer coisa, em com se tornam gemas sangrentas protegidas por uma casca finíssima.

"E então...", você disse. "Queria me ver?"

E dessa vez (se a moralidade consiste em reprimir o que se deseja em favor do que se considera correto) respondi moralmente: "Acho que a pergunta mais correta seria: você tem vontade de me ver? Porque se não é um bom momento pra você, acho melhor deixarmos pra lá".

Mas aí você disse: "Ah, só preciso conferir minha agenda nos próximos dias".

Você disse: "Pode me ligar de novo amanhã, mais ou menos nessa hora?".

Eram 22h52. Eu segurava o fone com tanta força que minha mão estava úmida.

19. *O amor me levou a um ponto*
em que agora vivo mal
pois estou morrendo de desejo
logo não posso ter pena de mim
e...

20. Eu segurava o fone com tanta força que minha mão estava úmida. Estava sentada na beira da cama de casal do quarto de motel. A lâmpada de cabeceira se refletia na janelas, observando o quarto.

Quando finalmente cheguei a Silverlake, às 23h45, a festa de Ray já estava se dispersando. Ray me apresentou a Michelle Di Blasi, uma escritora e cineasta que era sensação em Nova York no começo dos anos 80. Onde estavam eles agora? (Um dos hábitos de conversação favoritos entre os que sobreviveram, vislumbres de ex-famosos trabalhando de atendentes, revirando lixeiras...) Mas Michelle parecia ótima, e naquela mesma tarde, no avião, eu tinha lido um dos seus contos recentes. Era o tipo de conto que agrada a todo mundo, sobre uma garota durona que se torna uma versão melhor de si depois de descobrir sua vulnerabilidade. Era o tipo de conto que agrada a todo mundo porque seu universo se desenrola na história de uma só pessoa. Era o tipo de conto (ouso dizer?) que se espera que as mulheres escrevam porque todas as suas verdades estão baseadas numa única mentira: a negação do caos. Michele era legal: inteligente e acessível, radiante e charmosa.

A festa estava esvaziando. Ray Johannson se sentou para tomar uma cerveja comigo e começou a criticar o que escrevo.

Disse que a "falha" de todos esses textos que estou escrevendo é que eles se dirigem a você. Eu deveria aprender a ser mais "independente". Todos se decepcionaram com a ausência de Amanda Plummer, mas conheci a irmã de outra pessoa famosa.

21. Em janeiro passado, quando Sylvère e eu jantamos na sua casa e te entreguei um xerox das minhas primeiras cento e vinte cartas, você disse "Estou pasmo". Os outros convidados já tinham ido para casa e estávamos sentados à sua mesa bebendo vodca. O copo se espatifou quando você serviu uma dose a Sylvère. Nós três combinamos de tomar café no dia seguinte no Five Corners Diner, em Antelope Valley.

Quando Sylvère e eu chegamos, você já estava lá sentado, eram nove horas de uma manhã sombria pra cacete. O casaco impermeável surrado que você vestia me lembrou de um disco que você pusera para tocar na noite anterior, *The Greatest Hits of Leonard Cohen*. É geometricamente impossível distribuir um grupo de três pessoas em outra coisa que não seja uma linha reta ou um triângulo. Sylvère sentou ao seu lado, eu em frente. A conversa dava voltas nervosas em si mesma. Sylvère era esquivo, você era enigmático. Mal consegui comer meu mingau de aveia. Até que, enfim, você ajustou bem o foco, olhou para mim e perguntou "Você ainda é anoréxica?". Uma alusão à minha segunda carta. "Na verdade, não", objetei, esperando que você continuasse perguntando. Mas você não perguntou mais nada, então desembuchei: "Você leu? Você leu mesmo minhas cartas?".

"Ah, passei os olhos por elas", você disse. "Hoje cedo, sozinho no meu quarto. Com essa chuva toda, tinha muito de filme noir..."

Fiquei pensando no que você quis dizer (não perguntei), mas agora estou na mesma: me deslocando sozinha pela noite urbana do dia 5 de abril, entre o aeroporto e o carro alugado, entre o carro e o motel... pontos fixos numa grade flutuante. O telefone do motel, o cinzeiro. O uniforme cretino de Heidi-na-Bavária usado pelas garçonetes da festa no restaurante, um show de horrores tirolês, os restos de comida, as conversas. As tentativas idiotas de estabelecer uma afinidade entre mulheres com Michelle Di Blasi, tagarelando sobre os problemas que enfrentei com meu filme. CORTA-CORTA-CORTA. Robbe-Grillet encontra Marguerite Duras e de repente você não está em lugar nenhum. O *Singing Detective* de Dennis Potter sai tropeçando de um bar no subsolo em algum momento dos anos 70, vira a esquina e anda por uma Londres em tempo de guerra. *Paint It Black, Noir.* O tempo é um envelope com lacre aberto e o crime é uma metáfora para a angústia, sinfonias privadas de intensidade explodindo no escuro.

22. Não é de surpreender, é claro, que Félix Guattari fale sobre amor e esquizofrenia ao mesmo tempo. Aqui está um trecho que encontrei três semanas atrás, quando comecei a escrever isso, e agora estamos em agosto e não consigo encontrar a citação, e de todo modo a tradução é minha, ou seja, é um cruzamento entre o que ele escreveu e o que eu queria que ele dissesse:

"É assim: alguém se apaixona, e de repente, num universo que estava fechado, tudo parece possível. O amor e o sexo são meios de semiotizar a mutação."

Discordo, ou pelo menos acho que discordo, da parte sobre "semiotizar" (Caro Dick, Caro Marshall, Caro Sylvère, o que é semiótica?). Tanto o amor quanto o sexo causam mutações, assim como penso que o desejo não é uma falta, e sim um excedente de energia — uma claustrofobia por baixo da sua pele.

Félix continua: "Sistemas nunca antes imaginados se desdobram em um mundo que estava vazio. Novas possibilidades de liberdade se revelam. Nada disso, é claro, jamais está garantido".

E agora ESTÁ FICANDO MUITO TARDE. Já é agosto, e desde 6 de julho, quando comecei a escrever isso, permaneço num estado alterado, perdi cinco quilos etc.

Hoje cedo, quando saí para caminhar, pensei numa palestra que darei no próximo outono (fui convidada para ir à sua faculdade) sobre poética. Quero mostrar um vídeo que editei dois anos atrás para o enterro de Jim Brodey. Jim era um poeta nova-iorquino entre-aspas-menor que morreu de aids depois de morar nas ruas. Na fita, ele fala sobre Lew Welch, um poeta entre-aspas-menor de San Francisco que teria bebido até morrer caso não tivesse cometido suicídio antes, nos anos 70. Quero entregar cópias do ensaio brilhante de Alice Notley, "As herdeiras do dr. William", onde ela constata que poetas mulheres como ela, que exteriorizam e distorcem a vida íntima cotidiana, quase não têm ancestrais mulheres. A crítica Kathleen Fraser achava que não ter inventado algumas fazia de Alice uma má feminista. Alice Notley provou que é possível escrever poemas em qualquer circunstância; Kathleen Fraser é uma acadêmica. "Nenhuma mulher é uma ilha", ah... A mensagem é ESTÁ FICANDO MUITO TARDE. Agradeça por estar numa faculdade de artes californiana, mas não esqueça que essa vida envolve acomodações e contradições, pois quem se recusa a isso acaba morrendo como um cachorro.

Preciso achar uma maneira de terminar isso, de chegar ao ponto.

23. Não fiquei tão surpresa assim de encontrar sua secretária eletrônica na noite de quinta, quando liguei de volta (6 de abril, 22h45), como você havia me pedido, quase 24 horas depois.

Desejo, claustrofobia. Se eu deixasse uma mensagem, teria de esperar no quarto de motel, sem saber se você ligaria de volta. Então desliguei, fumei um pouco de maconha e fui para a rua. O fumo era bem forte, e comecei a ter flashes de vinte anos atrás (eu sei, eu sei). Me lembrei de como era ter vinte anos, saturada de sentimentos e sensações, procurando palavras em vão. E agora eu tinha muitas e muitas palavras para falar sobre *Douglas Weir* e Ian Martinson, Angola, China, rock 'n' roll — a cultura hospedeira, masculina. Minha esquizofrenia. Será que essa carta é toda sobre o passado? Não, ela é sobre intensidade. R. D. Laing nunca entendeu que "o self dividido" é a subjetividade feminina. Escrevendo sobre uma "garota esquizofrênica" de 26 anos, ambiciosa e instruída, nos suburbanos anos 50: "[...] a paciente contrasta repetidas vezes seu verdadeiro self com seu falso self ajustado às normas". Não me diga.

Naquela noite, fiquei sentada num meio-fio da sonolenta Pasadena, chapada e com a cabeça girando, tomando notas sobre os bangalôs.

Mais tarde, deixei a seguinte mensagem na sua secretária eletrônica: "Oi, é a Chris. Ligando de volta só pra saber se você ainda quer marcar um encontro. Se o momento é inconveniente, basta dizer. Estarei na cidade até amanhã às nove da manhã". A normalidade dessa mensagem soava completamente surreal.

A filósofa Luce Irigaray acredita que não há um "eu" feminino na linguagem (patriarcal) existente. Certa vez, ela o provou ao cair em pranto no meio de uma conferência sobre Saussure na Universidade de Columbia.

24. De acordo com Charles Olsen, a melhor poesia é uma tipo de esquizofrenia. O poema não "expressa" os pensamentos ou sentimentos do poeta. Ele é "uma transferência de energia entre o poeta e o leitor".

25. Na manhã seguinte — sexta, 7 de abril — você respondeu à minha ligação.

26. Eram oito e meia da manhã. Uma canção do Violent Femmes, "Add It Up", estava tocando alto numa fita cassete barata, e eu me aprontava para ir à faculdade. "Olá, Chris", você disse, "é o Dick." Sua pronúncia soava tensa e amargurada. Era a primeira vez que eu ouvia você dizer meu nome, e também o seu. "Olha só", você disse. "O lance é que eu tenho um compromisso prévio marcado hoje à noite. Que tal se fosse no fim de semana? Por que não me liga amanhã de manhã, mais ou menos a essa hora?"

Um tsunami quebrou dentro do meu corpo. O telefone se transformou num instrumento esquizofrênico, o "portanto" posicionado entre nós dois, dois *non sequiturs*. Eu precisava assumir o controle.

"Não!", falei, para em seguida conter a violência. "Só fico aqui até terça e tenho outras coisas para fazer. Se vamos nos ver, é melhor deixar marcado agora mesmo."

Você sugeriu que fôssemos almoçar no dia seguinte.

27. David Rattray era um junkie norte-americano de 26 anos quando começou a traduzir Antonin Artaud. Ele tinha lido Artaud em francês na Dartmouth College, mas em 1957, morando sozinho em Paris, decidiu se tornar Artaud. Na velha Bibliothèque Nationale de Paris, o sistema de catalogação mantinha uma lista de todos os livros retirados por todos os leitores. Artaud estava apropriadamente morto havia pouco tempo. E a pesquisa acadêmica não é, afinal de contas, uma perseguição dos mortos feita por gente chapada ou medrosa demais para procurar isca viva? Naquele ano, David Rattray leu cada um dos livros retirados da biblioteca por Antonin Artaud.

Nessa tarde (12 de agosto), fui até a biblioteca da Occidental College. A temperatura era de uns 39 graus. Queria ver o famoso conto de Katherine Mansfield, "Na baía", que se passa em Wellington, na Nova Zelândia. Esperava que suas qualidades — o tempo suavemente congelado em tons de verde e azul — me ajudassem a escrever sobre nosso almoço em abril, naquele início de tarde de sábado. O terceiro piso da biblioteca estava fresco e vazio, e todos os livros de Katherine estavam à disposição. Entre eles, uma lindíssima edição da Knopf de *Êxtase e outras histórias*, a sexta reimpressão, publicada no ano em que ela morreu, 1923. Sua capa verde-escura, a tipografia metálica encorpada, cravada fundo nas páginas cremosas, e as contracapas vívidas em verde e laranja me levaram de volta a um tempo em que os livros eram amigos. Me sentei no meio das pilhas e comecei a folheá-lo. As páginas eram íntimas, deliciosas e convidativas como pele venusiana.

Retirei *Êxtase* e outro volume dos *Contos completos* de Katherine em torno das três da tarde. Precisava tentar comer alguma coisa, então dirigi até a 50th com a Figueroa, onde fica um restaurante de estuque verde e laranja, o Chico's Mexican Taquitos. Enquanto esperava minha sopa, abri *Êxtase* aleatoriamente na página 71, na abertura de um conto chamado "Je Ne Parle Pas Français". Os dois únicos outros clientes do Chico's eram dois caras chamados Vito e Jose, magros como eu, ambos recém-saídos da "reabilitação" (quatro dias de abstinência sob tranquilizantes) num hospital público nos arredores. Uma mulher sentada e lendo sozinha será sempre um receptáculo para a lenga-lenga dos transeuntes. Vito veio sentar-se ao meu lado. "Heroína é tããão bom", disse. "Mas o lance é que faz muito mal." Agora que estava limpo, pensava em tentar a sorte em Laughlin. Tinha ouvido falar que sobravam bons empregos nos cassinos. Guardaria dinheiro para tentar se reunir à esposa e à filha pequena. "Não sei por que gosto tanto desse pequeno café. É sujo, triste." A página 71 de *Êxtase* mostra Katherine sentada sozinha à tarde num café francês, enquanto a Primeira Guerra chegava ao fim.

"Não fale tanto", Jose disse a Vito. Eu estava sentada como uma professora de escola, cercada dos meus livros de biblioteca, dando conselhos sobre largar a droga. Quando foi embora, Vito disse "Deus abençoe". E naquele momento fui inundada de amor por Katherine, cujas cartas daquela época (Paris, primavera, 1918) tinham sido suprimidas pelo marido depois da morte dela, pois eram "dolorosas demais".

"Não acredito na alma humana, acredito que as pessoas são como palavras-valise", ela escreve na abertura desse conto, como se alguém estive interessado. "*Êxtase* era tão brilhante…", escreveu Virginia Woolf, amiga de Katherine, para Janet Case, "[…] e tão difícil, e tão raso, e tão sentimental que tive de correr até a estante e pegar algo para beber."

Katherine, Rainha da Escola de Escrita da Caixa de Biscoitos, a intrépida garota colonial, determinada a viver em Londres, embora os cheques enviados pelo seu pai diretor de banco em Wellington, Nova Zelândia, não lhe servissem para muita coisa. Wellington, a capital da Nova Zelândia, era uma cidade de estradas de chão e cavalos. Os homens escreviam verso heroico sobre a terra. Mas lá estava ela, em Paris: 28 anos, sozinha, tuberculosa, tendo as primeiras hemorragias; disposta a encarar sua própria tentativa de estar "certa" e dizer as coisas mais definitivas.

Katherine, que escrevia palavras como Vida com inicial maiúscula e abordava temas como amor e ruibarbo, favorecida por D. H. Lawrence e vários outros homens porque era sincera e bonita. Katherine, a cadete espacial utópica, cujo projeto literário consistia em capturar os estados elevados do sentimento adolescente ("êxtase"). Katherine, que fez todos os esforços possíveis em Londres para ser amiga de Virginia Woolf, que a odiava, porque Katherine era o tipo de boba-ingênua que os homens da literatura adoravam e defendiam em oposição a ela.

"Meu Deus, adoro pensar em você, Virginia", Katherine escreveu em 1917, "como minha amiga... temos a mesma ocupação, e é realmente muito curioso & excitante que estejamos buscando coisas tão parecidas...", embora mais tarde ela tenha escrito para John Murray que achava a literatura de Virginia "intelectualmente esnobe, longa e cansativa". Em 1911, seu primeiro ano em Londres, Katherine posou pouco à vontade para um retrato. Sobrancelhas grossas, nariz pontudo, pescoço esticado para a frente... nessa foto ela não era uma garota bonita. Sua vida naquela cidade era um grande gesto de bravura, sua impetuosidade, "poros e vapores" que (de acordo com Virginia Woolf) "enojam ou desnorteiam a maioria de nossos amigos".

Apesar disso, sete anos após a morte de Katherine, Virginia admitiu que ainda sonhava com ela, que Katherine possuía uma qualidade que ela "adorava e necessitava", de modo que ela também a amava, de certa maneira. Nessa tarde, pensar em Katherine tentando ser uma pessoa "certa" em Londres me deixa toda apegada, e isso não é tudo, Dick:

Não importa onde você vá, alguém já esteve ali antes.

Porque, assim como eu, Katherine Mansfield amava Dick. Na página 85 de "Je Ne Parle Pas Français", ela escreve:

"Era impossível não reparar em Dick. Que bom partido! Ele era o *único inglês presente* (itálico meu), reservado e sério, fazendo um estudo especial da literatura, e em vez de circular com graça pelo salão ele ficava parado no mesmo lugar, encostado na parede, com aquele meio sorriso sonhador nos lábios e respondendo com sua voz baixa e suave quando alguém se dirigia a ele."

Mas, ao contrário de você, esse Dick não tinha "compromissos prévios". Logo de cara, ele convidou Katherine para jantar. E eles passaram a noite no hotel dele,

Conversando — não apenas sobre literatura. Descobri, para meu alívio, que eu não precisava seguir a tendência do romance moderno [...] Aqui e ali, como se fosse por acidente, eu jogava uma carta que parecia não ter relação nenhuma com o jogo, apenas para ver como ele reagiria. Mas ele sempre pegava a carta com as mãos, *com seu olhar sonhador* (ênfase minha) e seu sorriso intactos. Talvez ele murmurasse: "Isso é curioso". Mas não como se realmente fosse.

Dick foi o ouvinte esquizofrênico perfeito de Katherine. Como escreveu Géza Róheim, Dick apresentava essa empatia sonhadora porque "uma ausência das fronteiras do ego o impossibilita de pôr limites no processo de identificação". E Katherine pirou:

"A aceitação serena de Dick finalmente me subiu à cabeça. Ela me fascinava. Aquilo foi me levando, me levando, até que lhe entreguei todas as minhas cartas e fiquei parada, olhando enquanto ele as arrumava entre as mãos."

A essa altura, os dois estavam muito bêbados. Dick não julgou. Disse apenas "Muito interessante". E ela ficou embasbacada,

[...] sem fôlego ao pensar no que eu fizera. Eu tinha mostrado a alguém os dois lados da minha vida. Contei-lhe tudo da maneira mais sincera e verdadeira que pude. Havia feito um esforço imenso para explicar coisas sobre minha vida submersa que eram realmente repulsivas e jamais poderiam ver a luz do dia.

Já falamos o suficiente sobre o fenômeno esquizofrênico da coincidência?

Na semana passada, na faculdade, Pam Strugar quis saber por que todas as garotas brilhantes morrem. Tanto Katherine Mansfield quanto a filósofa Simone Weil viveram vidas de fervorosa intensidade. As duas morreram sozinhas de inanição tuberculosa em quartos anexos a duvidosos "institutos", sonhando nos seus cadernos com a felicidade e o conforto da infância, aos 34 anos.

Fiquei tão comovida que meus olhos se encheram de lágrimas.

=====

Fazia semanas que eles falavam sobre Butterfly Creek. "Vamos para But-ter-fly Creek!", entoou Eric Johnson, imitando o barítono empolado do seu pai, o reverendo Cyril Johnson.

Durante todo o mês de janeiro, o calor bateu recordes em Wellington. Dias miraculosamente parados e sem nuvens, com o sol chamejando nos carros estacionados na Taranaki Street. Naquele janeiro, todos os locais de trabalho fecharam às três da tarde. Bandos de balconistas e datilógrafos tomaram as areias em meia-lua da praia de Oriental Bay.

Mais acima na Terrace, com vista para a Willis Street, até as paredes de pedra bruta rebocadas e as janelas de cristal de chumbo da casa vicarial não podiam proteger contra o calor.

Mas o vigário e sua esposa, Vita-Fleur, que tinha emigrado para cá da Inglaterra depois de Cyril concluir a universidade e o seminário, estavam preparados para essa eventualidade colonial. Durante o verão inteiro, Vita-Fleur preparou gengibirra para os filhos. A receita havia sido ensinada pela sua mãe, uma esposa de missionário anglicano que havia passado dezesseis anos infernais em Barbados. Cinco grandes jarros de pedra cheios de gengibirra ficavam na horta de frente para a Terrace: suprimento suficiente para verões neozelandeses em igual número. Mãe de Laura, Eric, Josephine e Isabel, Vita-Fleur era uma mulher grande, de trajes conservadores e peito avantajado, que havia se casado bem. Nada de percorrer o globo em colônias cheias de gente morena. Cyril era sisudo e brilhante, e todo mundo sabia que ele acabaria sendo bispo. E a missão de Vita-Fleur era ser um bom exemplo de mulher do lar na St. Stephens's, a maior igreja anglicana de Wellington. Wellington é a capital da Nova Zelândia. A Nova Zelândia é o centro cultural do Círculo do Pacífico. Portanto, Vita-Fleur era modelo de comportamento para ao menos um terço do mundo.

Deus das Nações
A nossos pés
Nesses laços de amor nos encontramos
Ouçam nossas vozes, rogamos
Deus defenda a Nova Zelândia

(Todos em pé, sem chapéu, para cantar o hino nacional às oito da noite de sábado no cinema Paramount da Courtney Place. Chocolates Jaffa rolando pelos corredores... Como o Paramount exibe filmes "populares", a plateia com frequência está cheia de maoris...)

Eram duas da tarde naquele domingo de janeiro na casa vicarial e os pratos já haviam sido retirados. Eric Johnson e Constance Green estavam sentados no chão, ao lado do banco sob a janela, tocando discos. Os dois eram adolescentes. Estavam discutindo os méritos do folk-rock inglês em comparação com o rock 'n' roll americano. Eric tocou Lydia Pence e Fairport Convention; Constance retrucou com Janis Joplin e Frank Zappa. A cada quinze minutos, os adultos (Cyril, Vita-Fleur e os pais de Constance, Louise e Jaspar Green) berravam das profundezas fartas das suas poltronas "BAIXEM O VOLUME DO DISCO!". As irmãs de Eric liam *Elle* e a *Vogue* inglesa nos seus quartos no andar superior, e Carla, a irmã mais nova de Constance, brincava no jardim externo. Chato-chato-chato. Se ainda havia uma promessa de vida naquela tarde de verão, era graças a Eric e Constance.

Os Green tinham acabado de chegar à Nova Zelândia em dezembro, tendo emigrado de um subúrbio de Connecticut que ficava cerca de trinta quilômetros a nordeste de Westport/Greenwich, o nirvana episcopal. O conhecimento geográfico dos Johnson não abrangia todas as diferenças contidas nos vinte quilômetros entre Bridgeport e Old Greenwich. Jaspar e Louise, dois anglófilos, ainda estavam empolgados com a mudança para Wellington, que comparada a Bridgeport era um epicentro da cultura de língua inglesa. Enquanto isso, Eric e Constance cercavam um ao outro como animais estranhos. Nenhum dos dois jamais tinha conhecido alguém como o outro.

Naquele verão, Eric estava permanentemente "de folga" da Escola de Moços de Wanganui. Ele tinha sido expulso. Depois de aguentar seis anos de torturas — surras dos monitores, colegas e até dos meninos mais novos, ser escolhido por último em todos os times, chorar nos banheiros —, a direção tinha decidido que Eric sofria de "falta de caráter". Ou seja, ele não usava suas características *queer* para negociar poder na hierarquia da Escola de Moços de Wanganui. Ele era um *queer* em turno integral. Sua mera aparência — cabelos loiros e revoltos, camisas de barra cinza, pálido e magro como uma Ofélia pré-rafaelita — era capaz de tumultuar a escola. "Reposicionado" (de

Wanganui de volta para Wellington, Nova Zelândia) aos dezessete anos, Eric queria ir direto para a universidade. Seus pais negaram. Ele "não estava pronto", socialmente falando. Insistiram que ele frequentasse o novo e recém-instituído sétimo termo, criado para futuros estudantes de matemática e ciências. Eric se rebelou. Desesperado, Cyril concordou em deixar Eric escolher qualquer escola em Wellington.

Aos catorze anos, Constance era uma maçaroca de minissaia laranja de poliéster, brincos de plástico e palavrões. Louise e Jaspar, na esperança de elevar sua precária autoestima, também decidiram deixar Constance escolher onde queria estudar. Ela ia entrar no sexto termo. A primeira revelação tida por Constance e Eric foi que ambos tinham se matriculado na Wellington Trades and Tech. Havia sido uma decisão feita em separado, com intenções perversas e para horror dos seus respectivos pais, de modo que eles se identificaram imediatamente, como era de se esperar.

Localizada nos limites da única favela da cidade, a Wellington Trades and Tech tinha um lema em latim imponente entalhado acima da porta: *Qui Servum Magnum*. Mas ninguém sabia ler aquilo, porque a escola já não ensinava latim havia pelo menos vinte anos. "Superiores São os que Servem." Bem, o futuro não era nenhum segredo: vidas inteiras passadas em oficinas mecânicas e escritórios de datilografia. Então todos aproveitavam ao máximo aqueles três anos finais de escola, se chapando e enfiando as mãos nas calças uns dos outros na aula de biologia e na sala de estudo.

Diferente dos seus pais, que se impressionaram com as credenciais dos Green em Connecticut, Eric sacou na mesma hora que as pretensões culturais de Constance eram somente de quinta categoria. Aquela Constance metida a valentona se tornou sua marionete, sua estátua de Pigmaleão. O primeiro objetivo deles era erradicar o sotaque americano horrendo dela e substituí-lo pela pronúncia instruída de Yorkshire que ele havia herdado do Papai. Eric dizia a Constance o que ler e o que ouvir. Às vezes eles repassavam cenas da vida pregressa de Constance para que Eric as editasse criteriosamente. Eric aprovava as transgressões políticas de Constance — ter sido suspensa da escola fundamental por ler Lenny Bruce e distribuir panfletos para os Panteras Negras. Mas todo o resto precisava ser deixado para trás — os furtos em lojas, as gangues de motocicleta e as chupadas, as prisões por posse de entorpecentes, as invasões. Era tudo vulgar demais.

Ao longo de todo o verão, Eric e Constance viveram aventuras fabulosas que se sucediam como páginas de um livro ilustrado de Enid Blyton. À noite eles iam para o Chez Paree. À tarde, pegavam o trólebus e passeavam pelas baías, escalando rochas vulcânicas para assistir ao pôr do sol. Certo dia, prepararam comida para um piquenique e foram fazer uma trilha nos morros que cercam Karaka Beach, cenário do famoso conto "Na baía", de Katherine Mansfield. Eric fez uma imitação perfeita da alter ego de Mansfield, Kezia, e eles riram tanto que nem notaram a chegada de um nevoeiro do mar de Tasman. Cyril em pessoa saiu de carro para ir procurá-los. Sua severidade das Terras Médias inglesas, com direito a tocha e parca impermeável, como o homem dos anúncios da Gorton's Fishcake, fez Eric e Constance trocarem socos nas costelas para conter o riso no longo trajeto de volta para casa. "*What a Dag!*" (gíria da Nova Zelândia para riso ou cocô de ovelha), Constance aprendeu a dizer. Eric tinha uma fotografia colorida de um casal hippie-cigano pedindo carona à margem de uma plantação de trigo, rasgada de uma das *Vogues* de Laura. E se fossem ele e Constance?

A voz de Cyril continuava lengalengando a favor da posição liberal da Diocese contra o apartheid, para murmúrios e acenos de aprovação gerais. "Vamos para Butterfly Creek!", Eric repetiu. "Você vai de carro até depois de Petone, vira à direita na Moonshine Road, passa pelo Gatil Eastbourne. Sabia que a dona é a ex-esposa de Alexander Trocchi? Ela se mudou de Londres para cá. Você estaciona nas colinas, e as primeiras duas horas de caminhada são no meio da vegetação nativa, um mato bem escuro e fechado. Daí você chega a uma clareira, na verdade um prado, e ali há um riacho e uma cachoeira. E borboletas até onde a vista alcança."

―――

Eles entraram mais fundo na mata, seguindo uma trilha estreita, sombreada por ciprestes-de-monterey e árvores *kowhai*. Eles tinham deixado para trás o prado e seu sol resplandecente. O solo estava frio e molhado. Quase nenhuma luz atravessava o vasto guarda-chuva das copas das samambaias. O garoto parou para recuperar o fôlego. Olhou para o céu através de uma brecha minúscula na folhagem verde-escura. E viu surgirem sinais maravilhosos.

―――

28. Seu "compromisso prévio" na noite de sexta, dia 7 de abril, no fim das contas também era meu. E a partir daqui as coisas vão ficando um pouco estranhas. Nosso "compromisso prévio" era a abertura de uma mostra de Charles Gaines/Jeffrey Vallance/ Eleanor Antin no Santa Monica Museum. A obra de Antin, uma instalação chamada *Minetta Lane: A Ghost Story*, tinha acabado de ser transferida até ali da Ronald Feldman Gallery no Soho. *A Ghost Story* era a obra que comentei com você em janeiro passado, quando escrevi "Toda carta é uma carta de amor". O texto que te mandei por Fedex em fevereiro antes de aparecer na sua porta em Antelope Valley. O texto que, caso você o tivesse lido antes de eu chegar, teria te ajudado a ser menos cruel.

Meu estômago se retorceu quando vi seu Thunderbird amarelo no estacionamento da Main Street. Cheguei mais perto do meu amigo e acompanhante Daniel Marlos enquanto atravessávamos a rua e entrávamos no pátio do museu. "Ele está aqui!", falei. "Ele está aqui." E dito e feito, lá estava você, conversando com um grupo de pessoas quando cruzei o salão para comprar uma bebida. Você também me viu — ergueu as mãos como se quisesse se proteger de uma ameaça. Depois me ignorou abertamente enquanto circulava pelo recinto.

A galeria balançava de um lado a outro como um barco embriagado. Me senti como Frederic Moreau chegando atrasado e sem ser convidado ao salão de elite de Monsieur Dambreuse em *A educação sentimental* de Flaubert — uma caça ao tesouro paranoica, incriminatória, com pistas plantadas em todos os cantos do recinto mareado. Para onde quer que eu olhasse, via você, desviando o olhar, mas vendo. Eu não conseguia me mexer.

A certa altura, resolvi ir falar com você. Não éramos inimigos, afinal. Tínhamos um encontro marcado no sábado. Esperei até que você estivesse acompanhado somente de outra pessoa, um jovem, um estudante. "Dick!", falei. "Olá!" Você deu um meio sorriso e acenou com a cabeça, esperando o que vinha a seguir. Não me apresentou ao seu amigo, ao seu marionete. Aguardou que eu iniciasse a conversa, então comecei a falar sobre a exposição. Ao perceber que isso não dava em nada, parei. "Bem", eu disse. "Nos vemos depois." "Sim", você disse. "Nos veremos muito em breve."

Naquela noite, seu Thunderbird sofreu uma batida na lateral e meu carro alugado foi guinchado. Coincidência Número Dois. A esquizofrenia é uma orgia delas, certo? Você ficou bêbado depois da abertura e passou a noite num motel.

===

29. Eric Johnson pegou um ônibus da Railways de Wellington até Ngaruwahia. Estamos em algum momento do início dos anos 80. Félix chamou essa época de "os Anos Invernais".

Eric está agora com 34 anos. Não tem conta no banco e está portando cerca de cinquenta dólares. Desesperados, depois de pedir conselhos, Vita-Fleur e Cyril finalmente cortam sua mesada. "Estou procurando trabalho braçal", Eric diz a qualquer um. Sua voz passa rasgando pelo peito vazio e pelo corpo castigado, e ele parece o fantasma do pai de Hamlet vagando nos brejos na tempestade de Rei Lear.

Katherine Mansfield desejava tanto viver numa cena da vida cotidiana que inventou um gênero baseado nela. Países pequenos são propícios para abrigar contos: fins de mundo nos quais, depois que se vai parar neles, pouco resta a fazer exceto observar a vida alheia. Eric carrega uma mochila de excedentes do exército, uma parca impermeável e um blusão de lã tricotado por Vita-Fleur. O restante das suas posses consiste num saco de dormir, um par de calças compridas de reserva, uma faca e um cantil. Depois de treze anos vagando, mais ou menos, Eric aprendeu alguns truques de sobrevivência. O ônibus para na rua principal do centro de Ngaruwahia.

"Jerusalém! Uma Terra Dourada!", foi como ele descreveu esse lugar, anos antes, para Constance. Ngaruwahia, com seu rio largo e morros ondulantes, era cenário de lendas maoris a respeito de ancestrais tão míticos quanto os deuses gregos. Um festival de rock tinha ocorrido ali havia quinze anos, e depois surgiu uma comunidade. Mas agora, às quatro da tarde, com nuvens de tempestade deslizando pelo céu do fim da primavera, Eric pragueja contra o tamanho do lugar. Caminha e caminha, passando por lojas de eletrodomésticos usados e hamburguerias sebosas. Eric tinha voltado "do estrangeiro". Tinha conseguido chegar até Sydney antes de desistir. Parece que nunca conseguiu sacar muito bem o que deveria fazer. Trabalho social? Aulas de cerâmica? Nunca conhecia as pessoas certas. Para cada afirmação havia uma centena de negações à espreita. Meio-que-estuprar Constance nos fundos da casa de campo de Bert Andrew, dois anos depois de saírem da escola, havia sido sua única investida na heterossexualidade. Apesar disso, ele não era *queer*. Isso ele tinha descoberto na Terapia Familiar. Vozes falavam; elas nunca lhe diziam o que fazer. Eric caminha dez quarteirões pela rua principal, chega aos limites da cidade, estica o polegar para pedir carona até a rua Vincent, segue caminhando. Pelo menos não está chovendo.

Uma semana antes, em Wellington, Eric tinha recebido uma visita confusa de Constance Green, que ele não via há oito anos. Constance, que vivia no East Village em Nova York, aproveitara uma das suas visitas-relâmpago para telefonar a Cyril Johnson, agora arcebispo da diocese de Auckland, e descobrir o paradeiro de Eric. Aquela Constance rasa e avoada, ainda a mesma maçaroca de opiniões e roupas descoladas, perguntou a Eric se poderia fazer um vídeo com ele. "Sobre o quê?", ele quis saber, cauteloso. "Ah, sabe, sobre *você*", ela disse. Ele recusou, fazendo uso da voz potente que se escondia por trás dos seus traços finos: "Por que eu ia querer que você zombasse de mim?". Isso a deteve na mesma hora. Talvez as distâncias entre eles não fossem assim tão interessantes.

=====

30. No sábado, 8 de abril, passamos uma tarde perfeita juntos. Você chegou ao motel perto do meio-dia, e eu estava um pouco abalada. Naquela manhã, em vez de ir à academia, fiquei no quarto escrevendo sobre Jennifer Harbury. Ela estava no noticiário durante aquele mês, depois de ter derrubado quase sozinha o governo militar da Guatemala. Jennifer, uma advogada norte-americana de esquerda, havia passado os últimos três anos exigindo que o exército guatemalteco exumasse o corpo do seu marido, um líder rebelde indígena desaparecido. A história de Jennifer era tão inspiradora... e eu estava feliz por

tê-la descoberto, ainda que minha única motivação para escrever sobre sua história fosse desviar um pouco minha atenção de você. Eu ficava pulando de Jennifer e Efraim para "Derek Rafferty" e eu. Você tinha ficado realmente horrorizado ao ver seu nome nos últimos dois textos, então pensei que, se pudesse escrever sobre como o amor pode mudar o mundo, talvez não precisasse escrever sobre você pessoalmente.

Você fode com ela uma só vez e já sai um livro a respeito, você ou outra pessoa qualquer poderiam dizer.

Eu estava me tornando você. Quando te expulsava dos meus pensamentos, você aparecia nos meus sonhos. Mas agora eu precisava provar que meu amor por você era verdadeiro me segurando e levando em conta o que você queria. Eu precisava ser responsiva e responsável... Eu expelia palavras e sintaxes que lembrava de ter lido no seu livro, *O ministério do medo*.

31 *Why can't I get just one screw*
    Why can't I get just one screw
    Believe me, I know what to do
    But something won't let me make love to you

    Why can't I get just one fuck
    Why can't I get just one fuck
    I guess it got something to do with luck
    But I waited my whole life for just one
    DAY... *

---

* Tradução livre: "Por que não descolo uma só trepada / Por que não descolo uma só trepada / Acredite, eu saberia o que fazer / Mas você não me deixa transar com você // Por que não descolo uma só foda / Por que não descolo uma só foda / Aposto que tem algo a ver com a sorte / Mas esperei a vida toda por só um/ DIA...". [N.T.]

32. Conversamos um pouco e bebemos suco de frutas. Você gostou da maneira como eu havia redecorado o quarto do motel. (Estava repleto de talismãs e obras de arte que ganhei dos meus amigos de Los Angeles, devido à minha suspeita justificada de que eu necessitava de um pouco de proteção.) Olhamos o desenho amarelo arranhado de Sabina Ott, a fotografia de Daniel Marlos mostrando pessoas com seus dildos de banana no meio do deserto. Você ficou intrigado com aquilo, com imagens de sexo que não eram heterossexuais, um pouco perturbado ao ver que cacetes podiam ser motivo de chacota. As fotos de Keith Richards e Jennifer Harbury — temas dessa história fajuta sobre meu amor caubói fictício por "Derek Rafferty" — coladas com fita adesiva na parede não passaram despercebidas. Conversamos um pouco mais e você me contou que havia me ignorado no dia anterior na abertura porque tudo estava ficando referencial demais. Eu compreendi. E então ficamos com fome ao mesmo tempo. Almoçamos num restaurante de comida afro-americana na rua Washington e eu te contei sobre o fracasso do meu filme. Você então confessou que nos últimos dois anos tinha parado de ler. Isso me cortou o coração. Em frente à sobreloja do restaurante, a tarde de sábado de East Pasadena fazia barulho. Você pagou a conta e fomos no meu carro alugado até a reserva natural acima da Lake Avenue.

"Vamos para But-ter-fly Creek!"

Caminhando na trilha de chão batido pela montanha ainda verdejante, tudo que ia ficando para trás se achatava. Você pareceu tão aberto. Me contou tudo a seu respeito aos doze anos de idade, um garoto sentado à beira de um campo esportivo em algum lugar das Terras Médias Inglesas, lendo histórias em latim a respeito de grandes imperadores e guerras. Você tinha encontrado seu lugar no mundo através da leitura, exatamente como meu marido. Me contou outras coisas sobre sua vida e as coisas que deixara para trás. Você estava tão infeliz.

Sedução emocional. O sol estava bem quente. Quando tirou a camisa, você parecia estar me convidando a tocar em você, mas me contive. Desejar responsavelmente. Você tinha uma pele muito branca e macia, uma pele de alienígena. "O Pacífico começa aqui", falei. A paisagem na encosta me lembrava a Nova Zelândia.

Run down catch'em at the top of the stairs
Can I mix in with your affairs
Share a smoke, make a joke
You gotta grasp and reach for a leg of hope

Words to memorize, words hypnotize
Words make my mouth an exercise
Words all fail the magic prize
*Nothing I can say when I'm in your thighs**

Não havia borboletas no morro em Pasadena. Chegando a uma clareira, porém, há uma cachoeira, e então eu disse o quanto te admirava, e você disse ou insinuou que isso que eu estava fazendo te ajudava a passar a limpo algumas coisas na sua vida. E tudo pareceu maleável como um galho de cipreste-de-monterey, frágil como um ovo.

33. No sol ofuscante do estacionamento do Vagabond Motel, você me perguntou se eu ligaria de novo antes de ir embora de Los Angeles. Talvez pudéssemos jantar. Nos abraçamos, e fui a primeira a me afastar.

---

* Tradução livre: "Corre lá pegue-os no alto da escada / Posso me meter nos seus assuntos / Dividir um cigarro, fazer uma piada / Você tem que se esticar todo por um naco de esperança // Palavras a memorizar, palavras hipnotizam / Palavras na minha boca viram um exercício / Palavras nunca garantem o prêmio mágico / Nada que eu possa dizer quando estou entre suas coxas". [N. T.]

34. Domingo, 9 de abril: Escrevendo no meu caderno depois de visitar Ray Johannson em Elysian Park: Êxtase.

35. E aí liguei para você segunda à noite. Eu tinha passagem marcada para ir embora às dez da noite de terça. "O esquizofrênico reage com violência a qualquer tentativa de influenciá-lo. Isso acontece porque a ausência de contornos para o ego o impossibilitam de estabelecer limites de identificação." (Róheim) O esquizofrênico é um Ciborgue sexy. Quando atendeu, você foi frio, irônico, ficou questionando o motivo da minha ligação. Eu transpirava ao desligar. Mas eu não podia deixar assim, precisava tentar melhorar.

Liguei de novo, pedi desculpas, "Eu... só senti vontade de perguntar por que você soou tão distante e defensivo."

"Ah", você disse. "Não sei. Fui defensivo? Eu só estava procurando uma coisa no meu quarto."

Visions of you vision of me
Things to do things to see
This's my way to cut it up
You better wait a minute honey
Better add it up*

Vomitei duas vezes antes de embarcar no avião.

36. Caro Dick,

Nenhuma mulher é uma ilha. Nos apaixonamos para ter a esperança de nos prendermos a alguém, para não cair,

Com amor,
Chris

---

* Tradução livre: "Visões de você visão de mim / Coisas pra fazer coisas pra ver / Esse é meu jeito de picotar / Melhor esperar um pouquinho querida / Melhor fazer a conta". [N.T.]

Dick responde

Chris terminou de escrever "Faça a conta" antes do fim de agosto. Na manhã seguinte, ela cortou a mão direita acidentalmente num caco de vidro. O corte deixou uma cicatriz saliente. Ela sabia que "Faça a conta" seria a última carta.

Chris remeteu a carta a Dick depois de sair do hospital. Ela queria uma resposta, e rápido, porque as coisas finalmente começavam a acontecer com seu filme e a partir de setembro ela estaria viajando. Talvez Dick nunca tivesse respondido às cartas somente porque ela havia fracassado em expressar seus sentimentos por ele de modo persuasivo. "Faça a conta" com certeza o convenceria. Ela ficou aguardando a chegada da carta, mas veio o Dia do Trabalho e Dick ainda não havia dado sinal por correio ou telefone.

De novo no papel de seu marido, Sylvère Lotringer interveio, telefonando para Dick e apelando à sua compaixão. "No mínimo você deve concordar que as cartas de Chris são um tipo novo de forma literária. São muito potentes." Dick hesitou.

No dia 4 de setembro, Chris viajou a Toronto para processar os negativos de *Gravity & Grace*. Alguns dias mais tarde, ao cair na cama às cinco da manhã, depois de assistir à cópia zero da película, Chris escreveu a Dick: "Esse é o dia mais feliz da minha vida". Ela nunca pôs essa carta no correio.

Ela deu uma passada breve em Los Angeles antes de partir para a estreia do seu filme no Independent Feature Market, em Nova York. Nenhum sinal de Dick ainda. Sylvère telefonou de novo, e dessa vez Dick prometeu que escreveria uma carta a Chris.

O Independent Feature Market era uma ciranda incessante de projeções, reuniões e coquetéis. *Gravity & Grace* só seria exibido no Quarto Dia. No primeiro dia do Market, Dick deixou uma mensagem para Chris, pedindo seu endereço. Ele gostaria de enviar sua carta por FedEx. No dia seguinte, Dick deixou outra mensagem para Chris dizendo que a pessoa hospedada na sua casa havia acidentalmente apagado sua resposta. "Dessa vez o instruí a não tocar na secretária eletrônica, ou seja, se ligar de novo, prometo que vou receber sua mensagem."

O FedEx de Dick chegou antes das dez da manhã no dia da projeção de Chris. Ela enfiou o pacote na bolsa e prometeu a si mesma não abri-lo. Mas, quando o táxi virou na Second Avenue, ela analisou a nota de remessa aérea, mudou de ideia e abriu um rasgo no pacote.

Dentro havia dois envelopes brancos. Um estava endereçado a ela; o outro, a seu marido, Sylvère Lotringer. Ela abriu o envelope endereçado a Sylvère primeiro.

19 de setembro

Caro Sylvère,

Aqui está o livro sobre estados alterados e transe sobre o qual falei. Georges Lapassade escreve em italiano e francês, e suspeito que esse livro também esteja disponível em francês. Todavia, não foi traduzido para o inglês. Veja o que acha. O outro e mais misterioso tratado sobre tarantulismo parece ter desaparecido por ora. Quando aparecer, se é que vai, mando para você.

Peço desculpas por ter me mantido tão firmemente incomunicável e por não me pronunciar antes a respeito desse e outros assuntos. Realmente não quis causar nenhum sofrimento desnecessário a você ou Chris. Grande parte do silêncio e do constrangimento entre nós está sem dúvida relacionado com o que ainda acredito ter sido um desdobramento indevido e indesejado da noite que passaram na minha casa no fim do ano passado, quando a previsão do tempo indicou que vocês talvez não conseguissem voltar para San Bernardino. Em retrospecto, sinto que não deveria ter deixado restar nenhum traço de ambiguidade na minha reação às cartas que você e Kris enviaram nos meses seguintes, em vez de ter optado por um silêncio perplexo. Só posso dizer que ser tomado como objeto de uma atenção tão obsessiva com base em dois encontros afáveis, mas não particularmente íntimos ou memoráveis, espalhados num período de anos foi, e ainda é, totalmente incompreensível para mim. De início, achei a situação desconcertante, e depois perturbadora, e meu maior arrependimento agora foi não ter encontrado a coragem, na época, de comunicar a você e Kris todo o desconforto que sentia enquanto era objeto involuntário daquilo que você me descreveu ao telefone, antes do Natal, como uma espécie de jogo bizarro.

Não sei como fica a conexão entre nós, agora que vocês receberam esse pacote. A amizade, a meu ver, é algo raro e delicado que se constrói ao longo do tempo e se baseia em confiança mútua, respeito mútuo, interesses recíprocos e compromissos compartilhados. É uma relação que, no fim das contas, é pelo menos vivida como se tivesse sido escolhida, e não aceita como um fato corriqueiro ou consumado. É algo que deve ser renegociado a cada etapa, e não exigido incondicionalmente. É possível que, nas presentes circunstâncias, pelo menos por enquanto, o dano sofrido por todas as partes seja elevado demais para o tipo de reaproximação negociada que seria necessária para restaurar a confiança em que prosperam as verdadeiras amizades. Dito isso, ainda tenho um respeito imenso pelo seu trabalho; ainda prezo sua companhia e sua conversa quando nos vemos, e acredito, assim como você, que Kris tem talento como escritora. Posso apenas reiterar o que já foi dito antes sempre que o tópico veio à tona nas minhas conversas com você ou Chris: que não compartilho da sua convicção de que meu direito à privacidade deva ser sacrificado em nome daquele talento.

Atenciosamente,
Dick

———

Uma estranha coincidência. Sylvère já tinha ouvido falar de Georges Lapassade (o sobrenome significa "caso amoroso" na gíria francesa). Na verdade, Sylvère conhecia Lapassade muito bem. No ano de 1957, em Paris, o mestre do transe Lapassade estava na Sorbonne praticando uma forma inicial de psicodrama. Entre os voluntários intrigados estava um estudante calouro chamado Sylvère Lotringer, que esperava abandonar os estudos no ano seguinte com o *mouvement* francês para liderar um kibutz sionista em Israel. Georges Lapassade ficou fascinado por aquele jovem ambicioso que não tinha ambições pessoais.

A retórica da terapia gira ao redor da crença nas escolhas pessoais. Até então, Sylvère nunca pensara ter escolha alguma. Georges Lapassade sugeriu a Sylvère o impensável: recusar-se a ir para Israel e abandonar o *mouvement* sionista. Sob orientação de Lapassade, Sylvère escreveu uma carta de renúncia formal para os companheiros que tinham sido sua família estendida desde seus doze anos. E assim ele nunca foi para Israel e permaneceu na faculdade.

O táxi estava se aproximando de Houston Street. Ansiosa, Chris abriu o envelope endereçado a ela e começou a ler. Era uma cópia da carta de Dick para Sylvère.

Ela perdeu o fôlego e ficou tentando respirar sob o peso daquilo, e então saiu do táxi e foi exibir seu filme.

Agradecimentos

Gostaria de agradecer às seguintes pessoas, que me ajudaram com incentivo e trocas de ideias: Romy Ashby, Jim Fletcher, Carol Irving, John Kelsey, Ann Rower e Yvonne Shafir.

Obrigada também a Eryk Kvam pelo aconselhamento jurídico, a Catherine Brennan, Justin Cavin e Andrew Berardini pela leitura e preparação de texto do original, aos editores Ken Jordan e Jim Fletcher, a Marsie Scharlatt pelos insights e informações a respeito de diagnósticos equivocados de esquizofrenia; e a Sylvère Lotringer, como sempre, por tudo.

Posfácio
Ficções teóricas
Joan Hawkins

Com frequência, os críticos não parecem gostar muito dos "romances" de Chris Kraus. Digo "romances" (entre aspas) porque não tenho muita certeza de que as obras de Kraus pertencem à categoria genérica do "romance". Mais exatamente, como observou Sylvère Lotringer, as obras em prosa de Kraus representam "um tipo novo de forma literária", um gênero novo, "algo a meio caminho entre a crítica cultural e a ficção" (*Eu amo Dick*, p. 38). A própria Kraus chamou uma manifestação anterior dessa deformação de gênero de "Fenomenologia da Garota Solitária" (p. 138). Prefiro chamar de ficção teórica.

Com "ficção teórica" não quero dizer livros que são simplesmente fundamentados em teoria ou que parecem se prestar a certa modalidade de leitura teórica — *A náusea* de Sartre, por exemplo, ou os *nouveaux romans* de Robbe-Grillet. Refiro-me antes a um tipo de livro em que a teoria se torna elemento intrínseco do "enredo", em que ela faz e acontece dentro do universo ficcional criado pelo autor. Nos "romances" de Kraus, debates acerca de Baudrillard e Deleuze e meditações sobre o Terceiro Termo Kierkegaardiano constituem elemento intrínseco de uma narrativa na qual a teoria e a crítica são elas mesmas, ocasionalmente, "ficcionalizadas".

Entretanto, embora a teoria desempenhe um papel tão fundamental nos livros de Kraus, a discussão teórica é com frequência apagada nas resenhas da sua obra. *Eu amo Dick*, seu primeiro livro, costuma ser descrito como a história do amor não correspondido de Kraus pelo crítico cultural Dick Hebdige.

"Quem tem a chance de falar, e por quê?", Kraus escreve, "são as únicas questões que importam." (p. 195). Eu faria a seguinte alteração: quem tem a chance de falar, quem tem a chance de falar sobre o quê, e por quê, são as únicas questões que importam. São com certeza as questões que as críticas do trabalho de Kraus, mesmo as favoráveis, me levam a fazer. Por que os "romances" de Kraus são quase sempre inscritos em um gênero que ela definiu como "O Conto da Vadia Burra" (p. 21)? Por que até mesmo os críticos de arte tendem a editar, censurar ou filtrar certos aspectos fundamentais de seu trabalho? Não posso responder a essas perguntas, mas posso tentar restabelecer um pouco o equilíbrio falando sobre os aspectos da arte de Kraus que, a meu ver, costumam ser ignorados.

Eu amo Dick é dividido em duas partes. "Parte 1: Cenas de um casamento" apresenta os parâmetros da história de amor — o recurso narrativo e emocional que atravessa o livro. Ela faz pensar, como escreveu Giovanni Intra, em "*Madame Bovary* se Emma o tivesse escrito". *Madame Bovary* é precisamente a analogia literária à qual recorrem Chris e seu marido Sylvère. Em uma passagem memorável, Sylvère escreve para "Dick" a respeito de sua esposa, "Emma", e assina como "Charles". "Caro Dick, aqui é Charles Bovary" (p. 110). Chris embarca na mesma onda quando diz ao leitor, em um aparte expositivo, que "para Emma, fazer sexo com Charles não substituiu Dick" (p. 113).

Mas *Madame Bovary* não é a única referência literária. "Me vejo nessa posição estranha", Chris diz a Dick na primeira carta que escreve para ele. "Reativa — como Charlotte Stant para a Maggie Verver de Sylvère, se estivéssemos vivendo no romance *A taça de ouro*, de Henry James" (p. 21). E, quando não está pensando em Flaubert, Sylvère se refere à paixão de Chris por Dick como o equivalente nos anos 90 de uma comédia de Marivaux. Mas, como boa parte da trama avança por meio de cartas escritas por um casal que está tentando seduzir um terceiro elemento a participar de uma espécie de projeto artístico-amoroso, o livro também apresenta uma pequena semelhança com *Ligações perigosas*. Como LP, *Eu amo Dick* é autorreflexivo pra caramba, e Sylvère e Chris criticam e comentam sem parar a prosa, os argumentos e as intrigas um do outro. Como LP, *Eu amo Dick* estabelece um território ficcional em que a obsessão adolescente e a perversidade da meia-idade se sobrepõem e entrecruzam, um território no qual pode ser explorada a relação entre "sempre como se fosse a primeira vez" e uma espécie "lá vamos nós de novo" enfastiado (em uma das cartas, Chris chega a se referir a Sylvère e a si como "libertinos", um termo que evoca tanto Laclos quanto Sade). E, como em LP, onde a relação que realmente conta é aquela entre Valmont e a marquesa de Merteuil, a relação mais fascinante e duradoura em *Eu amo Dick* é entre as duas pessoas que inicialmente parecem ter se acostumado um pouco demais uma com a outra. Como observa um crítico perspicaz, o leitor-voyeur acaba se importando menos em saber se Chris irá para a cama com Dick do que em saber se ela continuará com Sylvère (Anne-Christine D'Adesky, *The Nation*, 1998).

Para qualquer um que gosta de ler literatura, *Eu amo Dick* é uma boa leitura. Mas as referências literárias também devem nos dar uma pista do conhecimento textual das pessoas que habitam a obra. São pessoas que sacam as referências umas das outras (p. 27), que analisam e criticam a prosa que escrevem, que estão plenamente conscientes de que a própria forma literária "determinava que Chris acabasse nos braços de Dick" (p. 64). É estranho, portanto, que os críticos tenham em geral tratado *Eu amo Dick* mais como um livro de memórias do que como ficção, um texto antiquado que poderíamos ler como se os últimos vinte anos de teoria literária sobre práticas significativas da linguagem nunca tivessem acontecido.

"Não há como se comunicar com você por meio da escrita", Sylvère escreve para Dick a certa altura, "porque textos, como sabemos, alimentam-se de si mesmos, tornam-se um jogo" (pp. 69-70). E é essa qualidade autocanibalizadora, autorreprodutiva, viral e lúdica da linguagem e do texto que os críticos parecem ter ignorado em larga medida ao escreverem sobre o livro.

Eu amo Dick começa com o relato sobre uma noite que Chris Kraus, "uma cineasta experimental de 39 anos", e seu marido Sylvère Lotringer, "um professor universitário nova-iorquino de 56 anos", passam com "Dick [...], um crítico cultural inglês que se transferiu recentemente de Melbourne para Los Angeles" (p. 13). Dick, "um conhecido com quem Sylvère mantém uma relação amigável", está interessado em convidar Sylvère para dar uma palestra e alguns seminários em sua faculdade (p. 13). "Durante o jantar", escreve Kraus, "os dois homens discutem tendências recentes na teoria crítica pós-moderna e Chris, que não é uma intelectual, nota que Dick mantém contato visual constante com ela" (p. 13). O rádio prevê neve na estrada de San Bernardino e Dick generosamente convida o casal para passar a noite em sua casa. "Na casa de Dick, a noite se desdobra como a véspera de Natal embriagada no filme *Minha noite com ela*, de Eric Rohmer", observa Kraus (p. 14). Sem querer, Dick aciona uma mensagem constrangedora em sua secretária eletrônica, deixada por uma jovem com quem "as coisas não funcionaram". Sylvère e Chris "saem do armário" como um casal casado, hétero e monogâmico. Dick lhes mostra um vídeo em que está vestido como Johnny Cash, e Chris percebe que Dick está dando em cima dela. Chris e Sylvère passam a noite no sofá-cama de Dick. Quando acordam de manhã, Dick sumiu.

Durante o café da manhã no IHOP de Antelope, Chris informa a Sylvère que o clima de paquera que teve com Dick na noite anterior consistia em uma "Foda Conceitual" (p. 15). Como Sylvère e Chris já não estão fazendo sexo, diz Kraus, "eles conservam a intimidade por meio da desconstrução: por exemplo, contam tudo um ao outro" (p. 15). Chris diz a Sylvère que o desaparecimento de Dick confere à paquera "um subtexto subcultural que ela e Dick compartilham: ela se lembra de todas as fodas confusas de uma noite só que teve com homens que já tinham caído fora antes de ela abrir os olhos" (p. 16). Sylvère, "um intelectual europeu que ensina Proust, é um analista habilidoso das minúcias do amor" (p. 20). Ele aceita a interpretação da noite feita por Chris, e pelos quatro dias seguintes eles não fazem mais nada além de conversar sobre Dick.

O casal começa a escrever *billet-doux* para Dick. No começo apenas compartilham as cartas entre si, mas à medida que a pilha cresce para cinquenta, oitenta e cento e oitenta páginas, eles começam a conceber uma obra de arte ao estilo Sophie Calle, na qual o manuscrito seria apresentado a Dick. Talvez pudessem pendurar as cartas nos cactos em frente à sua casa e gravar sua reação com uma câmera de vídeo. Talvez Sylvère pudesse ler trechos das cartas em seu Seminário de Estudos Críticos quando visitasse a faculdade de Dick em março. "Me parece ser um passo em direção ao tipo de arte performática combativa que você está encorajando", ele escreve em um de seus bilhetes mais sombrios para Dick (p. 39). Quando Chris finalmente entrega as cartas a Dick, "tudo começa a ficar bem bizarro" (p. 164). A essa altura, porém, as cartas se tornaram uma forma de arte por si próprias, um meio para algo que já não tem quase nada a ver com Dick.

"Pense na linguagem como uma cadeia significante", escreve Chris, fazendo referência a Lacan (p. 240). E aqui se pode literalmente ver a cadeia significante em ação, à medida que as cartas que Chris escreve para Dick se abrem para incluir ensaios sobre Kitaj, esquizofrenia, Hannah Wilke, as montanhas Adirondacks, Eleanor Antin e a política da Guatemala. "Caro Dick", ela escreve a certa altura, "acho que, em certo sentido, matei você. Você se tornou Meu Querido Diário..." (p. 88).

Se Chris "matou" Dick metaforicamente ao transformá--lo em "Meu Querido Diário", Dick — quando finalmente responde às cartas — apaga Chris. Apesar de eles aparentemente terem feito sexo pelo menos duas vezes e tido várias conversas longas ("cobranças de longa distância preenchem as lacunas deixadas nos meus diários", ela escreve em certo momento, p. 236), ele insiste em dizer que não conhece Chris e que a obsessão dela por ele se baseia apenas em "dois encontros afáveis, mas não particularmente íntimos ou memoráveis, espalhados num período de anos" (p. 268). No encerramento do livro, como quase todo resenhista destaca, Dick finalmente responde, porém escrevendo diretamente a Sylvère, e não a Chris. "Na carta", Anne-Christine d'Adesky afirma,

> ele escreve seu nome equivocadamente como Kris e parece primordialmente interessado em salvar sua relação danificada com Sylvère. Ele expressa arrependimento, desconforto e raiva por ser o *objet d'amour* em seu jogo privado e claramente espera que eles não publiquem a correspondência na forma em que está. "Não compartilho da sua convicção de que meu direito à privacidade deva ser sacrificado em nome daquele talento", ele diz a Lotringer. Com Chris ele é mais seco, limitando-se a enviar uma cópia xerox da carta que escreveu a seu marido. É um gesto de humilhação de tirar o fôlego, um Foda-se inequívoco.

Mas é também a conclusão literária apropriada a uma aventura que, até certo ponto, foi desencadeada por Sylvère. A primeira carta de amor no livro não foi escrita por Chris, e sim por seu marido. E uma das coisas que o "romance" descortina é o quanto as mulheres participantes de um triângulo girardiano clássico servem de canal para a relação homossocial entre homens, como apontado por Sedgwick. "Toda carta é uma carta de amor", Lotringer escreve a certa altura, e sua primeira carta a Dick sem dúvida revela um desejo de intimidade que excede a correspondência hétero-amistosa-profissional ordinária. "Deve ter sido o vento do deserto que nos subiu à cabeça aquela noite", ele escreve, "ou talvez o desejo de ficcionalizar um pouquinho a vida. [...] Nos encontramos algumas vezes e senti uma grande simpatia por você, e um desejo de ser mais próximo" (p. 20). O tom homossocial da carta, bem como o receio de Sylvère de soar como uma garota apaixonada, estabelece que "o jogo" será de competição e intimidade entre homens. Não espanta que Chris — cuja queda por Dick supostamente desencadeia a aventura — se sinta "Reativa [...] a Vadia Burra, uma fábrica de emoções evocadas por todos os homens" (p. 21). Quando Dick finalmente escreve, é para reforçar a posição periférica de Chris. Ignorando tudo que se passou entre Dick e Chris, ele responde à carta inicial que Sylvère lhe enviou, numa linguagem que ilustra — como observa D'Adesky — que ele "parece primordialmente interessado em salvar sua relação danificada com Sylvère".

No nível mais simples, portanto, *Eu amo Dick* é uma obra mais complicada do que as resenhas podem dar a entender. Por meio do uso de cartas, conversas telefônicas gravadas e diálogos por escrito entre Chris e o marido, o livro desconstrói o triângulo amoroso heterossexual clássico e expõe até que ponto — mesmo nos círculos mais esclarecidos — as mulheres continuam servindo como objeto de troca. Com isso, contudo, não quero dizer que o livro é apenas mais uma ilustração dos argumentos de Eve Sedgwick em *Between Men*. Sylvère e Chris são experientes demais em teoria para apresentar o texto/linguagem de maneira não problemática, como uma transparência através da qual podemos ler o real. Nunca fica claro se o estilo de Sylvère nas cartas é moldado por seus sentimentos em relação a Dick ou por sua consciência de que a "forma narrativa determina" certas expressões de sensibilidade (p. 64). O que está claro é que "o real" não é exatamente o que interessa a Chris. "O jogo é real", ela diz a Dick na sua primeira carta, "ou, melhor que isso, é realidade, e este 'ser melhor que isso' é o que importa aqui" (p. 23). Sylvère acha que tal evocação do hiper-real feita por Chris é "muito literária, muito baudrillariana". Mas Chris insiste. "Este *melhor que isso*", escreve, "significa se aventurar na completa intensidade" (p. 23). O que Chris almeja é essa intensidade.

"A experiência vivida", escreveu Félix Guattari em *Chaosophy*, "não tem a ver com qualidades sensíveis. Tem a ver com intensificação" (p. 241). E embora Kraus só cite Guattari mais adiante no texto, sua presença já pode ser sentida na primeira carta. Na verdade, o interessante é a ideia de Chris de que se poderia usar de alguma maneira o conceito de hiper-real de Baudrillard para chegar ao conceito de intensificação de Deleuze e Guattari. E esse talvez seja o impulso teórico por trás do projeto como um todo, considerando que as cartas e o simulacro de uma paixão não muito encorajada emergem como o melhor e mais verdadeiro caminho para sair da paralisia do virtual e penetrar na rematerialização deleuziana da experiência.

Levando em conta que os objetivos assumidos de Sylvère e Chris são o desejo de ficcionalizar a vida e ultrapassar o real, é curioso notar que o aspecto de *Eu amo Dick* mais frequentemente discutido nas resenhas seja sua conexão com o banal, seu status de *roman à clef*. A revista *New York* revelou que o "Dick" do livro é Dick Hebdige, e correram rumores de que Hebdige havia tentado impedir a publicação de *Eu amo Dick* ameaçando processar Kraus por invasão de privacidade. Como resultado dessa publicidade, demasiada atenção acabou voltada para Dick, que — como observa D'Adesky — permanece um "homem misterioso" no texto propriamente dito. O fato de ele não responder às mensagens, Chris aponta, transforma sua secretária eletrônica, e em alguma medida o homem em si, em "uma tela em branco na qual podemos projetar nossas fantasias" (p. 24). Em uma entrevista com Giovanni Intra, ela chamou Dick de "todos os Dicks [...] Uber Dick [...] um objeto transicional".

Ele com certeza é o Dick Virtual. É difícil saber se certas coisas que Kraus descreve no livro realmente aconteceram. E as obras de Dick, que às vezes são nomeadas e citadas no livro, são ficcionais. Obras existentes ganham títulos falsos e algumas citações atribuídas a "Dick" parecem ter sido escritas por outras pessoas. Isso pode ter sido feito para embotar ainda mais a identidade do Dick real, evitando assim um processo. O saldo final, porém, é curioso, uma vez que a camuflagem da obra de Dick continuamente remete de volta aos próprios Kraus e Lotringer. Em um pós-escrito a uma das cartas de Sylvère, Chris pede que Dick lhe envie um exemplar de seu livro de 1988, *O ministério do medo* (p. 38; o livro "real" é *Hiding in the Light*, de Hebdige). E depois há a referência feita por Kraus ao livro *Aliens & Anorexia*, de "Dick", um romance que ela publicaria três anos depois. "E depois, em *Aliens & Anorexia*, você escreveu sobre sua própria experiência física de ser levemente anoréxico", ela escreve. E então ela cita a obra de "Dick":

Se não sou tocado, fica impossível comer. A intersubjetividade ocorre no instante do orgasmo: quando as coisas entram em dissolução. Se não sou tocado, minha pele fica parecendo o avesso de um imã. É só depois do sexo que, às vezes, consigo comer algo. (p. 137)

Em seguida, ela cita "o livro de Dick" novamente:

A anorexia é uma postura ativa. A criação de um corpo intrincado. Como permanecer ao largo dos fluxos alimentares e do estímulo mecânico da refeição? A sincronicidade dá a volta ao mundo em um estremecimento mais rápido que a velocidade da luz. Memórias longínquas de comidas: tortinha de morango, purê de batatas... (pp. 137-8) "Essa é uma das coisas mais incríveis que li em muitos anos", ela diz (p. 138).

Dick Hebdige não escreveu um livro chamado *Aliens & Anorexia*, mas Chris Kraus, sim. E não sei se Hebdige é levemente anoréxico, mas Kraus escreveu que ele é. Em *Aliens*, ela escreve

anorexia não é uma evasiva de um papel de gênero social; não é regressão. É uma postura ativa: a rejeição do cinismo que essa cultura nos entrega através da comida, *a criação de um corpo intrincado* [...] *A sincronicidade dá a volta ao mundo num estremecimento mais rápido que a velocidade da luz. Tortinha de morango, purê de batatas...* (p. 163)

As observações sobre fluxos de comida e o "sinal mecânico da refeição" são uma paráfrase de Deleuze — que ela cita em *Aliens* (p. 163). Mas a parte sobre a intersubjetividade parece ter sido escrita especificamente para Dick.

"A intersubjetividade ocorre no instante do orgasmo", Kraus escreve em *Aliens*, "quando as coisas entram em dissolução." Mas a intersubjetividade no texto se dá por meio da intertextualidade, quando as distinções entre o original e a citação ficam borradas. As frases em *Alien & Anorexia* não são atribuídas a "Dick". Dado o contexto, é difícil dizer quem está citando quem, mas meu palpite é que Kraus atribui sua própria linguagem a "Dick" em *Eu amo Dick* — reiterando, assim, o que ela afirma explicitamente em outras passagens do texto. É a partir de seu amor por Dick que ela começa a escrever, é através da paixão por ele que encontra sua própria voz. E nesse sentido ele pode ser visto como um "autor" da obra dela. Mas essa duplicação da linguagem e da autorreferência também é uma parte elaborada do "jogo" — um lembrete de que até mesmo (ou talvez "especialmente") os textos críticos são instáveis, são cadeias significativas que se alimentam de si próprias. Até mesmo os textos críticos podem/devem ser vistos como "ficção".

UMA DAS QUESTÕES QUE KRAUS ENFRENTA É COMO RECONCILIAR A ESCRITA COM A IDEIA DE UM SUJEITO FRAGMENTADO. É SOMENTE NA SEGUNDA PARTE DO LIVRO QUE ELA SE ACOMODA NO PRONOME DA PRIMEIRA PESSOA. "Tentei escrever durante anos", ela diz a Dick no meio de um longo ensaio sobre a esquizofrenia, "mas os compromissos da minha vida me impediam de habitar uma posição. E 'quem' 'sou' 'eu'? Aceitar você & o fracasso mudou isso, porque agora sei que não sou ninguém. E há muito a dizer..." (p. 226). LEMBRANDO DO FRACASSO DE SEUS PRIMEIROS CADERNOS DE ANOTAÇÕES, ELA CONFESSA A DICK:

ao tentar escrever na Primeira Pessoa eu sempre soava como outra pessoa, ou pelo menos como os aspectos mais banais e neuróticos da minha pessoa [...] Mas agora penso que ok, tudo bem, não há ponto fixo do self, mas ele existe & com a escrita você consegue mapear aquele movimento, de um certo modo. Que talvez a escrita em Primeira Pessoa seja tão fragmentária quanto uma colagem mais impessoal, com a diferença de que é mais séria: ela nos aproxima da mudança & fragmentação, ela as traz para mais perto de onde estamos. (p. 140)

É como se ler a obra do "verdadeiro" Dick Hebdige permitisse a Kraus encontrar uma maneira de falar sobre a arte, uma maneira que faça sentido para ela. "Você escreve tão bem sobre arte", ela lhe diz em *Eu amo Dick* (p. 134). Mas também é o caso dela. As cartas-ensaio na segunda metade do livro, "Toda carta é uma carta de amor", estão ligadas à obsessão de Kraus por Dick (a viagem de carro até a casa de Dick, na primeira vez que ela planeja fazer sexo com ele, é entrecortada com lembranças de / meditações sobre a greve de fome de Jennifer Harbury em defesa do marido guatemalteco, por exemplo). Mas os ensaios também ganham vida própria, independentes de Dick. E são ensaios, não apenas "divagações", como D'Adesky os chama. O texto intitulado "Arte *kike*" (p. 189) é facilmente a melhor coisa que já li a respeito de Kitaj, e suas meditações sobre Hannah Wilke e Eleanor Antin são textos maravilhosos de crítica e história da arte. Gosto em particular da maneira como ela nos convida, ao longo desses ensaios, a refletir sobre quem é "aceito" e quem não é, no panteão do mundo das artes, e por quê. Ela nos pede repetidamente para voltar a esses momentos que consideramos "*avant-garde*" e interpretá-los através de um prisma diferente. Ela invoca a teoria, PARECE NAVEGAR CONFORTAVELMENTE EM ÁGUAS TEÓRICAS sem recorrer a uma linguagem teórica.

Quando Roland Barthes, em 1970, escreveu uma resenha entusiasmada de um dos primeiros textos de Kristeva, ele optou por chamá-la de "*L'étrangère*", o que pode ser traduzido aproximadamente como "a mulher estranha, ou estrangeira". Embora se trate de uma alusão óbvia à origem búlgara de Kristeva (ela chegou a Paris em 1966), o título capta o que Barthes entendeu como o impacto desnorteante da obra de Kristeva. "Julia Kristeva muda o lugar das coisas", escreveu Barthes, "ela sempre destrói o mais recente pressuposto [...], ela subverte a autoridade" (citado em Kristeva, p. 150). Acredito que se possa argumentar algo semelhante a respeito da natureza "alienígena" de Chris Kraus e do impacto desnorteante de sua obra. "Ela sempre destrói o mais recente pressuposto [...], ela subverte a autoridade."

Kraus tende a performar a teoria, e através da performance ela demonstra o quanto a teoria é importante. "Toda pergunta, uma vez formulada", ela escreve, "contém sua própria verdade interna. Precisamos parar de desviar nossa atenção com perguntas falsas" (p. 223). Me parece que essa citação poderia ser usada para sintetizar o projeto crítico da teoria na última década. Ela certamente poderia ser usada para sintetizar os projetos críticos dos outros autores (INCLUINDO DICK HEBDIGE) que rondam esse livro.

No momento em que essa edição de *Eu amo Dick* vai para a gráfica, *Torpor*, um novo título de Chris Kraus, é lançado pela editora Semiotext(e). Terminando onde começa *Eu amo Dick*, *Torpor* funciona como uma espécie de *prequel* ao livro anterior. Mas, como brinca mais diretamente com a cronologia e os tempos verbais do que *Eu amo Dick*, o livro também pode ser visto como uma espécie de sequência — um aceno para um talvez-futuro longínquo.

"Há um tempo verbal de saudade e arrependimento no qual todo passo que se dá termina sendo um pouco atrasado, alterado, contido. O passado e o futuro são hipotéticos, um mundo ideal que existe à sombra de um se. *Teria sido*" (*Torpor*, p. 157). Se existe um espaço temporal em que *Torpor* se desenrola, é este — um sempre já talvez.

"É 1989 ou 1990" quando o livro começa. "George Herbert Walker Bush é o presidente dos Estados Unidos e a Guerra do Golfo acaba de começar na Arábia Saudita" (p. 16). Jerome Shafir e Sylvie Green (o Sylvère e a Chris de *Eu amo Dick*) estão viajando pelo antigo bloco soviético "com o objetivo enganoso" — nos diz o texto de orelha — de adotar um órfão romeno". Mas dentro e ao redor desse molde de história, outras histórias se desvelam. O passado de Jerome como "criança escondida" da Segunda Guerra — uma das crianças judias protegidas pelos gentios durante as deportações (que por sua vez é a história sombria por trás do *"résistancialisme"* da França na

Segunda Guerra) ronda a história e o casal. "Você escreverá um livro", Sylvie teria dito a Jerome, "sobre a Guerra. Você o chamará de *A antropologia da infelicidade*" (p. 33). Interconectado com essa trágica história pessoal e sociopolítica, temos o presente da Revolução Romena em curso, que Jerome e Sylvie acompanham pela televisão e depois experimentam em primeira mão, viajando de carro pelo Leste empobrecido. E há também a história do casal em si — os abortos de Sylvie, a "outra" família de Jerome (sua ex-mulher e filha), a *realpolitik* da academia e do mundo da arte, o passado punk e o futuro pós- -*Eu amo Dick*.

Insuflado pelo que Gary Indiana chama de "uma inteligência complexa, inquieta e assustadoramente ágil", *Torpor* — como *Eu amo Dick* — entremeia com habilidade o pessoal e o político, de modo que ninguém sai ileso. O que não quer dizer que o livro seja funesto ou amargo. Jerome e Sylvie, o livro nos diz, "se tornaram paródias de si mesmos, uma dupla de palhaços. São Bouvard e Pecuchet, Burns e Allen, Mercier e Camier" (p. 47). E assim como o humor mais estarrecedor de Beckett "provém de sua descrição dos relacionamentos torturantes" (Rosen, p. 208), o humor de Kraus com frequência adere à lida desse casal de meia-idade e sem filhos. Há muita comédia — principalmente no começo — e (como em *Eu amo Dick*) parte da força do livro está no modo como essa comédia é refratada em um futuro espaço hipotético em que muita coisa está em jogo.

Torpor é um excelente complemento a *Eu amo Dick* — uma maneira de retroceder até um momento anterior ao final do romance que você tem nas mãos e um esclarecimento das alusões que você encontra aqui. A história de Félix e Josephine, "Sid e Nancy da Teoria Francesa", é elaborada e contraposta à história de Jerome e Sylvie. As conexões entre a Teoria Continental e o mundo da arte nos anos 80 são trazidas à tona, e a maneira como o Holocausto assombra tanto a Teoria Francesa quanto as *belles lettres* surge em contornos e dimensões mais explícitas. "E você não acha que a pergunta mais importante de todas é *Como o mal acontece?*", Kraus escreve em *Dick* (p. 156). No primeiro romance, essa pergunta surge no fim do texto, quando Chris descreve uma greve da Coca-Cola na América Latina e escreve para Dick sobre sua viagem à Guatemala. Aqui, a pergunta surge cedo, implacável, quando a narradora justapõe informações fatuais sobre a Romênia com as sensibilidades por vezes cômicas de uma "relação torturante".

Assim como *Eu amo Dick*, *Torpor* apresenta uma escrita belíssima. Kraus tem um jeito todo especial de concluir parágrafos, com declarações sucintas que sempre me obrigam a uma pausa.

"Nos meses antes de terminar com Jerome", escreve Kraus, "ela tinha começado a escrever cartas de amor para um homem que não a amava. Em Los Angeles, ela continua a escrever para este homem, e então simplesmente continua a escrever" (pp. 280-1). *Torpor* confirma a promessa de *Eu amo Dick* de um jeito que poucas *prequels*/sequências conseguem. Se, assim como eu, você descobrir que ama Chris — siga lendo.

Referências bibliográficas

D'ADESKY, Anne-Christine. "*I Love Dick* (Book Reviews)". *The Nation*, 1 jun. 1998.

GUATTARI, Félix. *Chaosophy*. Nova York: Semiotext(e), 1995.

HEBDIGE, Dick. *Hiding in the Light*. Londres: Routledge, 1989.

INTRA, Giovanni. "A Fusion of Gossip and Theory". *artnet.com Magazine*. 13 nov. 1997. Disponível em: <http://www.artnet.com/magazine_pre2000/index/intra /intra11-13-97.asp>. Acesso em: 30 abr. 2006.

KRAUS, Chris. *Aliens & Anorexia*. Nova York: Semiotext(e), 2000.

_____. *I Love Dick*. Nova York: Semiotext(e), 1997.

_____. *Torpor*. Los Angeles: Semiotext(e), 2006.

KRISTEVA, Julia. *The Kristeva Reader*. Ed. Toril Moi. Nova York: Columbia University Press, 1986.

DE LACLOS, Pierre. *Les Liasons Dangereuse*. Nova York: Doubleday, 1998.

ROSEN, Steven J. *Samuel Beckett and the Pessimistic Tradition*. New Jersey: Rutgers University Press, 1976.

SARTRE, Jean Paul. *Nausea*. Trad. Lloyd Alexander. Nova York: New Direction, 1964.

SEDGWICK, Eve Kosofsky. *Between Men*. Nova York: Columbia University Press, 1985.

I Love Dick © Semiotext(e), 2007
© Chris Kraus, 1998, 2006

Venda proibida em Portugal.

Todos os direitos desta edição reservados à Todavia.

Grafia atualizada segundo o Acordo Ortográfico da Língua
Portuguesa de 1990, que entrou em vigor em 2009.

capa
Pedro Inoue
preparação
Silvia Massimini Felix
revisão
Ana Alvares
Eloah Pina

Dados Internacionais de Catalogação na Publicação (CIP)

— —

Kraus, Chris (1955-)
Eu amo Dick: Chris Kraus
Título original: *I Love Dick*
Tradução: Taís Cardoso e Daniel Galera
São Paulo: Todavia, 1ª ed., 2019
288 páginas

ISBN 978-65-80309-04-7

1. Literatura americana 2. Romance
I. Cardoso, Taís II. Galera, Daniel III. Título

CDD 813

— —

Índice para catálogo sistemático:
1. Literatura americana: Romance 813

todavia
Rua Luís Anhaia, 44
05433.020 São Paulo SP
T. 55 11. 3094 0500
www.todavialivros.com.br

fonte
Register*
papel
Munken print cream
80 g/m²
impressão
Geográfica